BASTEI
LÜBBE
TASCHENBUCH

Über die Autoren:

Dr. Rich E. Dreben arbeitet als Kinderpsychiater und lebt in Los Angeles.
Dr. Murdoc Knight ist als Notarzt in Massachusetts tätig und lebt in Westfield, Massachusetts.
Dr. Marty A. Sindhian arbeitet als Psychiater in San Francisco.

Dr. Rich E. Dreben
Dr. Murdoc Knight
Dr. Marty A. Sindhian

Als ich mich nackt auf die Haarbürste setzte

Peinliche Geschichten aus der Notfallambulanz

Aus dem amerikanischen Englisch
von Viola Krauß

BASTEI
LÜBBE
TASCHENBUCH

BASTEI LÜBBE TASCHENBUCH
Band 60723

1. Auflage: April 2013

FSC
www.fsc.org
MIX
Papier aus verantwortungsvollen Quellen
FSC® C006701

Vollständige Taschenbuchausgabe

Deutsche Erstausgabe

Titel der amerikanischen Originalausgabe: »Stuck Up! 100 Objects Inserted and Ingested in Places They Shouldn't Be«
Originalverlag: St. Martin's Press, 175 Fifth Avenue, New York, N.Y. 10010.
Dieses Werk wurde im Auftrag von St. Martin's Press LLC durch
die Literarische Agentur Thomas Schlück GmbH, 30827 Garbsen, vermittelt.

Titelillustration: Rich E. Dreben, M. D., Murdoch Knight, M. D.,
Marty A. Sindhian, M. D., 2011. Images by Jennifer Hale
Umschlaggestaltung: Gisela Kullowatz
Satz: Dörlemann Satz, Lemförde
Gesetzt aus der Adobe Caslon
Druck und Verarbeitung: CPI – Ebner & Spiegel, Ulm
Printed in Germany
ISBN 978-3-404-60723-5

Für Sujatha: Das Licht, das mich durch das Dunkel der Nacht führt.
Für Einstein, den Hund: Der mir mehr Menschlichkeit beigebracht hat als irgendein Mensch.
Marty

Für Laura Knight: Die nie den Glauben daran verloren hat, dass ich mit genügend harter Arbeit und Beharrlichkeit eines Tages ein Buch über verloren gegangene Dinge in menschlichen Hinterteilen schreiben werde.
Murdoc

Für Bossy McBossy, in Liebe: Es gibt niemanden auf der Welt, von dem ich mich lieber herumkommandieren lasse, und niemanden, den ich lieber um mich hätte.
Rich

INHALT

Zurück in der Schule

Alles für den Heimwerker

Low-End Fashion

Weapons of (M)Ass Destruction

Im Rausch

Low Tech

Nur die Liebe zählt

Kunstfehlerchen

Au (Po-)Backe!

Natürliche Feinde

Spielzeug in Gefahr

Intimpflege extrem

VORWORT

Auf der medizinischen Hochschule fing alles an. Rich und Murdoc waren eng befreundet und besuchten sämtliche Kurse und Prüfungen zusammen. Dabei hinterließen einige außergewöhnliche Röntgenaufnahmen und Krankengeschichten, denen die Studenten ausgesetzt wurden, tiefen Eindruck. Jene Geschichten begannen oftmals mit den Worten »Ich war gerade nackt am Staubsaugen, als ich hinfiel und …« oder »Ich lief gerade nackt im Haus umher und hüpfte aufs Bett, als plötzlich …«. Rich erkannte, dass die Dinge, die er von diesen Vorfällen lernte, länger bei ihm hängen blieben als so manch anderes Detail seiner medizinischen Ausbildung. Aufgrund des großen pädagogischen Potenzials, das diesen Begebenheiten innelag, meinte Rich zu Murdoc eines Tages: »Lass uns diese Röntgenbilder mal im Hinterkopf behalten. Ich habe echt wahnsinnig viel von ihnen gelernt«, was Murdoc für eine umwerfende Idee hielt.

Viele Jahre und viele Röntgenbilder später hatten Rich und Murdoc noch immer keinen Plan, wie sie aus diesem Stoff ein Lehrbuch machen könnten, das sowohl lesefreundlich als auch so verständlich war, dass man sich die Qualen eines Medizinstudiums sparen konnte. Sie wussten einfach nie so recht, wann es denn nun Zeit war, die gesammelten Bilder und Geschichten in etwas zu verwandeln, das man voller Stolz als Werk der Bildung präsentieren könnte. Während seiner Assistenzzeit traf Rich dann auf Marty, der sich in die Idee ebenso verliebte; damit war endlich jemand gefunden, der die lang ersehnte Richtung vorgab, um *Als ich mich nackt auf die Haarbürste setzte* zu verwirklichen.

Wir setzten viele Agenten und Verlage von unserem Vorhaben in Kenntnis und erhielten einige ziemlich interessante

Rückmeldungen (die abzudrucken als Verstoß gegen die allgemeinen guten Sitten gelten würde). Letzten Endes aber fanden wir die idealen Leute, die mit uns zusammenarbeiten wollten. Schnell wurde uns klar, dass die Erschaffung eines Buchs sich ungefähr so einfach und überschaubar gestaltet wie das Entfernen eines Kleiderbügels aus dem Enddarm. (Schauen Sie im Buch nach, wie das funktioniert, aber versuchen Sie nicht, das zu Hause nachzumachen.)

Der Schweigepflicht zuliebe – und um den pädagogischen Nutzen der Röntgenbilder zu maximieren – haben wir uns mit einer erstklassigen Grafikerin zusammengetan. Sie hat ein paar kleine Änderungen vorgenommen, damit man die Objekte besser erkennt. Hin und wieder nahmen wir uns die kreative Freiheit, ein wenig Humor oder Drama hinzuzufügen, um Ihnen das Lernen zu erleichtern. Wir weisen Sie deshalb im klassischen Rechtsjargon auf Folgendes hin: »Die Geschichten dieses Buchs beruhen zwar zum Großteil auf wahren Begebenheiten, sind jedoch technisch gesehen fiktional und stellen keine tatsächlichen Personen, Vorkommnisse oder Rekta dar.«

Häufig wissen die Leute nicht, wie sie reagieren sollen, wenn sie mit diesen Röntgenbildern konfrontiert werden. Nun ja, manchmal ist die Wahrheit eben überraschend und wahrlich schwer zu glauben. Daher unser Ratschlag: Machen Sie's sich bequem, genießen Sie das Buch und erfahren Sie, wie Sie es vermeiden können, dass Ihr Enddarm in Teil II endet.

Rich, Murdoc und Marty

EINLEITUNG

Wussten Sie, dass verloren gegangene Gegenstände die Hauptursache für Arztbesuche sind? Okay, das stimmt nicht ganz, aber es würde Darmspiegelungen zu echten Actionfilmen machen.

Um ehrlich zu sein, passiert es relativ häufig, dass Gegenstände im Köper verloren gehen. Bei Männern ist die Häufigkeit rektaler Fremdkörper übrigens 28-mal so hoch wie bei Frauen. Wie jede Frau weiß, verlieren Männer gerne was!

Die Notaufnahmen jedenfalls sind voll von Leuten jeden Alters, die Gegenstände in ihrem Körper vorzuweisen haben. Aus unterschiedlichen Gründen. Statistisch gesehen befinden sich solche Fremdkörper am wahrscheinlichsten entweder im Körper eines Mannes in den Zwanzigern, der alles tut, um sich zu stimulieren oder zu entspannen, oder im Körper eines Sechzigjährigen, der alles tun würde, um seine Prostata zu stimulieren oder zu entspannen. Das heißt natürlich nicht, dass Männer in ihren Dreißigern, Vierzigern oder Fünfzigern nicht auch dumme Dinge tun.

Wahr ist auch, dass rektale Fremdkörper so häufig vorkommen, dass sie in den USA ihren eigenen Bereich auf der E-Learning-Website *emedicine.medscape.com* haben. Dort wird erwähnt, dass kontrollierte klinische Studien bisher leider noch nicht durchgeführt werden konnten. Ob der Mangel an wissenschaftlichen Experimenten wohl auf den Mangel an Freiwilligen zurückzuführen ist?

In Wahrheit sind verschluckte Fremdkörper allgemein üblicher als »festgeklemmte«, eingeführte Gegenstände. Aufgrund ihres geringeren pädagogischen Nutzens haben wir verschluckte Kleinteile jedoch trotzdem weniger oft aufgeführt. Die Lektion dabei: Verschluckte Objekte kommen üblicherweise häufiger bei kleinen Kindern vor – eine Gruppe mit sehr schwach ausgebildeter Entscheidungskapazität, die auf Faktoren jenseits ihres Einflussvermögens beruht (im Gegensatz zu den Fans von *Big Brother*, die keine Ausrede für ihre schwache Entscheidungsfähigkeit haben).

Egal, was Sie hier sehen und lesen: Wir empfehlen Ihnen, keines der Szenarien zu Hause nachzustellen, denn Sie laufen Gefahr, eine Röntgenaufnahme und eine Operation über sich ergehen lassen zu müssen, und leben mit dem erheblichen Risiko einer Behinderung oder gar dem Tod. Damit das klar ist: Wir nehmen keine Röntgenbilder an, die in der Absicht angefertigt wurden, die Darstellungen und Szenarien dieses Buchs nachzustellen. Also, noch einmal: Bitte ahmen Sie nichts davon zu Hause nach! Jedoch, wenn Sie zufällig ein altes Röntgenbild daheim herumliegen haben, von damals, als sie nackt am Staubsaugen waren oder nackt zu Hause umhergelaufen sind, dann könnten wir es uns anders überlegen ...

IN TEUFELS KÜCHE

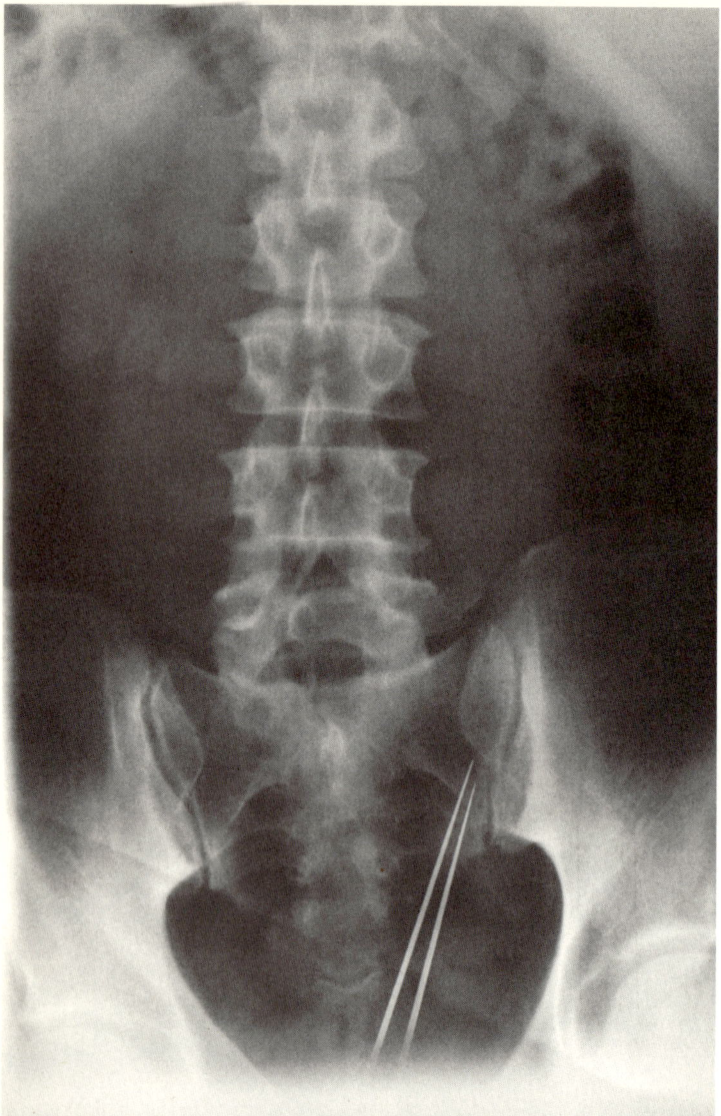

Heiß auf Reis

In Korea sollte man den Reis lieber mit dem Löffel servieren. Steckt man Essstäbchen direkt in ein Behältnis wie beispielsweise eine Schüssel mit Reis, dann symbolisiert das den Tod. Kein Wunder, dass Nord- und Südkorea immer so furchtbar gestresst sind.

Dieses Individuum schien kein Problem damit zu haben, seine Stäbchen irgendwohin zu stecken. Genau genommen schien er den Tod herausfordern zu wollen, indem er nämlich einen Darmriss oder eine Infektion riskierte.

Die Stäbchen auf dem Foto sind zwar aus Metall, normalerweise werden sie jedoch aus Bambus oder Plastik oder manchmal sogar Knochen, Elfenbein oder Holz gefertigt. Einem Bericht der Online-Ausgabe von *China Daily* zufolge sprach der Generalsekretär der China Cuisine Association (CCA) im August 2007 von mehr als 45 Milliarden produzierten und entsorgten Holzstäbchen im Jahr in China. Der Generalsekretär schätzt, dass diese Gepflogenheit die Umwelt rund 25 Millionen Bäume kostet. Wir wissen nicht genau, wie viele dieser Stäbchen dem hier abgebildeten Zwecke dienen, aber hoffentlich sind sie danach nicht weiter in Gebrauch. Gerichte wie »Schweinefleisch Dong Po« würden ansonsten in einem völlig neuen Licht erscheinen.

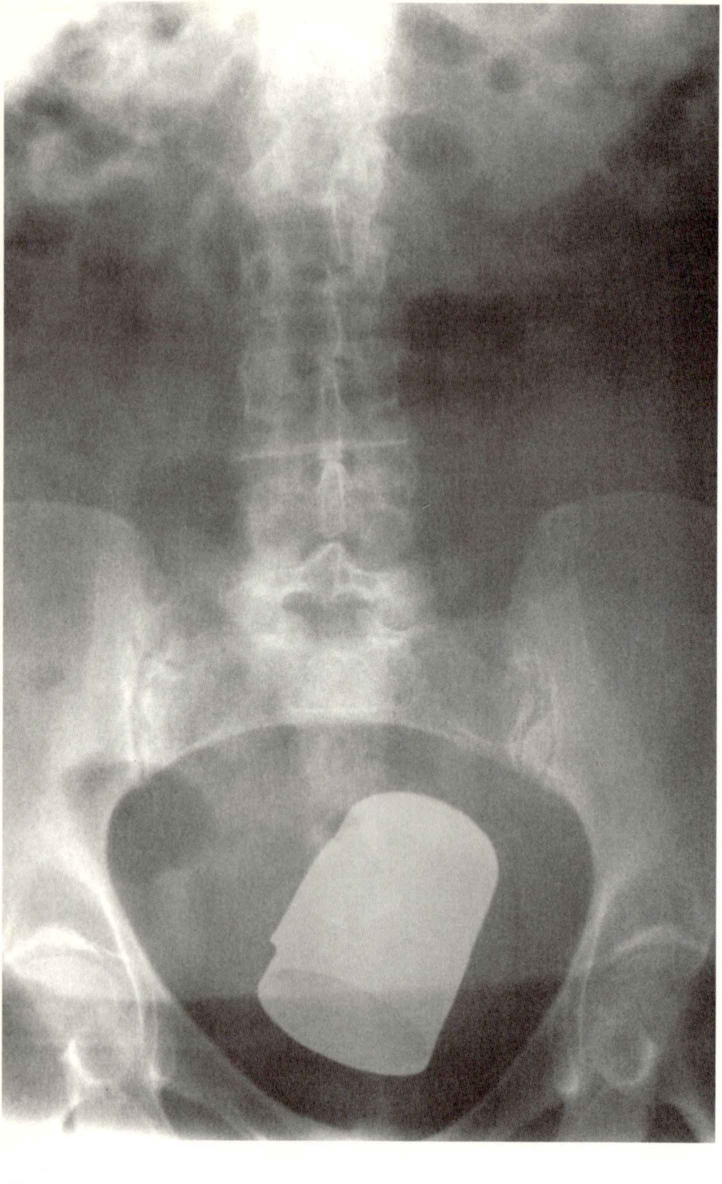

Kaffee am Morgen bringt Kummer und Sorgen

Wir haben schon viele Flaschen in den Hinterteilen von Patienten gefunden, aber nicht halb so viele Tassen, obwohl ja beide eigentlich eine ähnliche Funktion haben. Das ist nicht verwunderlich, wenn man die jeweilige Form betrachtet. Bilder wie die nebenstehende Röntgenaufnahme werfen natürlich die Frage auf, wie um alles in der Welt eine Tasse ihren Weg nach dort oben finden kann. Ist der Gegenstand nicht sehr viel größer als die Leitungsbahn dorthin?

Die Grundlagen der Biomechanik helfen hier weiter: Haut und Schleimhäute verfügen normalerweise über gewisse viskoelastische Eigenschaften. Wenn man also lange und kräftig genug drückt, kann man überraschend große Gegenstände durch einen relativ kleinen, aber eben viskoelastischen Raum bewegen. Jetzt wissen Sie, wie Babys geboren werden!

Selbstverständlich hat auch diese Eigenschaft ihre Grenzen. Ab einer gewissen Größe passt kein Gegenstand mehr durch die Öffnung, ohne Risse oder sonstige Schäden zu verursachen. Was der Rekord ist, wissen wir nicht genau, aber wir werden weiterhin die Leute beobachten, die versuchen, ihn zu brechen.

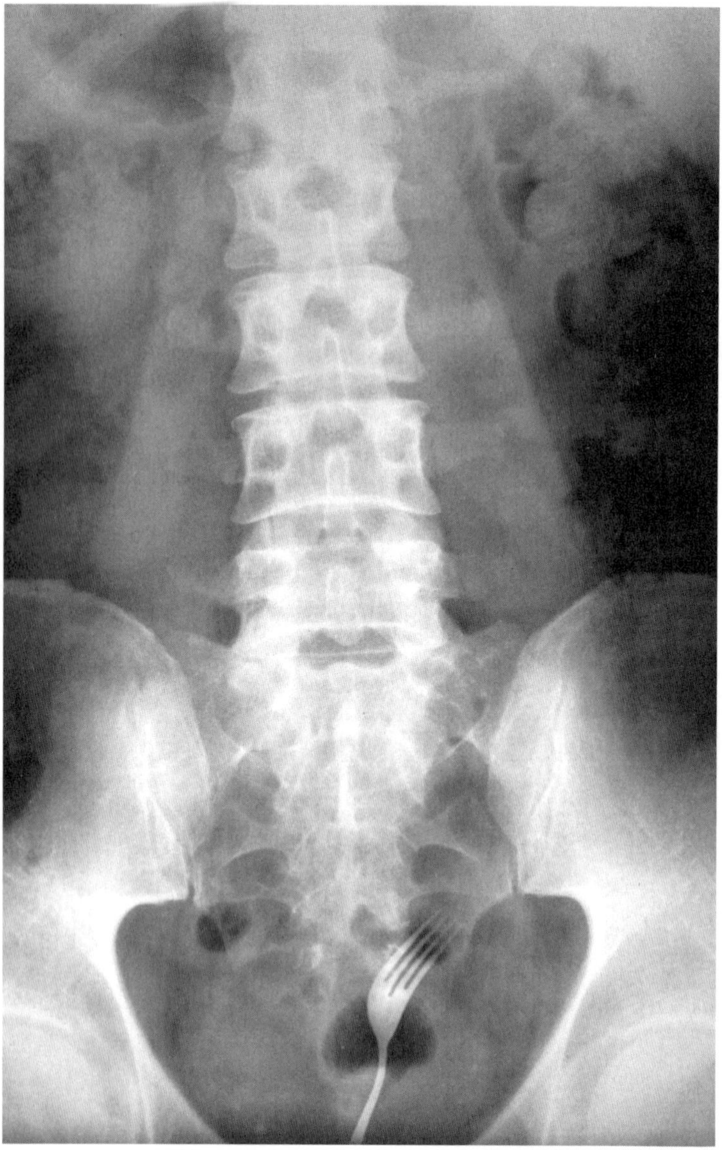

Welche Gabel würde der Knigge empfehlen?

Für den Umgang mit Nahrung muss jedes Besteck lang genug und griffig sein. Dadurch eignet es sich auch für andere Unternehmungen. Dabei ist es oftmals schwierig, den richtigen Besttyp für die jeweilige Unternehmung auszumachen. Für einen Verwendungszweck wie den hier abgebildeten wäre ein Messer zweifellos zu scharf und könnte Verletzungen hervorrufen, während ein Löffel unter Umständen zu langweilig ist, weil er weniger anregende Eigenschaften vorweist. Wir glauben, die etwas sicherere Variante wäre ein Göffel gewesen, nur leider ist dieses Besteck nicht überall erhältlich, weil meist nur Kinder einen Göffel zu schätzen wissen – und die sind viel zu schlau, um so etwas zu tun.

Noch wichtiger für uns ist allerdings das Material des Essbestecks. Auch wenn es für die Umwelt und die eigene Gesundheit weniger verträglich ist, so hoffen wir, dass die Leute Plastik wählen – einen Einwegartikel also (für den Fall, dass sie uns irgendwann einmal zum Essen einladen sollten). Unglücklicherweise wählte dieser Patient wie die meisten anderen auch Edelstahl, wahrscheinlich weil er haltbarer und leichter zu handhaben ist. Oder vielleicht auch einfach deshalb, um endlich einmal das gute Besteck zu benutzen, bevor es im Schrank einstaubt.

Fassen wir es doch ganz einfach zusammen: Als der Patient nach einer Gabel griff, wählte er zur Abwechslung mal eine etwas andere Route, und das machte den entscheidenden Unterschied.

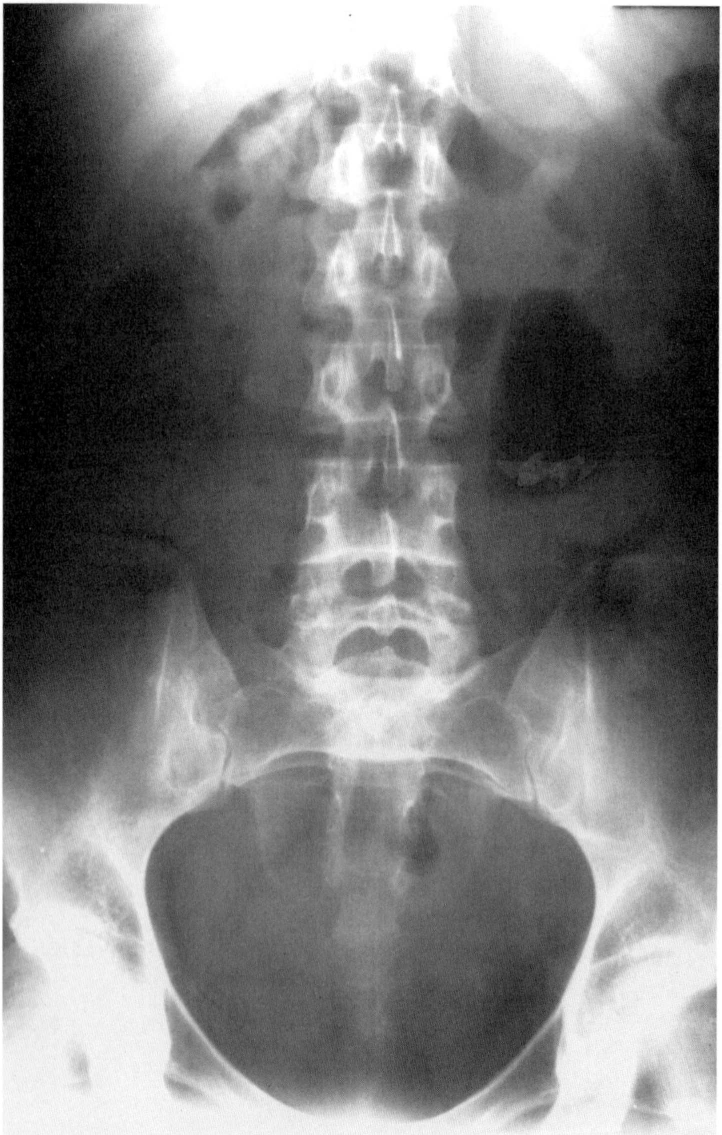

Ein Gläschen zu viel

Der Comedian Janeane Garofalo scherzte einst: »Ich schätze, ich sehe einfach gern das Negative. Das Glas ist immer halb leer. Und es zerbrach. Und ich habe gerade meine Lippe dran geschnitten. Und mir einen Zahn ausgeschlagen.« Traurigerweise ist das versehentliche Verschlucken von Glassplittern kein Grund zum Lachen.

Als einer unserer Patienten gerade ein Shrimps-Rigatoni-Gericht in seinem Lieblingsrestaurant verputzte, verspürte er urplötzlich einen heftigen Schmerz in seinem Hals, gefolgt von Schmerzen in der Brust. Nachdem er fertig gegessen hatte – jawohl, *nachdem* –, lieferte er sich in die Notaufnahme ein, wo man Glas in seinen Gedärmen sowie Risse in der Speiseröhre vorfand. Diese Verletzungen verheilten.

Der Patient bat das Restaurant, die Zuzahlung von 200 US-Dollar zu finanzieren, wozu sich das Restaurant bereit erklärte. Das überraschte uns. Wenn ein Arzt ähnliche Risse verursacht, verlangen die Patienten normalerweise weit mehr als die Rückerstattung ihrer Zuzahlung. In diesem Fall hätte er doch wenigstens um einen Dinner-Gutschein bitten können ... für ein anderes Restaurant!

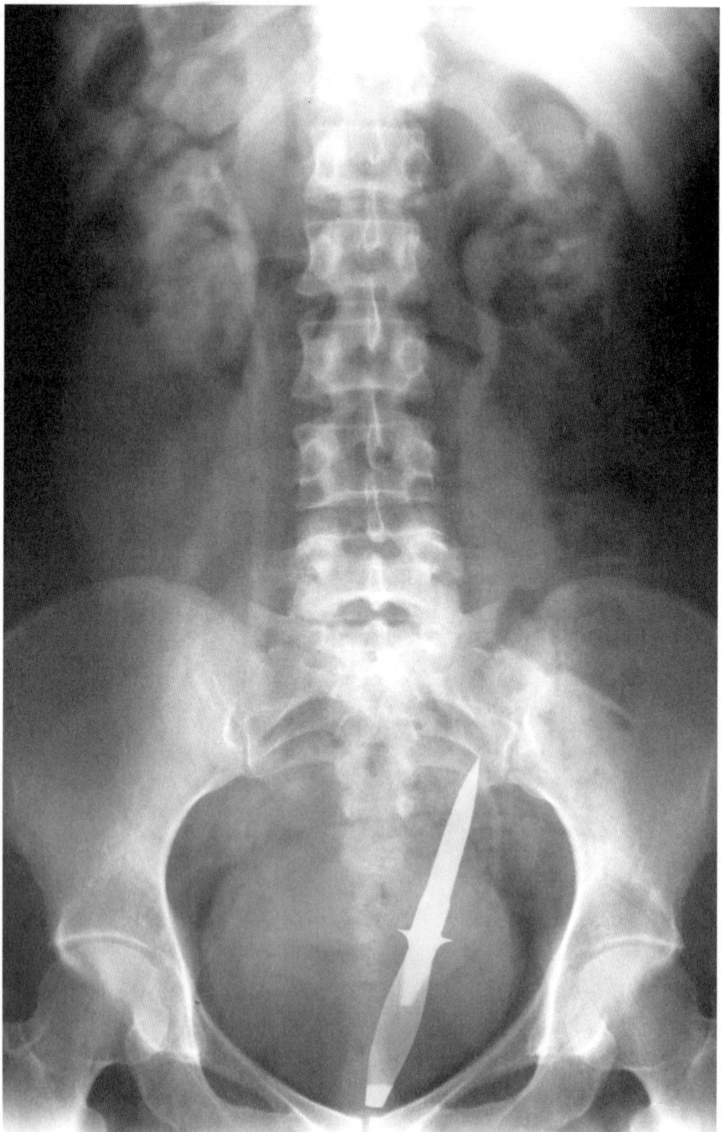

Anglerlatein

Jedes Mal die gleiche Geschichte. Auch dieser Patient erzählte uns, wie er einen entspannten Angelausflug verbrachte. Wie er sein Messer mitgenommen hatte, um Köder zurechtzuschneiden und den Fisch zu säubern. Und dann das: »Ich war am Angeln, da muss ich eingeschlafen und im Boot herumgerollt sein, wo das Messer lag. Auf einmal steckte dieses Messer in mir drin. Das ist alles, woran ich mich erinnern kann.« Noch eine dieser Beim-Angeln-eingeschlafen-und-auf-ein-Messer-gerollt-Geschichten. Kennst du eine, kennst du alle.

Nicht jeder weiß hingegen, wie gefährlich Fisch tatsächlich sein kann, trägt er doch alle möglichen Bakterien an sich. Diese Bakterien können sich sogar auf das Gehirn übertragen und es infizieren. Wer weiß, vielleicht ist das der wahre Grund dafür, dass man Fisch als Gehirnnahrung bezeichnet.

Genau genommen birgt Meeresgetier so viele Gesundheitsrisiken, dass wir aus Ihnen das Gegenteil eines Pescetariers (jemand, der kein Tier isst außer Fisch) machen würden, zählten wir sie alle auf.

Man könnte schlussfolgern, dass wir den Kampf gegen jegliches Gesundheitsproblem dadurch gewinnen, indem wir den Menschen nur genügend angsteinflößende Fallgeschichten unter die Nase reiben. Dann müssten wir in Zukunft weitaus weniger Fälle eingeführter beziehungsweise verschluckter Fremdkörper behandeln. So wie wir die Natur des Menschen einschätzen, können wir uns von diesem Gedanken aber verabschieden.

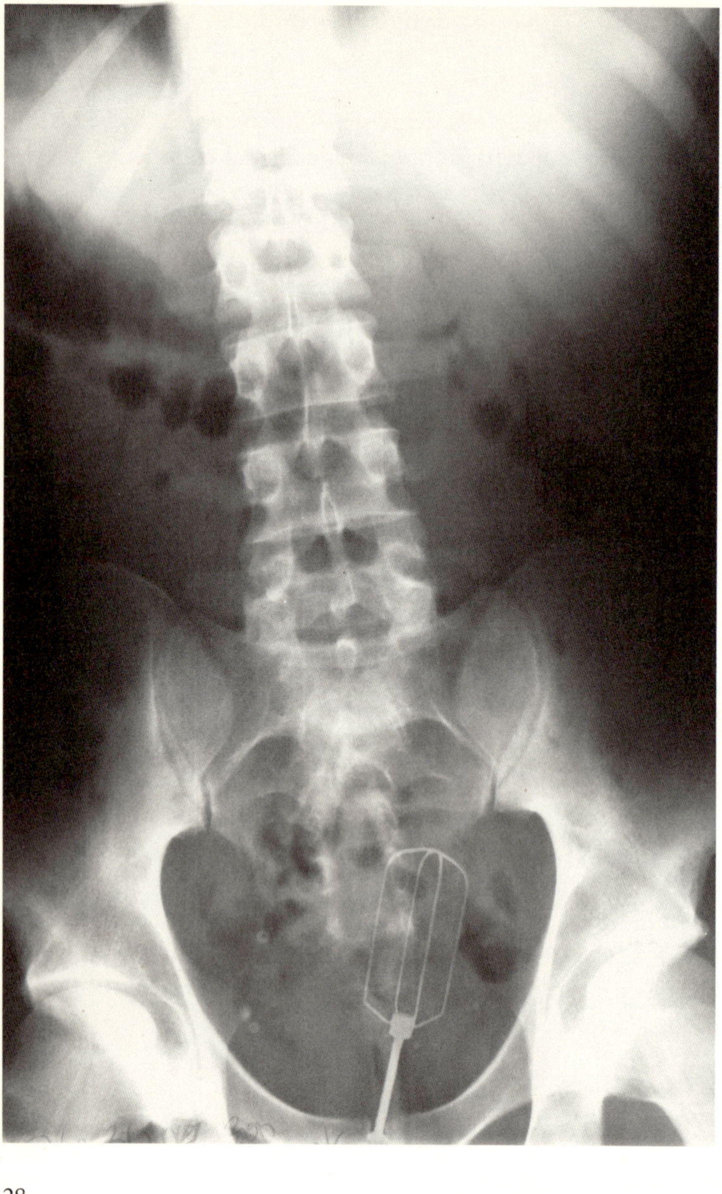

Aber bitte mit Sahne

Die Beweggründe dieses Patienten liegen auf der Hand. Rührstäbe haben die Funktion, sich einfach in alles einzugraben und alles gnadenlos zu penetrieren. Aufgrund ihrer Mehrteiligkeit können sie optimal zupacken. Und bei dem ganzen Penetrieren und Packen war auch das Herausmanövrieren ein echter Höhepunkt. Der Patient musste uns gefühlstechnische Anweisungen geben, damit wir das Gerät hinausbefördern konnten. Erste Sahne.

Der sachgemäße Einsatz von Rührstäben ist besonders wichtig bei der Zubereitung eines Soufflés, welches sich aus steif geschlagenem Eiweiß zusammensetzt, das unter einen süßen oder herzhaften Teig gehoben wird. Vielleicht ist Ihnen bekannt, dass man die Ofentür weder öffnen noch schließen soll während des Backens, da sonst das Soufflé in sich zusammenfallen könnte. Diese Gefahr ist der dadurch entstehenden krassen Temperaturänderung geschuldet. Ebenso kann Fett oder Schmutz auf den Küchengerätschaften das Eiweiß am Aufgehen hindern und so zum Zusammenfallen führen. Man sollte deshalb davon absehen, den hier abgebildeten Rührstab nach seiner Entfernung zur Zubereitung eines Soufflés heranzuziehen.

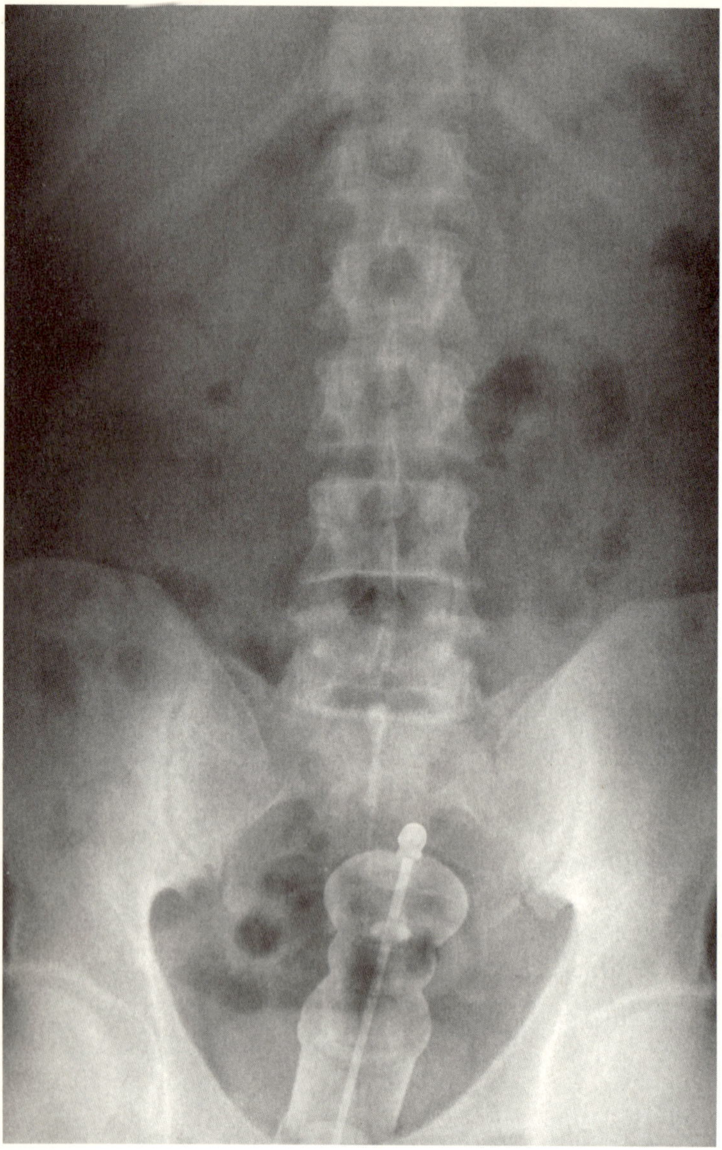

Wo der Pfeffer wächst

Lassen Sie uns dieses Kapitel mit einigen Fakten würzen: Laut Wikipedia wurden bereits in den Nasenlöchern der Mumie des Pharaos Ramses II., der vor über 3000 Jahren gestorben ist, schwarze Pfefferkörner gefunden. In jüngerer Zeit wurde eine ganze Pfeffermühle, vermutlich ebenfalls voller Körner, im Rektum dieses Individuums entdeckt. Die Krankenakte des Patienten lässt leider keine Rückschlüsse darauf zu, ob dieser Akt eine moderne Interpretation des uralten Mumifizierungsrituals war oder ob er davon Wind bekommen hatte, dass man ihn im alten Indien, woher der schwarze Pfeffer ursprünglich stammen soll, zur Behandlung von Verstopfung, Durchfall, Verdauungsbeschwerden, Husten und verstopften Nasen eingesetzt hatte. Nasenverstopfung mithilfe von Pfeffer behandeln zu wollen ist ungefähr so intelligent, wie Durchfall mithilfe von scharfem indischen Essen zu lindern zu gedenken.

Für diejenigen, die versucht sein mögen, dem gezeigten Beispiel nachzueifern: Wenn schwarzer Pfeffer die Leute zum Niesen bringt, wenn sie ihn inhalieren, was mag er wohl da unten erst bewirken?

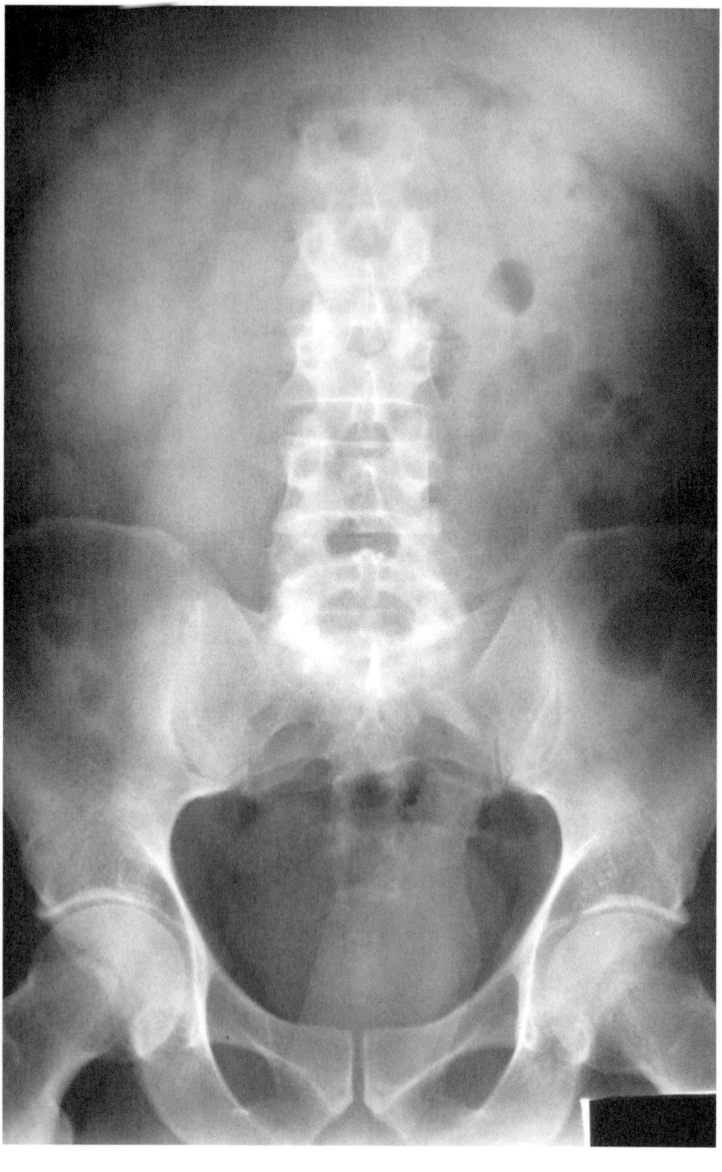

Der Cola-Test

Diese Flasche ist aus hygroskopischem Material; sie bindet also Wasser, genau wie das Kolon. Ungefähr 97 von hundert Ärzten empfehlen, das Kolon selbsttätig arbeiten zu lassen, ohne Zuhilfenahme einer Flasche. Die übrigen drei wollten keinen Kommentar abgeben.

Patienten, die eine Flasche in ihrem Allerwertesten stecken haben, sind nicht immer ehrlich, wenn es darum geht, wie das genau passiert ist. Hier einige Beispiele:

Patient A: »Doktor, ich war gerade nackt am Staubsaugen und bin hingefallen. Die Chance lag bei eins zu einer Million, Doktor, eins zu einer Million.«

Patient B: »Ich hatte keine Hand mehr frei.«

Patient C: »Ich hab mir geschworen, dass das nicht mehr passiert. Dieses Mal hatte ich extra einen Faden in die Flasche getan und sie zugemacht. Als ich dann am Faden zog, war nichts mehr dran am anderen Ende.«

Beachten Sie, in welchem Winkel die Flasche eingeführt wurde, nahe der Prostata nämlich. Das *Journal of Epidemiology* berichtete 2010 von einer dänischen Studie, der zufolge große Mengen Cola die Spermienproduktion um bis zu 30 Prozent vermindern können – vielleicht wollte dieser Patient das für sich selbst herausfinden.

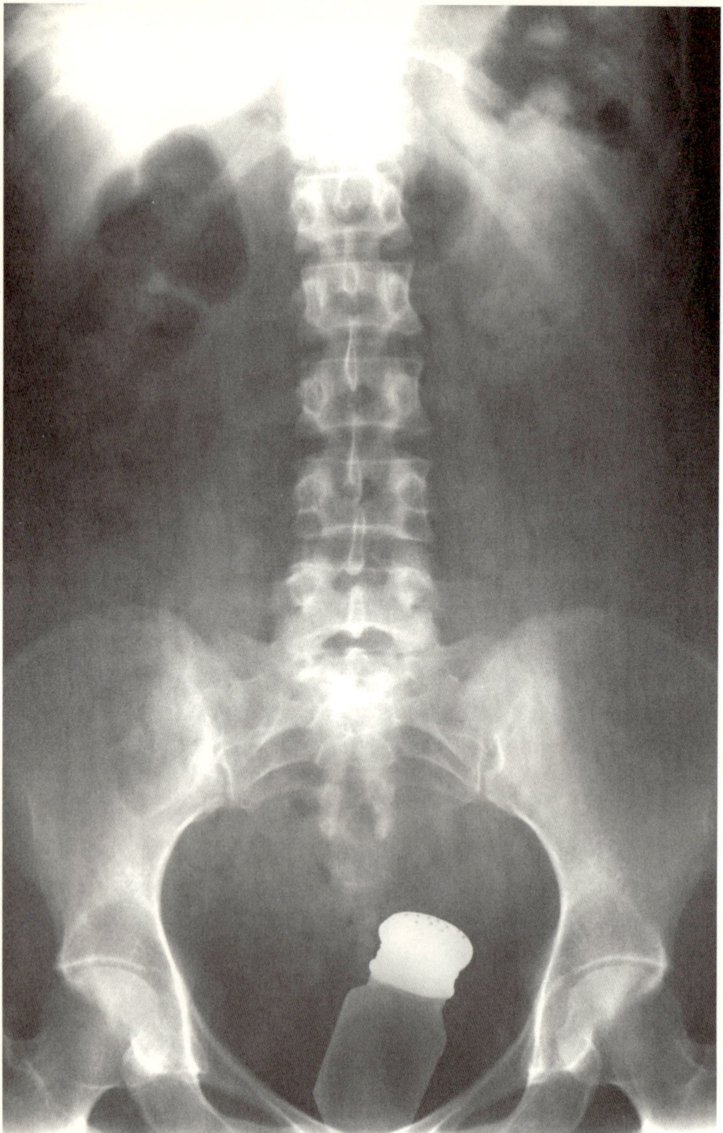

Mythos geklärt: zu viel Salz erhöht den Blutdruck

Ärzte raten ihren Patienten oft dazu, weniger Natrium zu sich zu nehmen. Einer der Patienten beherzigte diesen Ratschlag offenbar nicht.

Tafelsalz besteht unter anderem aus Natriumchlorid, und eine der am weitesten verbreiteten Form von hohem Blutdruck hängt möglicherweise damit zusammen; darüber streiten die Experten. Bei diesem Patienten allerdings kann mit Fug und Recht behauptet werden, dass die ungewöhnliche Salzzufuhr seinen Blutdruck erheblich gesteigert hat.

Salz hat aber auch sein Gutes, insbesondere wenn es Jod enthält. Verfügt der Körper über zu wenig Jod, sendet das Gehirn Hormone an die Schilddrüse, die sie zum Wachsen und gegebenenfalls sogar zum Herausbilden eines Kropfs veranlassen können. Bei ihrem Versuch, mehr Hormone zu produzieren, kann die Schilddrüse so stark wachsen, dass sie um die Kehle herum wächst und irgendwann sogar bis hinunter zur Brust reicht. Ein kleines Stückchen weiter und sie wäre in der Lage, den dargestellten Salzstreuer hinauszubefördern.

Wenn Ihr Arzt Ihnen dazu rät, das Salz in Ihrem Speiseplan zu reduzieren, könnten Sie ihn daran erinnern, dass Salz in Maßen durchaus gesund ist. Sie können seinen Ratschlag auch einfach komplett ignorieren. Sagen Sie bitte nur nicht: »Stecken Sie sich's sonst wo hin.«

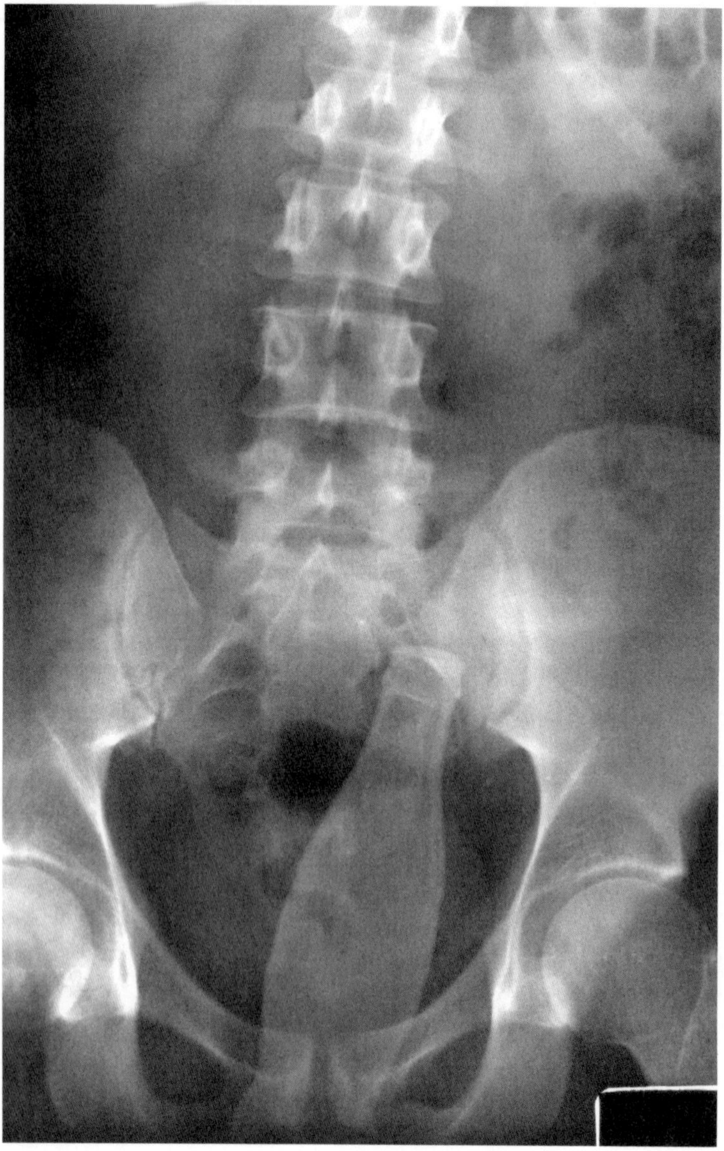

Message from a Bottle

Es ist Ihnen sicher nicht entgangen, dass wir so einige Flaschen zu Gesicht bekommen. Genau genommen kriegen wir so einiges an Flaschen zu Gesicht. Laut der Website von Coca-Cola konnte man in den 1950ern zunächst die »traditionelle 0,2-Liter-Konturflasche« kaufen und später in den 1980ern die 0,3-, 0,4- oder 0,75-Liter-Flasche. Heute gibt es das gleiche Produkt zudem als 1- oder 1,5-Liter-Flasche. Und diese Steigerung macht die hier abgebildete Gepflogenheit ein wenig zäher.

Die Zunahme der Portionsgrößen beschränkt sich nicht auf Coca-Cola. Eine kürzlich veröffentlichte Studie untersuchte das Verhältnis der Mahlzeiten- zur Kopfgröße auf 52 verschiedenen Darstellungen des letzten Abendmahls aus der Zeit von 1000 bis 2000 nach Christus. Laut dieser Untersuchung kann man davon ausgehen, dass sich die Größe unserer Hauptmahlzeiten im Laufe der Zeit verdoppelt hat.

In Anbetracht solcher Entwicklungen ist es nicht verwunderlich, dass sich die Zahl fettleibiger Menschen ebenso verdoppelt hat. Einer jüngsten nationalen US-Studie zufolge beläuft sich die Zahl der fettleibigen Nordamerikaner mit einem Body Mass Index (BMI) von über 30 auf mittlerweile 33,8 Prozent. In Deutschland liegt die Zahl bei gut 23 Prozent, so die zweite bundesdeutsche Studie zur Gesundheit Erwachsener von 2012 im Auftrag des Robert-Koch-Instituts.

Der BMI berechnet sich nach folgender Formel: Körpergewicht in Kilogramm geteilt durch Körpergröße in Metern zum Quadrat. Wirklich aussagekräftig ist diese Formel nicht, so berücksichtigt sie beispielsweise nicht, ob das Gewicht eher auf Muskel- oder auf Fettmasse zurückzuführen ist. Oder ob vielleicht irgendetwas im Hintern steckt.

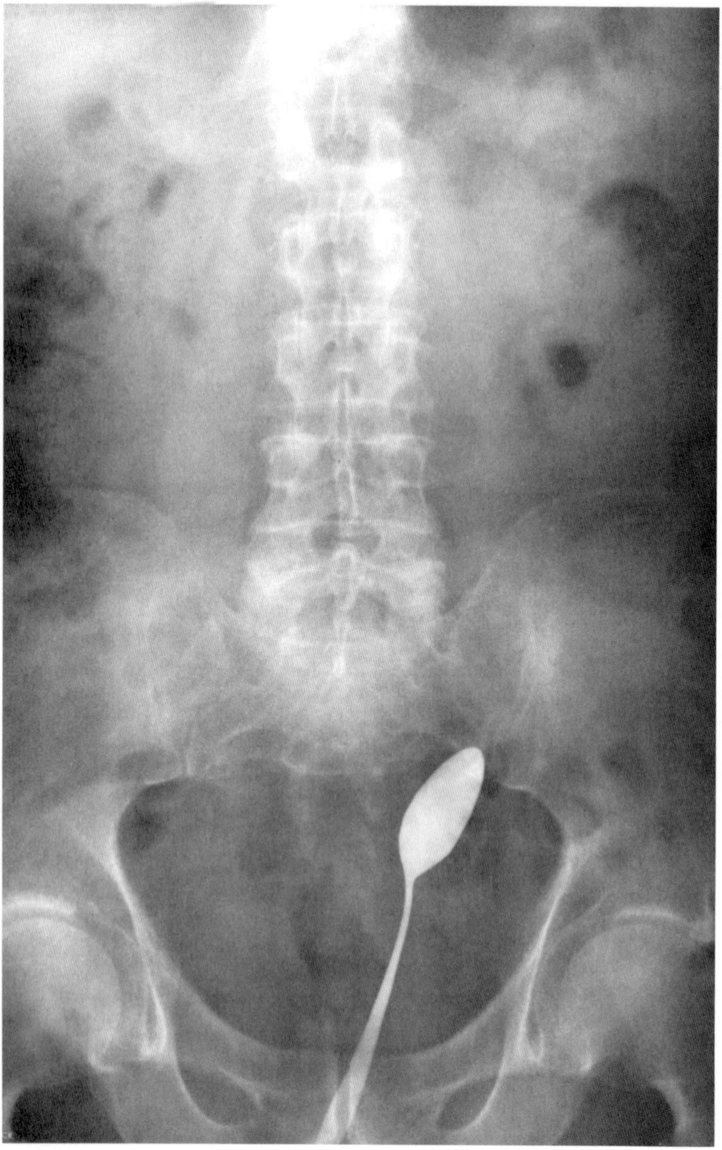

Manchmal lieber den Löffel abgeben

Ein altes rumänisches Sprichwort besagt: »Stecke deinen Löffel nicht in Töpfe, die nicht für dich kochen.« Wir denken, es sollte ein weiteres Sprichwort geben, das die Menschen davor warnt, Löffel in irgendetwas zu stecken, das nichts mit Nahrung zu tun hat.

Englische Ärzte veröffentlichten einen Fall, in dem einem Erwachsenen ein Teelöffel entfernt worden ist, den er vor nicht weniger als zehn Jahren verschluckt hatte. Es überrascht uns nicht, dass der Patient zu diesem Zeitpunkt heillos betrunken war. Nehmen Sie Alkohol also bloß nicht mit dem Löffel zu sich. In Australien verschluckte 2007 eine Frau ihren Löffel während eines Lachanfalls beim Pastaessen. Und im Januar 2010 berichtete der *Daily Mirror* von einer Bulimie-Erkrankten, die den Löffel verschluckte, mit dem sie einen Brechreiz auslösen wollte. Den Gewitzten unter Ihnen wird die zarte Ironie hierbei nicht entgangen sein. Wobei es zu bedenken gibt, dass Löffel quasi keine Kalorien haben.

Zu guter Letzt lohnt es sich, einen Fall aus den Niederlanden zu erwähnen, der sogar uns zum Staunen brachte. Bei einer Patientin fand man dort nicht ein und nicht zwei, sondern 78 Besteckteile im Körper. Das muss ein ziemliches Gelage gewesen sein. Zumindest war sie schlau genug, keine Messer zu verwenden – obwohl »schlau« hier vielleicht nicht unbedingt der passende Ausdruck ist.

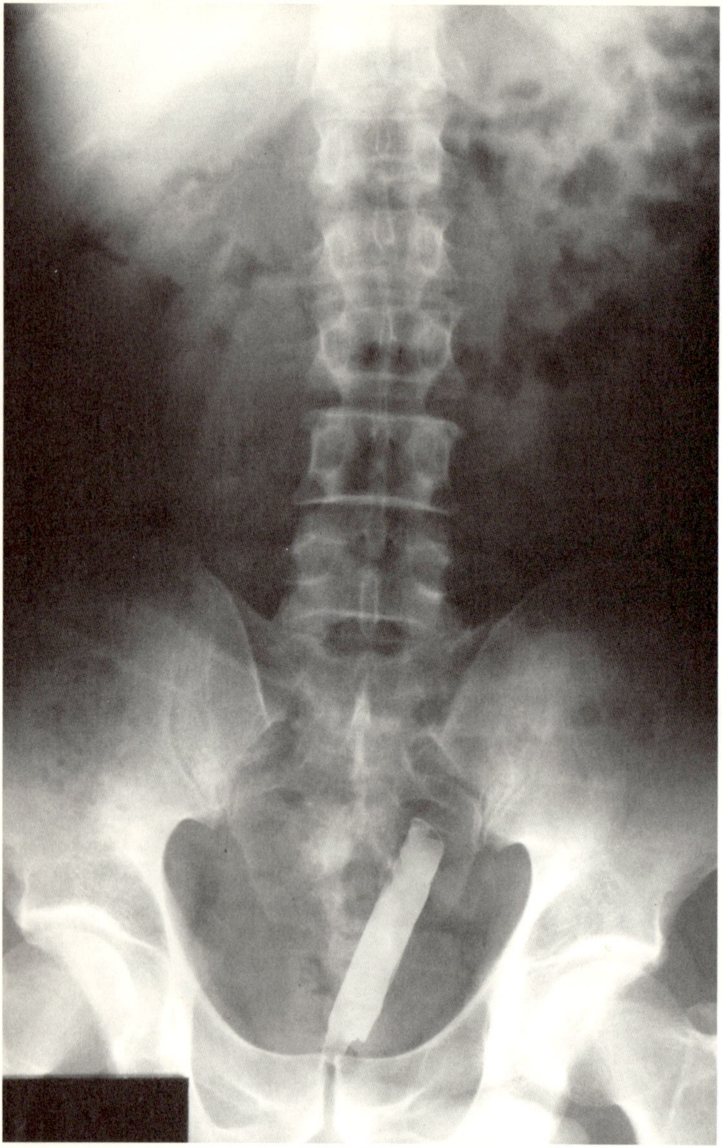

Und wir dachten immer, Fisch sei gesund

Was Thunfisch anbelangt, so scheiden sich die Geister. Besonders beim Geruch sind die meisten empfindlich, und gerade der Geruch dürfte sich bei der Handlungsweise dieses Patienten nicht unbedingt verbessert haben. Die einen lieben Thunfisch, weil er viele Proteine und Omega-3-Fettsäuren enthält; die anderen sind besorgt wegen des möglichen Quecksilbergehalts. Bei einer Sache aber sind sich alle einig: Auf den Fisch sollte man sich konzentrieren, nicht auf die Dose.

Ein Patient wurde ins Krankenhaus eingeliefert, nachdem er seinen Angaben zufolge den Deckel einer Thunfischdose zu sich genommen hatte. Es handelte sich bei ihm um einen Gefängnisinsassen, der an Schizophrenie litt, daher ist unklar, ob er sich in einem akuten Zustand befand oder einfach nur aus dem Gefängnis fliehen wollte. Auf alle Fälle war dies keine besonders gelungene Auslegung des Begriffs »Brain-Food«.

Eine Sache ist außerdem sicher: Während nur vereinzelte Gesundheitsorganisationen Kindern und Schwangeren empfehlen, weniger Thunfisch zu essen, so stimmen sie zumindest darin überein, dass die Einnahme von Thunfischdosendeckeln komplett vermieden werden sollte.

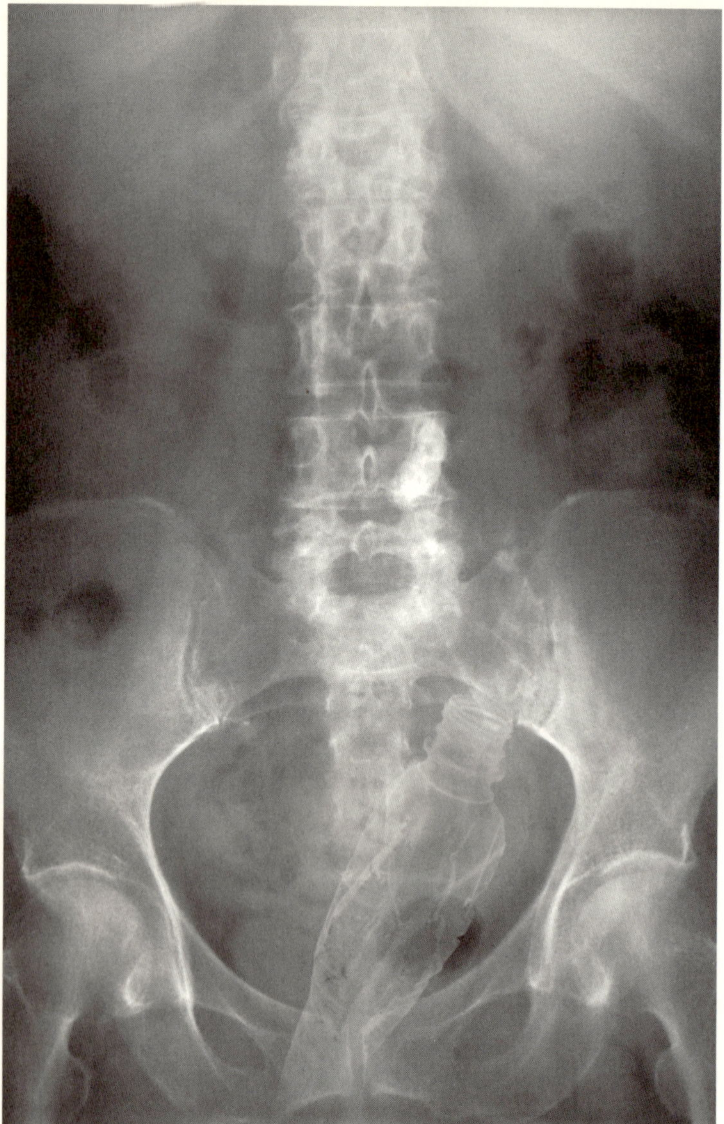

Der Durstlöscher

Da unser Körper ohnehin zu über 70 Prozent aus Wasser besteht, kann ein wenig mehr doch auch nicht schaden, oder? Leider zeigt unser Röntgenbild aber eine unwirksame Art der Hydration. Die Oberfläche des Rektums besteht aus einer dünnen Schleimhaut, die sehr schnell Medizin aufnehmen kann. Dieser Eigenart ist es geschuldet, dass Ärzte gerne auch auf diese Weise Arzneien verabreichen, wenn der Patient sie beispielsweise nicht über Mund oder Magen einnehmen kann. *Das* ist ein guter Grund, dort etwas reinzustecken.

Trotzdem ist es unmöglich, große Mengen Flüssigkeit auf diese Weise zu sich zu nehmen. Der Dünndarm ist größtenteils dafür verantwortlich. Der Dickdarm hingegen, der sich zwischen Dünndarm und Rektum befindet, lässt sogar Wasser frei. Demzufolge würde die Injektion von Wasser zu nur noch mehr Freisetzung von Wasser führen, wo wir beim Prinzip des Einlaufs und großer Sauerei im Badezimmer wären.

Die Einführung von Wasserflaschen ist nicht nur wenig vorteilhaft, sondern sogar schädlich. Mittlerweile ist bekannt, dass viele Arten von Plastikflaschen erodieren und dadurch krebserregende Substanzen freigeben. Einige dieser Substanzen wirken sich auf unsere Hormone und Geschlechtsorgane aus – und zwar nicht so, wie es die kräftesteigernden Jetzt-oder-nie-Pillen für den Mann tun mögen. Mit anderen Worten: Ziehen Sie es bitte in Erwägung, statt Plastik eher Glas- oder Edelstahlbehältnisse zu verwenden.

TIERE, GEMÜSE UND MINERALIENHALTIGES

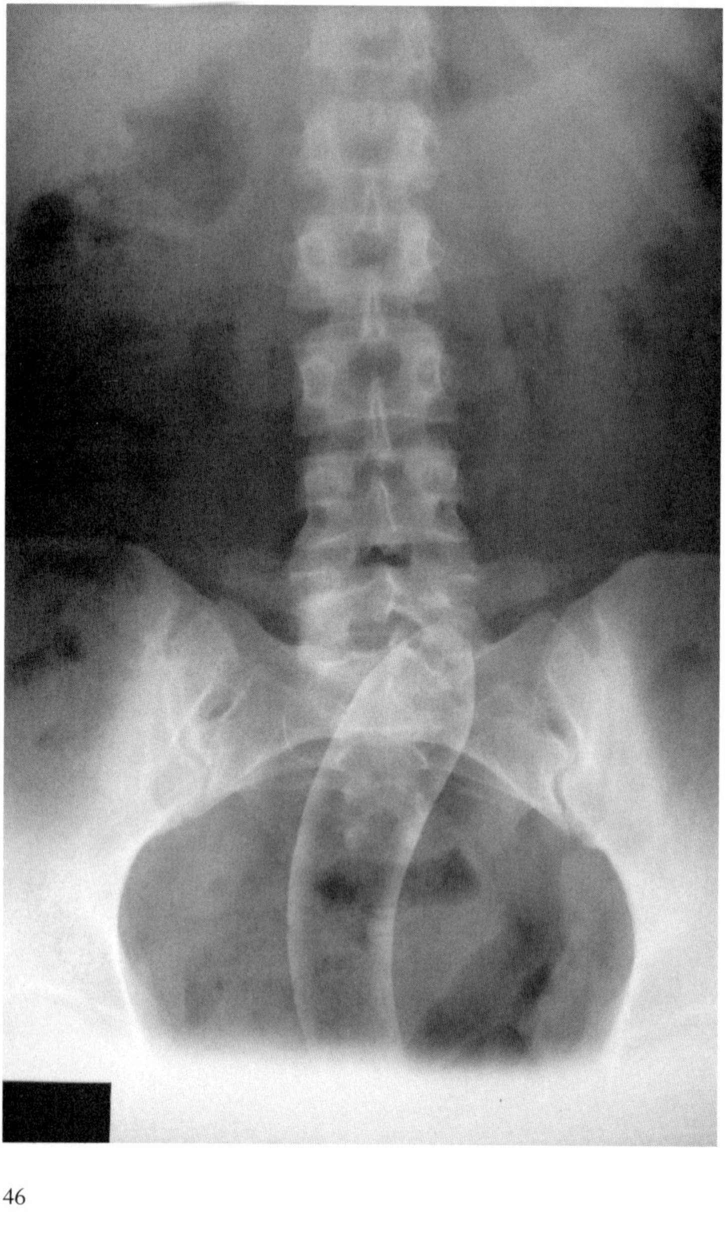

Banana Po

Der geistreiche Groucho Marx sagte: »Die Zeit fliegt wie ein Pfeil, die Fruchtfliege liebt Bananen.« Laut der Website von Chiquita sind Bananen das »beliebteste Obst der Welt«. Es existiert sogar ein berühmtes Volkslied mit dem Namen *Banana Boat Song* (das Bananenboot-Lied), das von Arbeitern auf jamaikanischen Bananenplantagen stammt und seither unzählige Male auf der ganzen Welt gecovert wurde.

Uns fällt da eher so etwas wie »Spiel mir das Lied vom Kot« ein.

Die Frucht des Bananenbaums ist reich an Kalium, Vitamin B6, Vitamin C und anderen Nährstoffen, welche an jeder beliebigen Stelle des Magen-Darm-Trakts aufgenommen werden können. Zusätzlich zu seiner üblichen Nutzung (*nicht* die, die Sie hier auf dem Bild sehen) kann man auch andere Teile des Bananenbaums verwenden. Bananenblätter werden zum Beispiel in Asien als Teller benutzt, aus den Pflanzenfasern kann man Textilien und Papier herstellen und aus dem Saft der Pflanze Klebstoff. Glücklicherweise verklebte bei diesem Patienten nichts. Wenn man den hohen Druck bedenkt, der sich entwickeln kann, hätte er sonst vermutlich einen eher unappetitlichen Bananenshake hervorgebracht.

Auch wenn die Website von Chiquita sich nicht dazu äußert, wie beliebt denn *diese* spezielle Anwendungsweise weltweit ist, gibt es doch einige klinische Belege dafür, dass es sich bei der Banane tatsächlich um die am meisten bevorzugte Frucht handelt, ihre Form ist einfach zu perfekt. Die arme Ananas hätte da keine Chance.

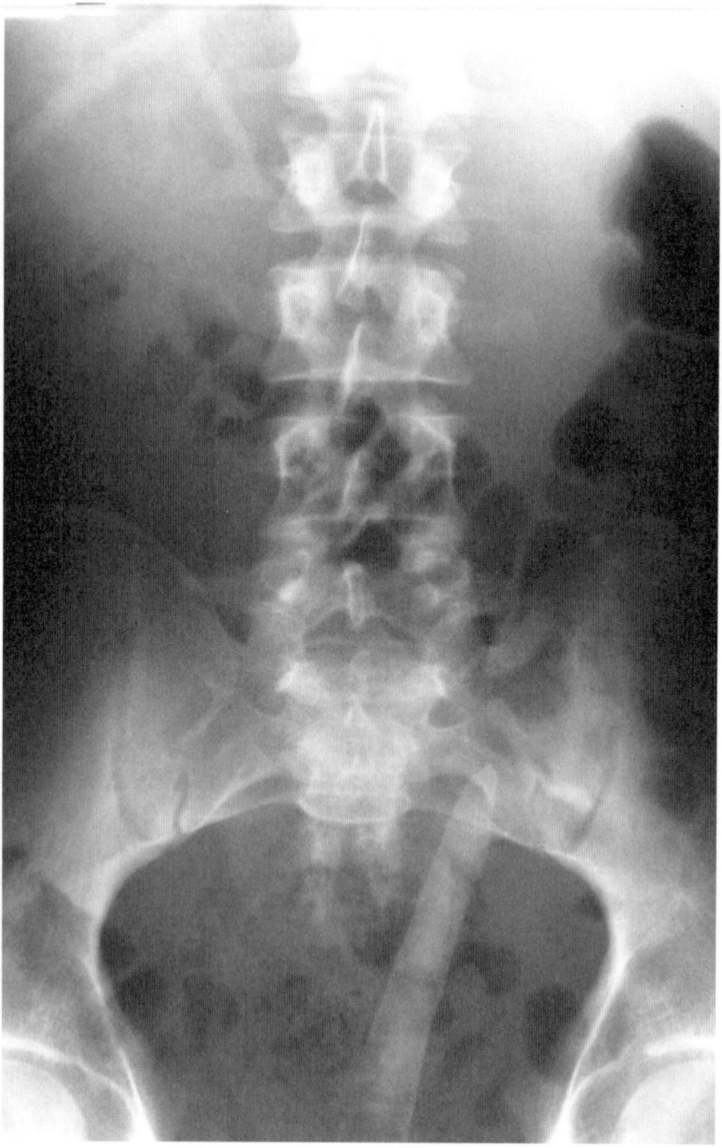

Hattu Möhrchen?

Ob das Karotten-»Tunken« in den Enddarm wohl auch so viel Spaß macht wie das Tunken in einen guten Dip? Im Vergleich mit vielen anderen Fremdkörpern ist das Entfernen von Karotten ein Kinder(?)-Spiel – solange sie nicht Teil eines Salates sind. Karotten kann man in kleine (mundgerechte) Stücke brechen, um das Herausnehmen zu erleichtern, und sie verursachen weitaus seltener solche Probleme wie zerbrochenes Glas oder scharfe Metallgegenstände. Und, im Gegensatz zu Glas oder Metall, kann man die Karotte essen. Nun ja, vielleicht nicht gerade diese Karotte.

Interessanterweise hat man in vielen Kulturen früher Karotten verwendet, um sich von Verstopfung und anderen Verdauungsbeschwerden zu befreien, was auch die Intention dieses Patienten gewesen sein mag. Karotten sind zudem reich an Betacarotin, was ihnen ihre schöne Farbe verleiht und im menschlichen Körper zu Vitamin A umgewandelt wird. Da ein Mangel an Vitamin A zu einer Verschlechterung des Sehvermögens führen kann, bringen viele die Karotte mit guten Augen in Verbindung. Was Sie erblicken werden, wenn Sie Karotten in Ihr kleines braunes Äuglein unten stecken, das sind die Schwestern und Ärzte in der Notfallambulanz.

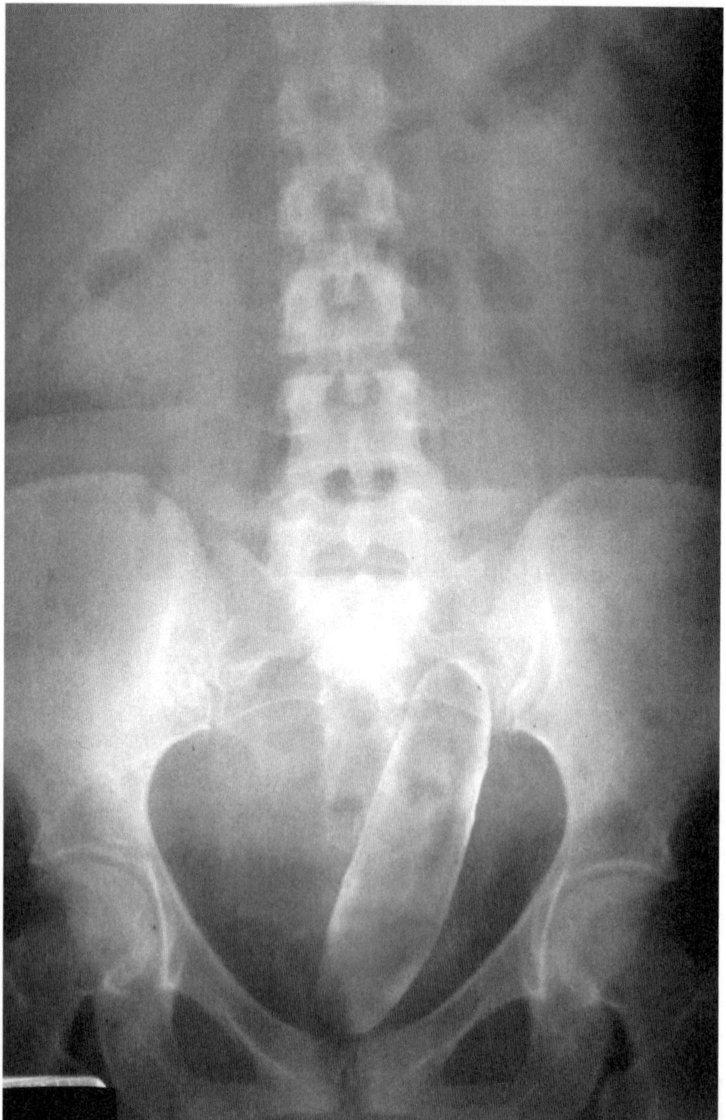

Saure-Gurken-Zeit

In der Kinderserie *VeggieTales* macht die Gurke immer einen ach so harmlosen Eindruck. Aber damit ist nun Schluss.

Das japanische Selbsttötungsritual Harakiri sieht vor, dass man sich quasi selbst ausweidet. Nach einem Stich in den Unterleib mit einem Schwert vollführt man eine Bewegung nach links und rechts und danach eine Aufwärtsbewegung. Am 31. März 2010 war in der *Sun* von einem Mann in Hongkong zu lesen, der in einer Blutlache aufgefunden worden war, nachdem er einen schweren Rektalriss durch die Gurke in seinem Hintern erlitten hatte. Man brachte ihn ins Krankenhaus, wo er angab, er hätte sich umzubringen versucht. Dies ist der einzige uns bekannte Fall von Gurken-Harakiri. Jalapeños hingegen ...

Die meisten Gurken in Rektum und Vagina sind aufgrund sexueller Aktivitäten dort gelandet – oder durch Rauschzustände oder das Hinfallen beim Nacktkochen auf eine der zahlreichen senkrechten Gurken, die die moderne Küche heimsuchen. Manche geben immerhin zu, dass sie eine neue Einlegemethode ausprobieren wollten.

Für viele von uns scheint eine gewisse »Freundschaft« zwischen Gurke und Anus zu existieren. Das *Urban Dictionary* führt sogar den Begriff »anus cucumber« (Anusgurke) und definiert ihn als Slang für jemand Blödes. Daher die wohlbekannte Redewendung »blöd wie eine Anusgurke«.

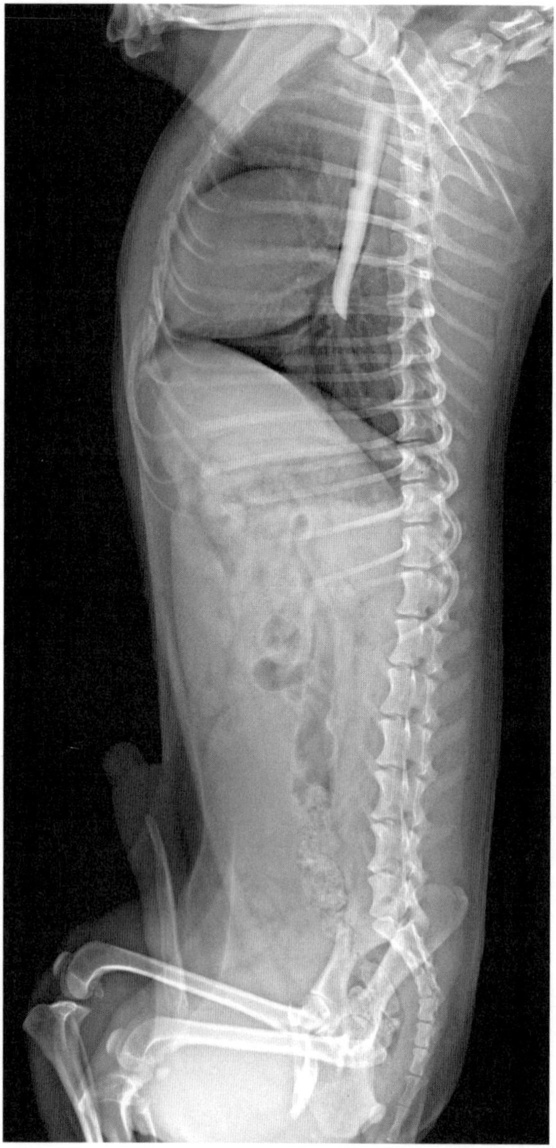

Tiere sind schließlich auch nur Menschen

Das hier war definitiv ein Unfall, eine gewöhnliche Feiertagsverletzung um genau zu sein. Das Herrchen war gerade dabei, einen saftigen Festtagstruthahn zuzubereiten. Neben dem Truthahn lag ein Messer, das laut Werbung scharf genug war, einen Schuh zu durchtrennen. (Möchte noch jemand etwas vom Reebok-Braten?) Wer hätte ahnen können, welch Risiken ein scharfes Messer noch so mit sich bringt?

Der Hund überlebte, wurde allerdings regelrecht aufgespießt. Was tun in solch einem Fall? Das kommt wirklich auf den Hundehalter an. Denn auch wenn viele ihre Haustiere besser behandeln als sich selbst, sind einige doch nicht unbedingt dazu bereit, mehrere Tausend Dollar für eine lebensrettende OP auf den Tisch zu legen. Situationen wie diese haben zur Gründung von Hunde-Krankenkassen geführt. Sie ermöglichen es den Tierhaltern, ihren Haustieren nach derartigen Katastrophen beizustehen, ohne dass es (für einige) zum finanziellen Ruin kommt. Wir warten nur auf den Tag (und das Röntgenbild), an dem ein Tier ein anderes auffrisst und die Versicherung in Streit darüber gerät, wer zahlt.

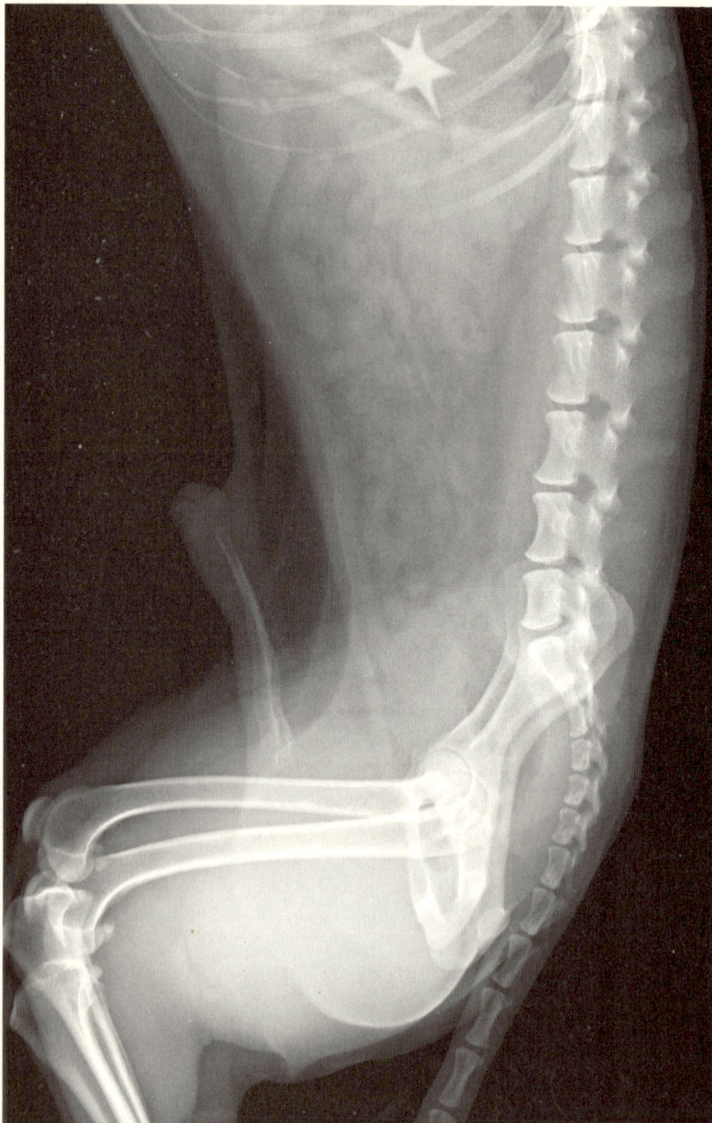

Spitzenmäßiges Dessert

Wir sind uns darüber im Klaren, dass die Leute nach den Feiertagen oft nicht wohin mit ihrer Deko wissen. Wir sind uns außerdem darüber im Klaren, dass Leute den Kram, den sie loswerden wollen, oft einfach an ihre Hunde verfüttern. Dieser Fall war eine üble Kombination aus beidem.

Ja, dieser Hund hier kam in Feiertagsstimmung, indem er sich an Schmuck und Schlemmereien gleichermaßen erfreute. Bedauerlicherweise hat er für den Abschluss seines Festmahls eine schlechte Wahl getroffen. Der Stern und seine vielen Zacken machen den Weg in den Magen nicht nur schwierig, sondern vor allem zerstörerisch. Wenigstens war der Hund nicht jüdisch, sonst hätte er es mit den sechs Zacken des Davidsterns aufnehmen müssen.

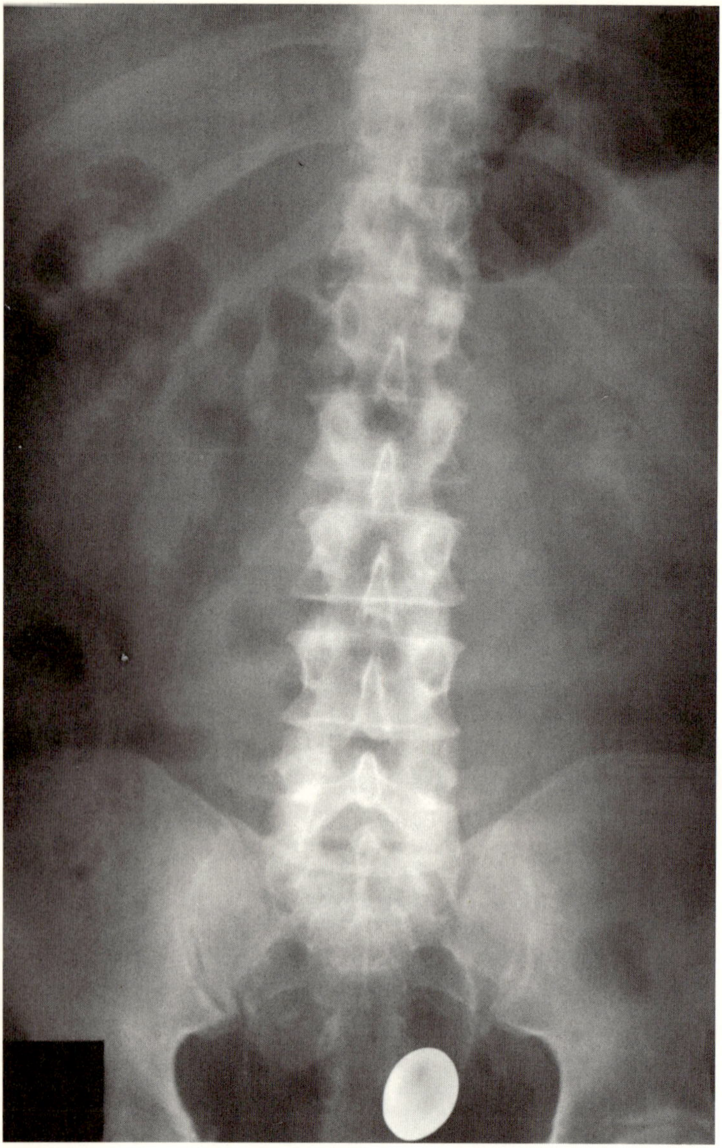

Ungelegte Eier

Hier ist kein Spiegelei zu haben. Das Ei auf unserem Bild ist auch nur deshalb sichtbar, weil es im Gegensatz zum gewöhnlichen, eher transparenten Ei durchweg aus Metall besteht. Sollte irgendjemand auf die Idee kommen, ein echtes Ei durch eine solch enge Stelle pressen zu wollen, hätte er vermutlich schnell Rührei in den Händen. Wie Hühner trotzdem genau dazu in der Lage sind, entzieht sich unserer Vorstellungskraft und fügt dem »Henne-Ei-Mysterium« eine weitere rätselhafte Dimension hinzu.

Noch mehr Spaß mit Eiern kann man mit der guten alten Chemie haben. Braten Sie Ihre Eier am nächsten Valentinstag doch einmal in einer Eisenpfanne. Laut Schulbuch kommt es durch die Hitze zu einer chemischen Reaktion zwischen der Schwefelsäure des Eis – die für den üblen Geruch von faulen Eiern verantwortlich ist – und dem Zinn der Pfanne. Die Reaktion hat möglicherweise einen Gestank zur Folge, der einen darüber spekulieren lässt, was mit den Eiern wohl vorher so passiert ist. Das Endresultat: pinkfarbene Eier! Wir sind sicher, dass sich Ihr Partner über pinke Eier freuen wird, sofern sie vorher ausreichend lüften.

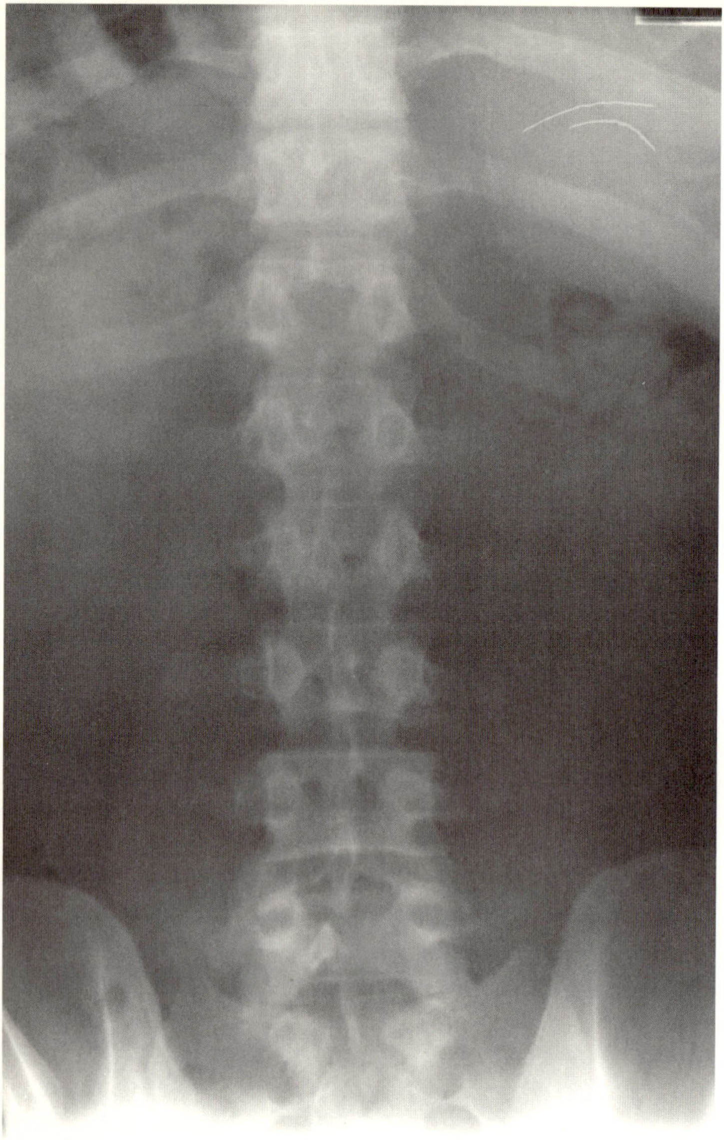

Nemos Rache

Auch wenn es allgemein heißt, Fisch sei gut für die Gesundheit, kann man das so pauschal nicht sagen. Nicht nur mit schlechten Witzen haben Ärzte oft zu kämpfen (Ernährungsbewusste Patientin fragt: »Sind Fische gesund, Herr Doktor?« – Arzt antwortet: »Ich glaube schon, bei mir war jedenfalls noch keiner in Behandlung.«), auch verschluckte Fischgräten sind ein weit verbreitetes Übel in der Notaufnahme.

Einer Studie zufolge handelt es sich bei Fischgräten um »den am häufigsten versehentlich verschluckten Gegenstand sowie die häufigste Ursache von Perforationen des Magen-Darm-Trakts«. Wir unterlagen bislang dem Glauben, das wären Münzen und Besteck. Fischgräten haben wir noch in keinem Hinterteil entdeckt, aber wir warten auf den Tag, an dem uns ein Patient den Lachs in seinem Enddarm mit den Worten »Ich bin stromaufwärts geschwommen« zu erklären versucht.

In der zuvor erwähnten Studie erlitt die Hälfte derjenigen, die Fischgräten verschluckt hatten, auch eine Perforation. Aus Angst vor solchen knochenbedingten Katastrophen halten sich viele lieber an die »gesündere« Alternative – Hamburger –, da deren einzige Risiken Ersticken, ein hoher Cholesterinspiegel sowie Kolibakterien- und Salmonellenvergiftungen sind.

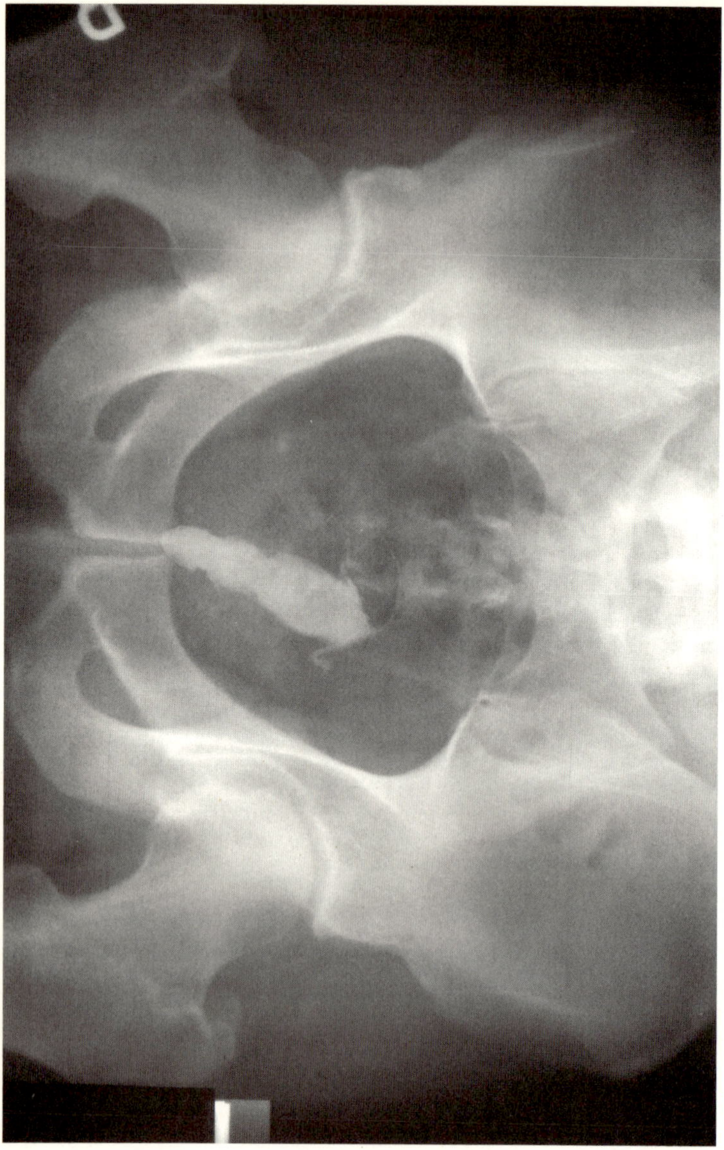

In jeder Legende steckt ein Körnchen Wahrheit

Selbst Richard Gere wäre schockiert über diese Röntgenaufnahme! Okay, das war ein blöder Witz. In Wahrheit haben wir umfangreiche Recherchen zur Richard-Gere-Rennmaus-Legende angestellt und sind mittlerweile davon überzeugt, dass sie falsch ist. Warum sollte jemand, der mit Supermodel Cindy Crawford verheiratet war, solch einen Fetisch nötig haben? Viele andere Stars sind bereits Opfer solcher Legenden geworden, aber da keine einzige jemals bewiesen wurde, bleiben wir skeptisch.

Natürlich ist es in unserer Gesellschaft beliebt, Gerüchte über Promis zu verbreiten, und gerade diese Praktik ist schon seit Jahren Stoff vieler Legenden. Es existiert sogar ein angelsächsischer Name dafür: Gerbilling (obwohl die amerikanische Rechtschreibprüfung dieses Wort nicht zu erkennen vermag, stellen Sie sich nur vor). Die Theorie dahinter ist, dass das Nagetier durch seine Bewegungen die männliche Prostata stimuliert.

Angeblich war es in gewissen Ländern auch eine beliebte Foltermethode, den Opfern Nagetiere in den Hintern zu stecken, insbesondere unter Pinochet in Chile. Man ging davon aus, dass die kleinen eingesperrten Nager sich ihren Weg aus der Enge brutal freikrallen und -beißen. Man kann sich ungefähr vorstellen, wie schmerzhaft diese Fluchtversuche für die Person, in der der Nager einsaß, gewesen sein müssen. Deshalb bleiben wir in hohem Maße skeptisch, was sexuelle Praktiken mit Rennmäusen anbelangt. Zumindest wird nie ein zweites Mal stattgefunden haben!

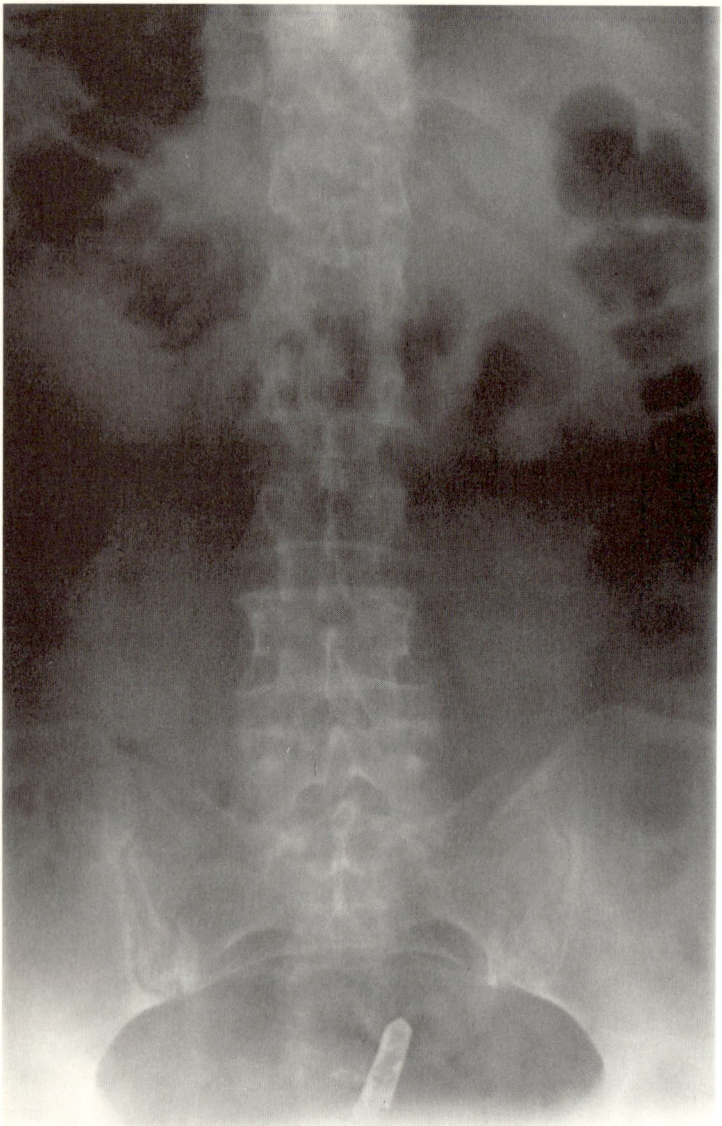

Wertvolle Mineralstoffe

Wir haben bereits sehr viele ungewöhnliche Objekte im Körper aufgespürt, selten jedoch etwas in mineralischer Elementarform. Offensichtlich hat der Gegenstand nicht mineralisiert, obwohl er dem starken Druck der weitreichenden Gasansammlung ausgesetzt war, die zurückzuführen ist auf die beiden fantastischen mexikanischen Restaurants unweit der Wohnung des Patienten. Wir erkundigten uns beim Patienten, weshalb er sich ausgerechnet Quarz in seinen Allerwertesten gesteckt hat. Wir wünschten, wir hätten nicht gefragt ...

Es stellte sich heraus, dass es sich bei dem Patienten um einen Mineralogen handelte, der ziemlich versessen war auf seine Arbeit. Auch mit dem Klischee, wie unglaublich spannend der Mineraloge an sich so ist, wollte er partout nicht aufräumen. Er erfreute uns mit Geschichten darüber, dass Quarz zu einem Teil aus Silizium und zu vier Teilen aus Sauerstoff besteht und dass es nach Feldspat das weltweit am zweithäufigsten vorkommende Erz ist. Wir haben davon abgesehen, zu fragen, wieso er dann nicht Feldspat verwendet hat, aus Furcht, er könne uns auch zu diesem Thema belehren.

Dieser Patient hat nicht einfach den üblicherweise in Gestein vorkommenden Quarz verwendet, sondern eine sehr viel reinere Form. Anscheinend ist diese Urform nicht nur sehr selten, sondern auch extrem wertvoll, da man sie für die Gewinnung von Silizium für Halbleiter einsetzen kann. Für unseren Mineralogen war dieser Quarz also so etwas wie Gold oder Diamanten, genauso wertvoll und schön. Wir können mittlerweile also nachvollziehen, welchen Wert der Quarz für den Patienten gehabt hat, würden jedoch für die Aufbewahrung von Wertsachen andere Orte empfehlen.

ZURÜCK IN DER SCHULE

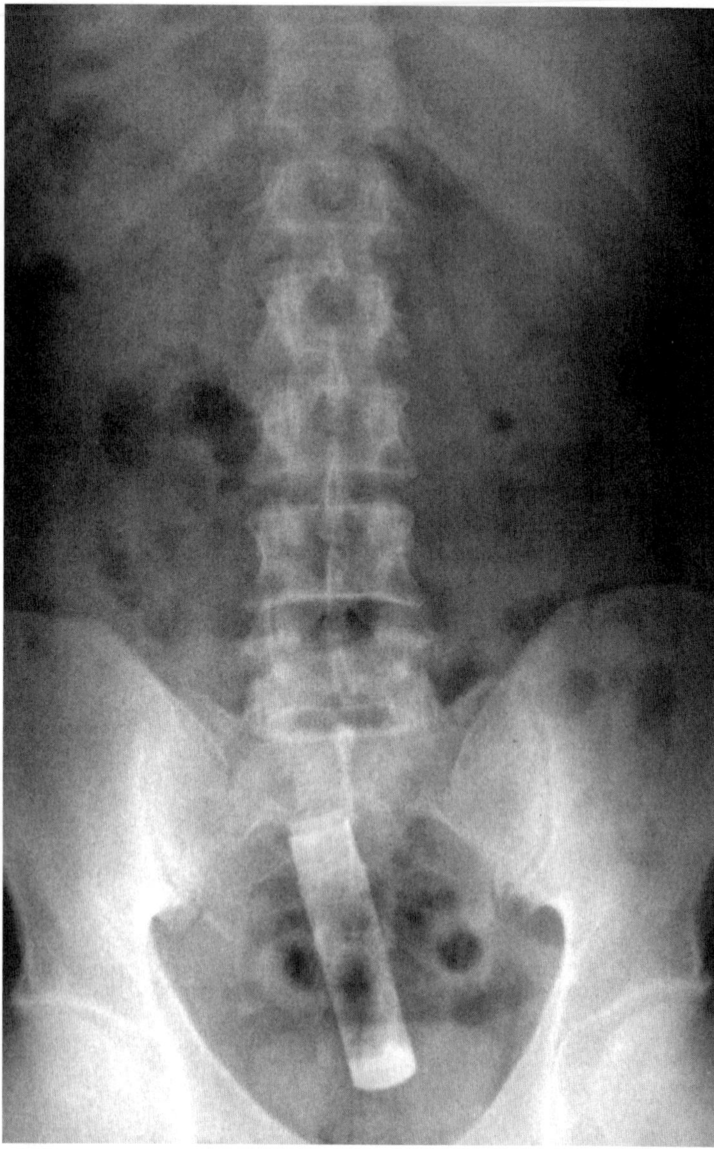

Warum man Klebesticks immer verschließen sollte

Der Mund ist nicht das Einzige, das manche Menschen gerne zukleben würden. Für viele ist der gute alte Klebestift der Inbegriff unschuldiger Kinderzeiten. Es tut uns aufrichtig leid, diese hübsche Nostalgie beflecken zu müssen, aber angesichts der zylindrischen Form und der Allgegenwärtigkeit dieses Produkts hätte man das kommen sehen können. (*Kommen* sehen ...?)

Die meisten käuflichen Klebesticks enthalten ungiftigen, säure- und lösemittelfreien Kleber und sind somit ein seltenes Beispiel dafür, dass es weniger gefährlich sein kann als man denkt, sich etwas Kommerzielles in den Po zu schieben. Interessanterweise wurden viele Fälle dokumentiert, in denen Kinder, Tiere (Hunde etwa) und einige geisteskranke Menschen Klebestifte essen, als wären es Lollies. Diese kreativen Esser hatten meist lediglich mit schwachen, temporären Symptomen wie Durchfall zu kämpfen. Letzteres tritt ein, weil die Bestandteile des Klebers dem Darm durch Osmose Wasser entziehen.

Selbstverständlich kann der Klebestift trotz seiner Ungiftigkeit sehr wohl durch seine Hülse oder seinen Deckel zu einer Obstruktion im Körper führen, wenn er verschluckt oder eingeführt wird. Wie wir schon in unserer frühesten Kindheit gelernt haben, ist es deshalb so wichtig, den Deckel wieder drauf zu machen. Und Sie haben immer gedacht, das solle man tun, damit der Kleber nicht austrocknet.

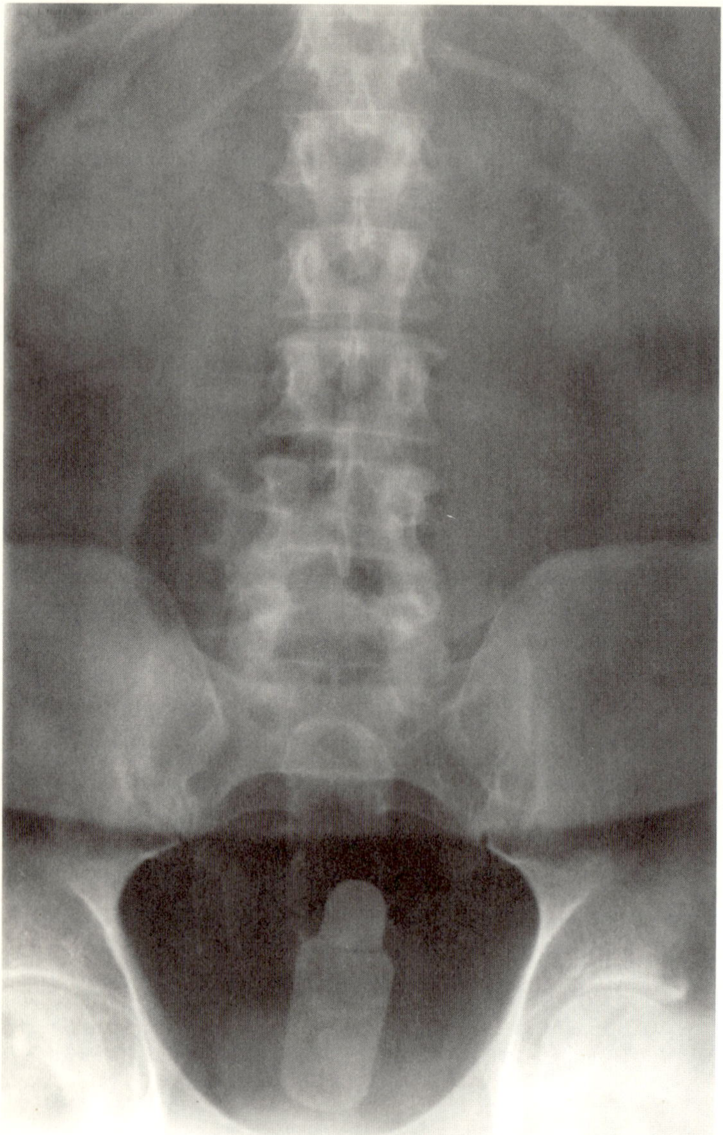

Dieser Fehler lässt sich nicht so leicht korrigieren

Die Firma Liquid Paper wurde von Bette Nesmith Graham in den frühen 1950ern gegründet. Mit ihrer Korrekturflüssigkeit wurde Bette weltberühmt, und sie brachte außerdem einen Sohn hervor, Michael Nesmith, der in den 1960ern bekannt wurde als Teil der Band The Monkees. Wir wissen nicht, was die Dame mehr zum Staunen bringen würde: dass die Monkees ihre Musik nicht immer selbst geschrieben und gespielt haben oder dass diese Flasche Tipp-Ex gefunden worden ist, wo sie gefunden worden ist.

Eine weitere nicht unbedingt vorgesehene Freizeitvergnügung mit Korrekturflüssigkeit ist das Schnüffeln. Manche inhalieren gewisse Stoffe ein, um high zu werden, wobei die Auswirkungen der involvierten Chemikalien mitunter giftig und tödlich sind. Wie andere Schnüffelmittel auch, können Korrekturflüssigkeiten zu schwerwiegenden Arrhythmien sowie Herzrhythmusstörungen führen. Wenn Sie gerade dabei sind, das auszuprobieren, hören Sie bitte sofort damit auf und nehmen sie lieber eine duftende Rose zur Hand!

In einem Artikel über Tipp-Ex schnüffelnde Schüler hieß es: »Schulgesundheitsbeauftragte, Gesundheitsämter und Gesetzesvollstrecker sollten aufmerksam gemacht werden auf die Notwendigkeit der Überwachung dieser Art der Handlung.« Das sagen wir auch über die hier abgebildete Art der Handlung. Leider wurde das Fläschchen Korrekturflüssigkeit nicht bei derselben Person gefunden, die einen Stift im Rektum stecken hatte, was überaus praktisch hätte sein können ...

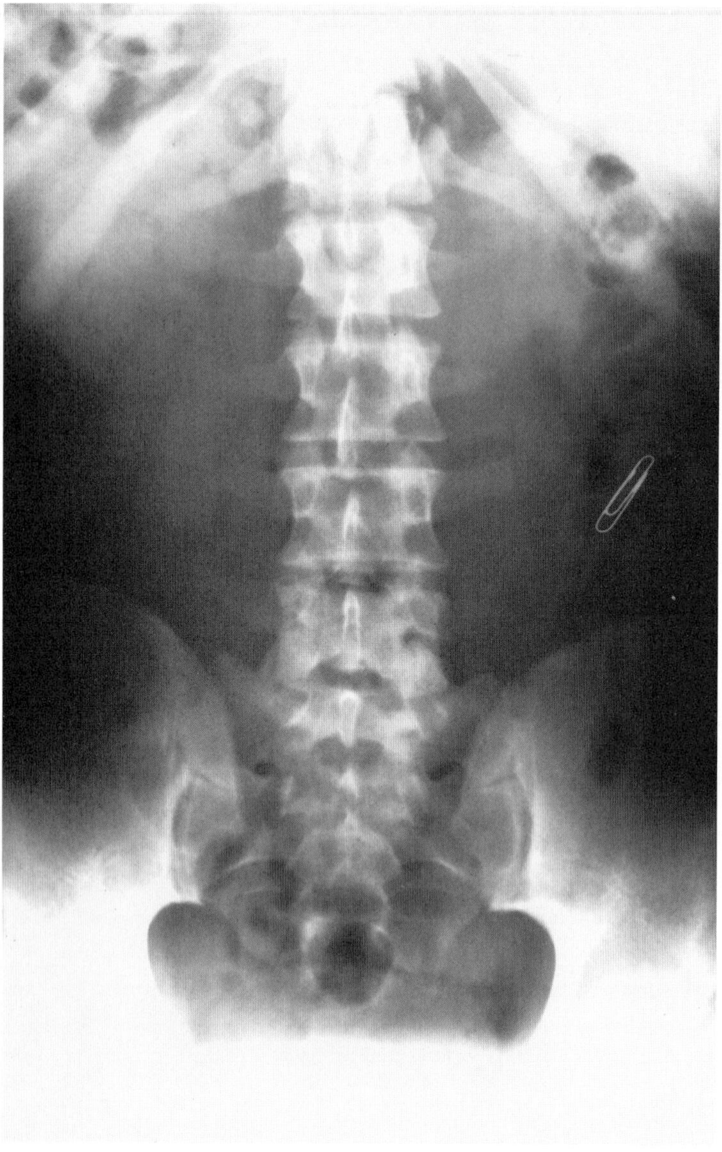

Büro, Büro

In einer Folge der US-amerikanischen Serie *Das Büro* sagt Karen zu Creed: »Du kannst doch dem Baby keine Büroklammern geben. Es könnte sie aus Versehen verschlucken!« Daraufhin meint Creed: »Oh, schon okay, ich hab genug von den Dingern.« Wie wir gleich sehen werden, ist die Einnahme von solchen Klammern jedoch keineswegs zum Lachen.

Dem Early Office Museum zufolge – als ob Museen nicht per se schon langweilig genug sind – hat man eine frühe Version der heutigen Büroklammer im späten 19. Jahrhundert erfunden und setzt sie seitdem für alles Erdenkliche ein, angefangen vom Zusammenhalten von Blättern bis hin zum, wenn Sie MacGyver'sche Qualitäten besitzen, Entschärfen einer bösen Bombe, die ein Gebäude voller unschuldiger Menschen hätte töten sollen. Wahrscheinlicher ist es allerdings, Büroklammern in menschlichen Körpern zu entdecken, vielleicht aufgrund der verzweifelten Versuche, »lockeren« Stuhlgang zusammenzuhalten. Zum Glück bewegt sich eine verschluckte Büroklammer meistens so durch den Körper, dass sie keinen Schaden anrichtet – es sei denn, sie wurde aufgebogen ... Lassen Sie also um Himmels Willen die Finger davon, auch wenn Sie im Büro Langeweile haben.

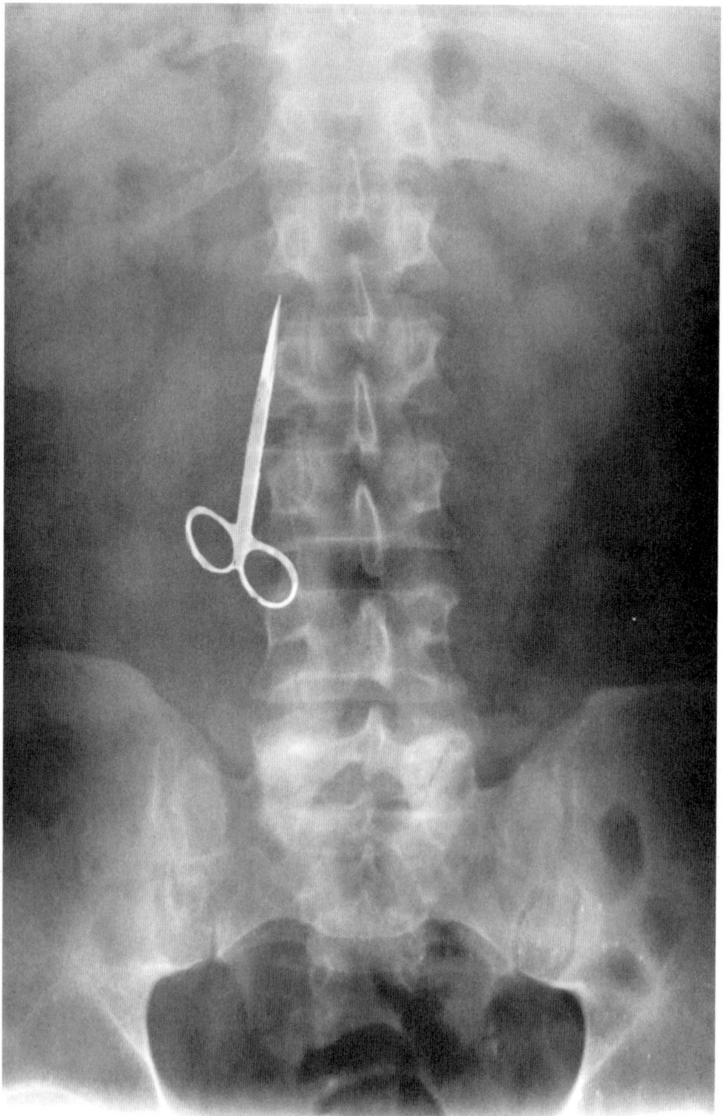

Na, noch alle beisammen?

Nobody is perfect, selbst Chirurgen nicht, auch wenn sich manche dafür halten.

Während einer Laufbahn als Chirurg schneidet man den menschlichen Körper Tausende von Malen auf und verwendet dabei tonnenweise Instrumente, Verbandsmull, Nadeln und andere Gegenstände, um sich an das blutige, schwer vorstellbare Werk zu machen. Was sollte dabei schiefgehen? Nun, wie gut ein Chirurg auch sein mag, letzten Endes bleibt stets irgendetwas im Körper zurück.

Perfektion ist im OP zwar nicht immer möglich, aber es gibt tatsächlich eine Reihe von Maßnahmen, die verhindern sollen, dass ein Gegenstand im Körper zurückgelassen wird – gerade im OP. Eine der hochentwickeltsten und modernsten Methoden ist dabei – das Zählen. Sämtliche Instrumente und andere Gegenstände werden vor und nach der Operation gezählt, um festzustellen, ob sie noch alle beisammen sind. Zudem enthalten fast alle Objekte strahlenundurchlässige Elemente, damit sie auf dem Röntgenbild zu sehen sind. Somit kann der Fehler leichter behoben und obendrein die Fortsetzung dieses Buchs mit Material ausgestattet werden.

Solche Komplikationen zu verhindern verringert nicht nur die Anzahl an Rechtsstreitigkeiten, sondern erspart den Krankenhäusern auch eine Menge instrumentaler Neuanschaffungen. (Wir machen nur Spaß, logo. Oder ...?)

ALLES FÜR DEN HEIMWERKER

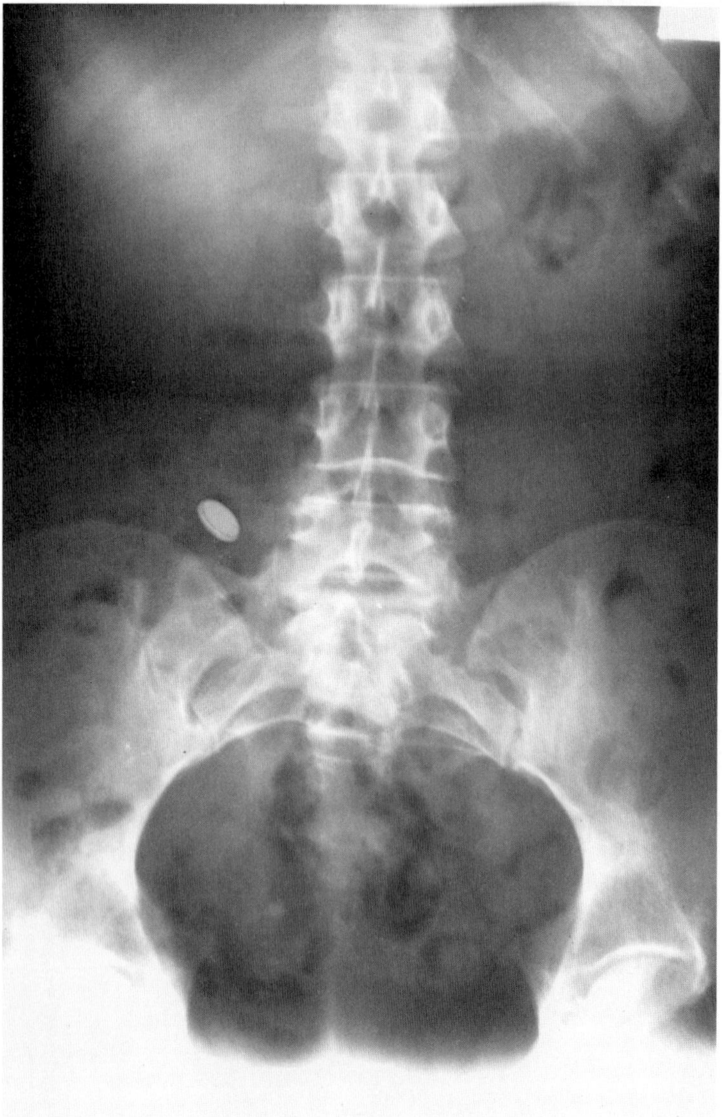

Batterien sollten nicht im Lieferumfang enthalten sein

Im Laufe der letzten zwei Jahrzehnte wurden unsere Batterien immer kleiner, und die beliebteste der kleinen ist die Knopfbatterie. Am häufigsten werden Batterien von Kindern verschluckt, die diese mit Süßigkeiten verwechseln. Einen weiteren Spitzenplatz erreichen in dieser Disziplin jedoch auch die Senioren, was sinnvoll erscheint, denn sie tun sich bekanntlich schwer mit neuen Technologien.

Batterien enthalten eine Vielzahl ätzender Elemente wie beispielsweise Lithium. Sind diese Elemente eine Zeit lang im Magen-Darm-Trakt ausgelaufen, kann es zu einer elektrochemischen Reaktion kommen, die Natriumhydroxid produziert, der Hauptbestandteil von Bleichmitteln. Bleichmittel können Wunder beim Reinigen von Kleidern bewirken, sind allerdings auch höchst giftig. Im Körperinneren können sie zu Verbrennungen führen und Löcher verursachen, die vorher noch nicht existiert haben.

Die Gegend, die am anfälligsten ist für eine solche Obstruktion, ist das Ende der Speiseröhre. Steckt die Batterie dort fest, muss sie im Rahmen einer Notfalloperation von einem Spezialisten entfernt werden. Passiert sie diesen Punkt, kann die weitere Passage mithilfe eines Abführmittels beschleunigt werden. Ironischerweise verwandelt diese Methode Patient und Knopfbatterie in ältere, größere Energizer-Batterien – wenn alle anderen schon müde sind, läuft sie immer noch ...

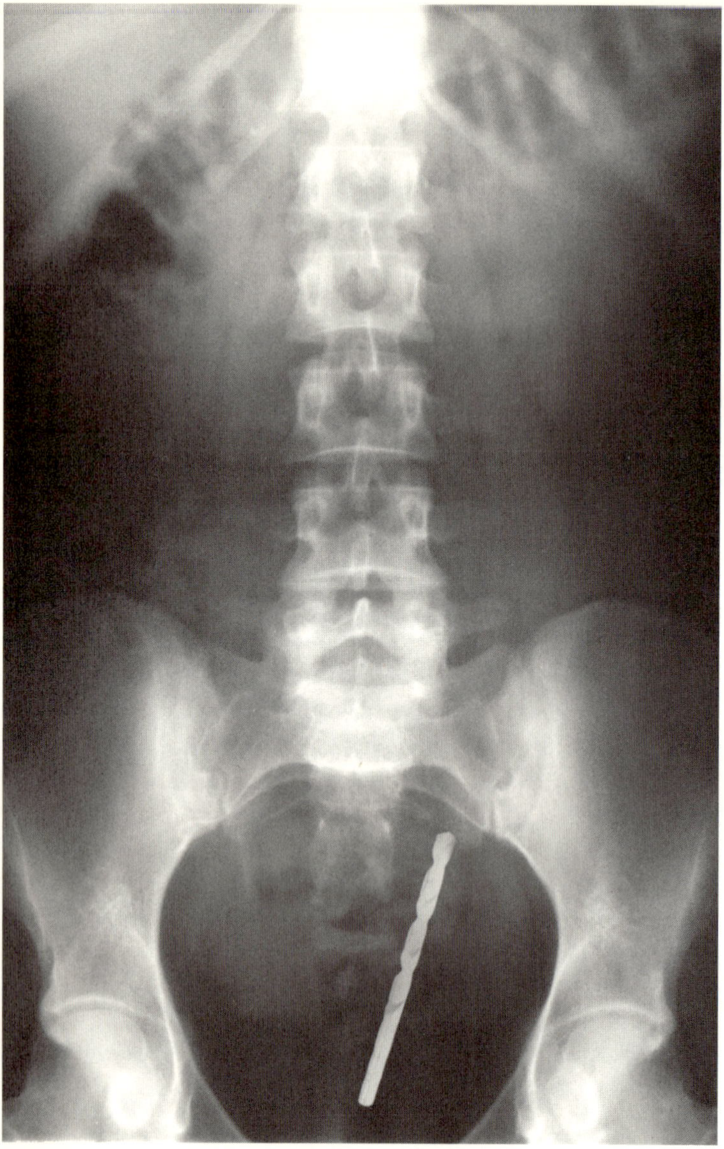

Born to drill

Gewiss, die Ölpreise steigen ständig. Da ist es nicht verwunderlich, dass man bei der verzweifelten Suche nach Öl auch die eigenen unteren Körperregionen ins Visier nimmt. Doch dieser Patient hier hat ein wenig übertrieben.

Er hatte offensichtlich einen Unfall. Wie bei so vielen Unfällen, mit denen wir es in der Notfallambulanz zu tun haben, war auch bei diesem Alkohol im Spiel. Zu den Nebeneffekten von Alkohol gehört zum Beispiel der Besuch eines Konzerts von Justin Bieber, obwohl man schon erwachsen ist ... oder, na ja, eigentlich egal in welchem Alter. Ein weiterer Nebeneffekt mag sein, dass man sich einer Aufgabe widmet, von der man im nüchternen Zustand begreifen würde, dass man weder die Fähigkeiten noch die nötige Motivation dafür besitzt – Autofahren, Bohren oder dergleichen. Die »Becher nicht beim Bohren«-Kampagne hat sich leider nicht durchsetzen können. Die Vereinigung »Bauarbeiter gegen blaues Bohren« leider ebenso wenig.

Neben Auto- und Bohrunfällen ist Alkohol verantwortlich für über vier Millionen Notfälle im Jahr allein in den USA. Diese ernüchternde Tatsache hatte zur Folge, dass es in Notaufnahmen mittlerweile spezielle Einheiten für berauschte Individuen gibt, die sogenannten »Ausnüchterungszellen«. Über die Risiken von Alkohol brauchen wir hier nicht zu schreiben. Ob Verletzungen jeglicher Art, Rechtsstreitigkeiten oder Gesundheitsprobleme – auch wenn wir Sie jederzeit gerne an interessanten medizinischen Phänomenen wie diesem hier teilnehmen lassen, so wünschen wir uns eine Welt, in der so etwas nicht passieren würde.

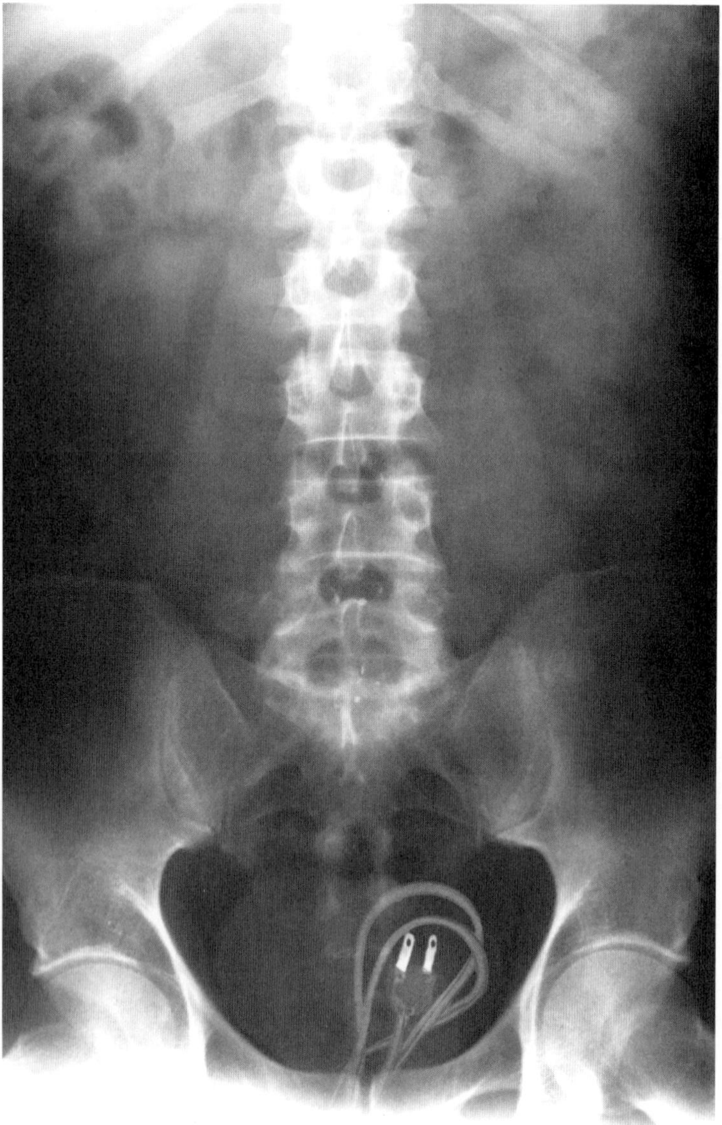

Spannendes aus den An(n)alen der Physik

Seit Thomas Edison ereignen sich jede Menge Unfälle in Zusammenhang mit Strom. Wenn wir den Kindern sagen, sie sollen nicht mit Strom spielen, beziehen wir uns allerdings keineswegs auf diesen speziellen Fall hier. Die Frage ist die: Wie gefährlich wäre es, wenn das Kabel angeschlossen gewesen wäre?

Fließt Elektrizität durch den Körper, so wird Hitze freigesetzt; wenn diese groß genug ist, beschädigt sie alles, was ihr in die Quere kommt. Es ist allerdings sehr schwer, Strom durch den Körper zu leiten, wählt er doch den Weg des geringsten Widerstands. Denken Sie an das ohmsche Gesetz: elektrische Spannung (U) = elektrischer Widerstand (R) x Stromstärke (I). Bleibt die Spannung also gleich, nimmt die Stromstärke ab, je größer der Widerstand ist. Und da die Organe im Körper einen hohen Widerstand aufweisen, ist die Stromstärke für gewöhnlich sehr gering. Wie mächtig der Hintern mancher Leute auch sein mag, es wird nie sonderlich viel Strom herausfließen.

Die Stromstärke und der Schaden, den sie anrichtet, sind demnach umso größer, je höher die Spannung – wie beim Blitzschlag – bzw. je geringer der Widerstand – wie beim elektrolythaltigen Speichel – ist. Mit anderen Worten: Auch wenn es eine zweifelhafte Idee war, das Kabel in den Popo einzuführen, weitaus tragischer hätte es geendet, hätte man es oben eingelassen.

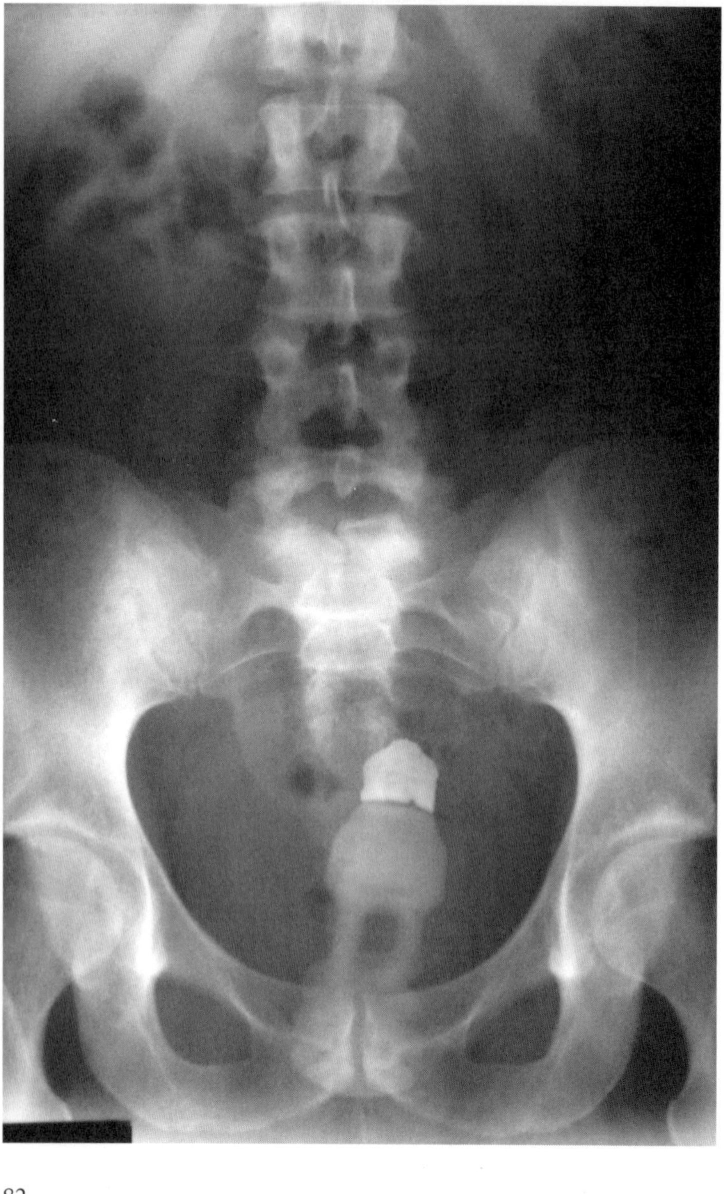

Nicht besonders helle

In den USA hat man die alte Glühfadenlampe durch die Kompaktleuchtstofflampe ersetzt, da Letztere weniger Energie verbraucht. In dem abgebildeten Fall hingegen muss es noch einen anderen Grund gegeben haben; die Aktion kostete mit Sicherheit viel Energie, und es war nur wenig Helligkeit mit von der Partie.

Amerikanischen Umweltorganisationen zufolge sind diese Lampen mit Quecksilberdampf gefüllt, der zu einem Großteil im Innern der Lampe verbleibt, wenn sie in Gebrauch ist. Zerbricht sie allerdings, werden ungefähr 14 Prozent des Quecksilberanteils in die Luft freigesetzt. Es handelt sich dabei um die Elementarform von Quecksilber, welche vom Magen-Darm-Trakt kaum aufgenommen wird und deshalb selten zu Vergiftungen führt. Welch ein Glück für den Patienten, wo ihm doch schon beim Gedanken an sein Vorhaben kein Licht aufging.

Merke: Es besteht ein Unterschied zwischen »die Lampe reindrehen« und »mit Lampe durchdrehen«.

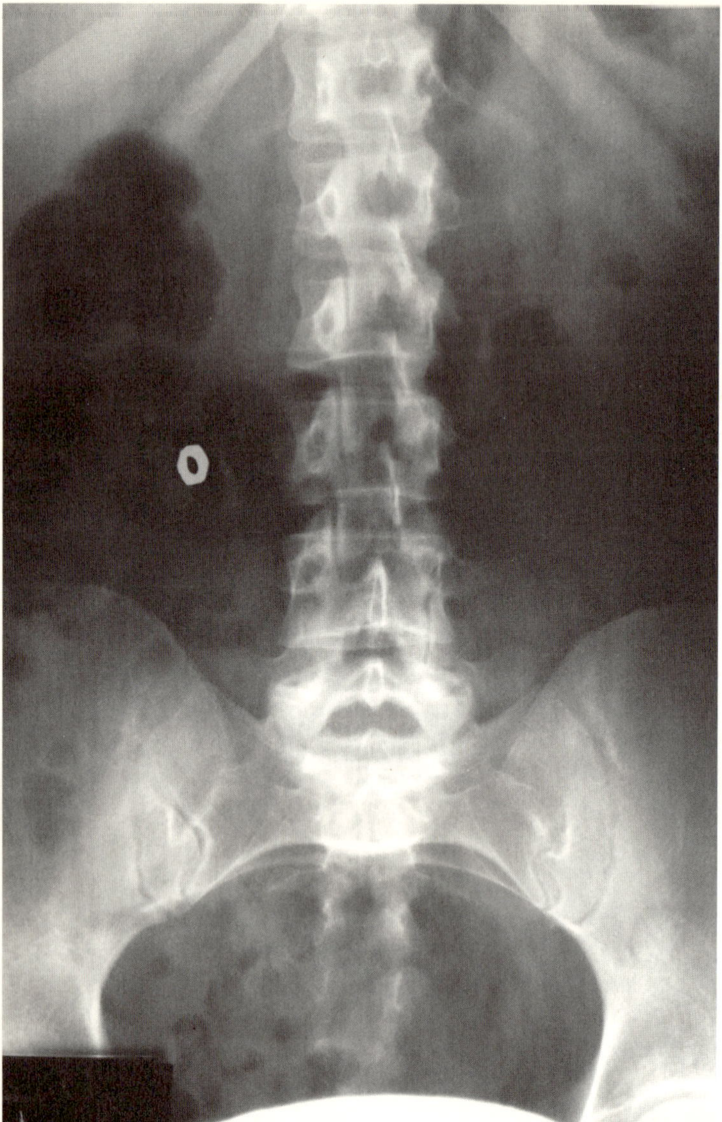

Hast du vielleicht ein Schräubchen locker?

Verschluckte Schraubenmuttern kriegen wir in der Notaufnahme ziemlich häufig zu Gesicht. Handelt es sich um kleine Exemplare, passieren sie Hals und Darm für gewöhnlich ohne Schwierigkeiten, obwohl sie durch den Kontakt mit dem elektrolythaltigen Speichel ziemlich salzig werden können. Um Schraubenmuttern aus Stahl schnell und einfach zu entfernen, setzen Ärzte oft Magnete ein.

An einem der denkwürdigsten Fälle in diesem Zusammenhang war ein 17-jähriger Junge beteiligt, der mehrere Schrauben, Muttern und andere Kleinteile verschluckt hatte. Er verließ irgendwann das Krankenhaus, als er sämtliche Teile ausgeschieden hatte. Eigentlich ein ziemlich langweiliger Fall, wäre da nicht seine Erklärung gewesen: Er sagte, er »brauchte einen Tapetenwechsel«. Es ging ihm also um einen sekundären Krankheitsgewinn materieller Art, wie etwa den Aufenthalt in einem Krankenhaus statt in einem Gefängnis oder einer Jugendstrafanstalt. Oder das Erlangen von Obdach, Nahrung, Medizin, Geld, etc. Alles, was er bei uns damit erreicht hatte, war die Frage, ob er, nun ja, ein Schräubchen locker hätte.

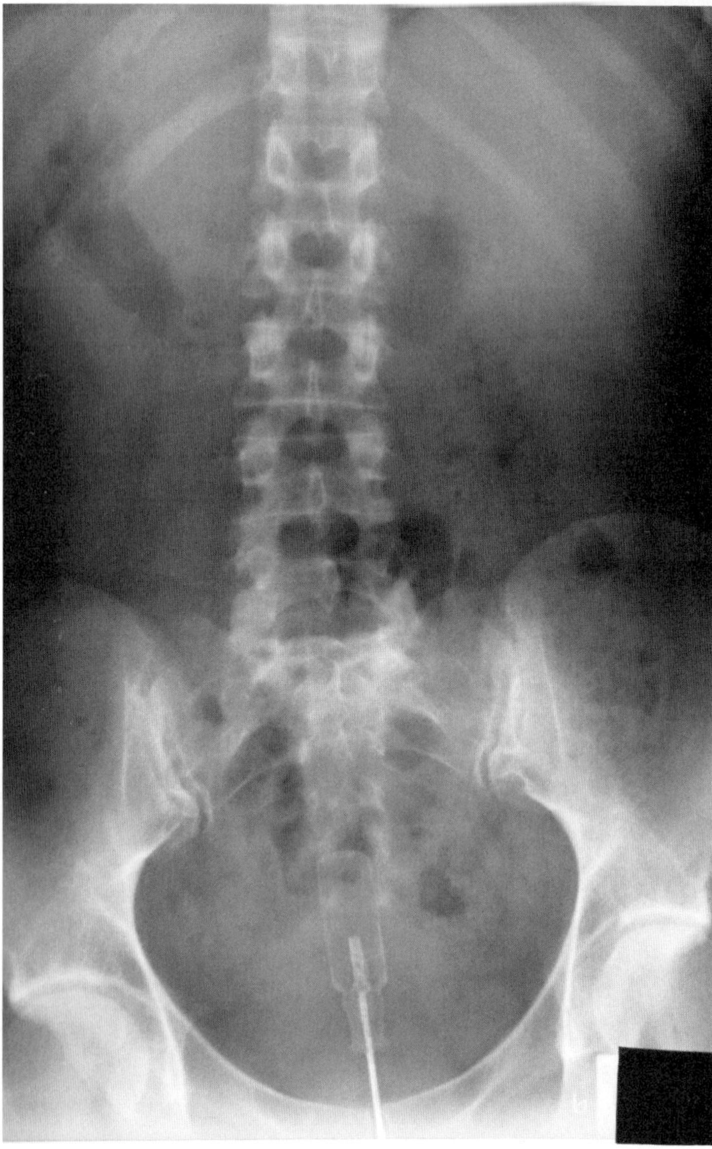

Zum Durchdrehen

Nein, dieser Patient hatte keinen Screwdriver-Cocktail geordert. Dieser Patient hatte nicht einmal Zugang zu Alkohol, denn er befand sich im Gefängnis. Er erklärte uns, dass er irgendwie in einen Schraubendreher hineingeraten ist.

Die meisten Verletzungen, die durch eine solche Penetration entstehen, passieren im Magenbereich, und dort am ehesten an der Leber – wegen ihrer Größe – und am Darm. Glücklicherweise verfehlte der Schrauber sie alle. Sicherheitshalber haben wir außerdem nachgesehen, ob sich vielleicht einige Schrauben im Körper des Patienten befinden, da diese heutzutage häufig eingesetzt werden, um Knochenbrüche zu heilen und das Knochenwachstum außen herum zu stimulieren – nicht, dass diese durch den Schraubendreher am Ende noch gelockert worden wären. Doch keine Schrauben weit und breit.

Da bei seiner Verletzung alles so unglaublich glattlief, drängte sich die Frage auf, ob der Patient sich den Schraubendreher nicht vielleicht selbst eingeführt hatte, um dem Gefängnis eine Zeit lang zu entkommen. Am Ende ließ er uns mit so einigen Fragen zurück. Doch egal, ob er sich das nun selbst angetan hatte oder ein Opfer von Gefängnismisshandlungen gewesen ist, wir wussten, wir würden eine Wiederholung nicht verhindern können. Und wir hatten recht.

LOW-END FASHION

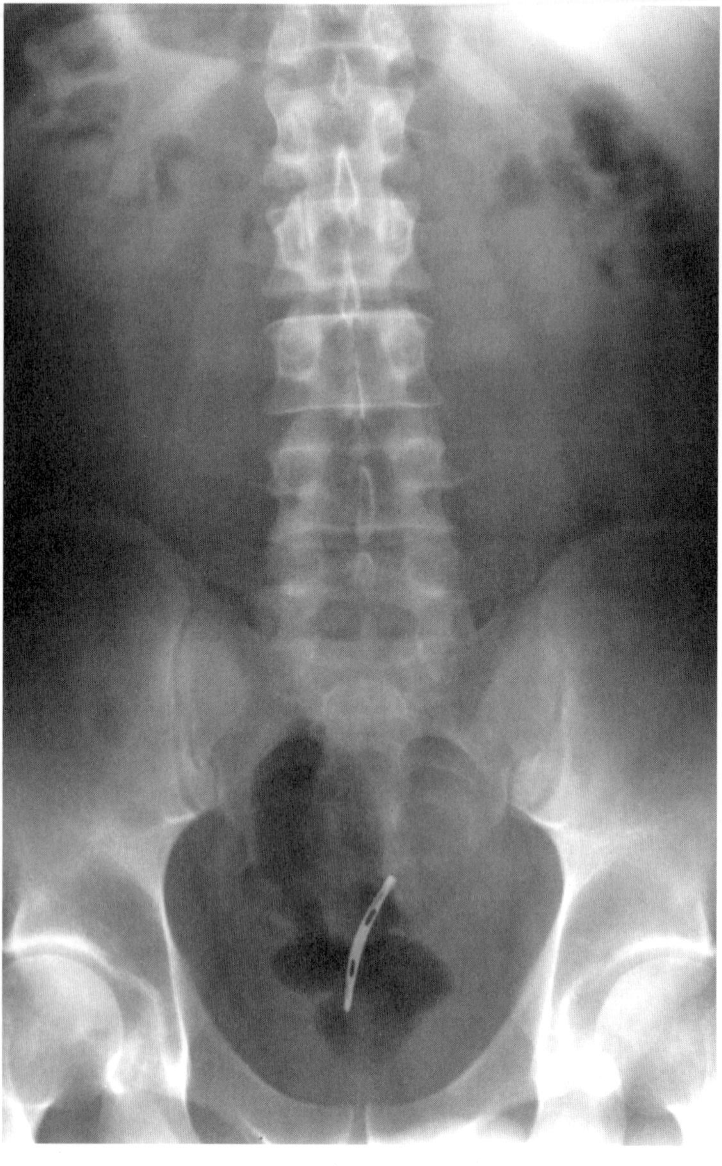

Kommen ein Friseur und ein Chirurg in eine Bar

Vielen ist nicht klar, dass nur Säugetiere über Haare verfügen und dass dies ein entscheidendes Charakteristikum dieser Gattung ist. Vielleicht ist das der Grund, warum wir glauben, je mehr Haare wir besitzen, desto animalischer sind wir. Da hast du's, Dad!

Eines der bescheideneren, preiswerteren und dennoch unverzichtbaren Produkte zur Haardekoration ist die Spange. Im Englischen und Französischen trägt sie den Namen »barrette«, was soviel wie »kleine Bar« bedeutet und den Ort darstellt, an dem sich der Patient vermutlich aufgehalten hatte, bevor ihm zustieß, was ihm zustieß.

Zwar hatte dieser Patient bereits das Alter für legalen Alkoholkonsum erreicht, doch normalerweise werden Haarspangen eher von kleinen Kindern verschluckt. Bei beiden kann die Situation jedoch sehr haarig werden. Dann ist professionelle Hilfe vonnöten. Um uns klar auszudrücken: Unter »professionell« verstehen wir einen Arzt oder einen Chirurgen, keineswegs einen Friseur, auch wenn beide Berufsstände früher eins waren. Aber das ist eine andere Geschichte.

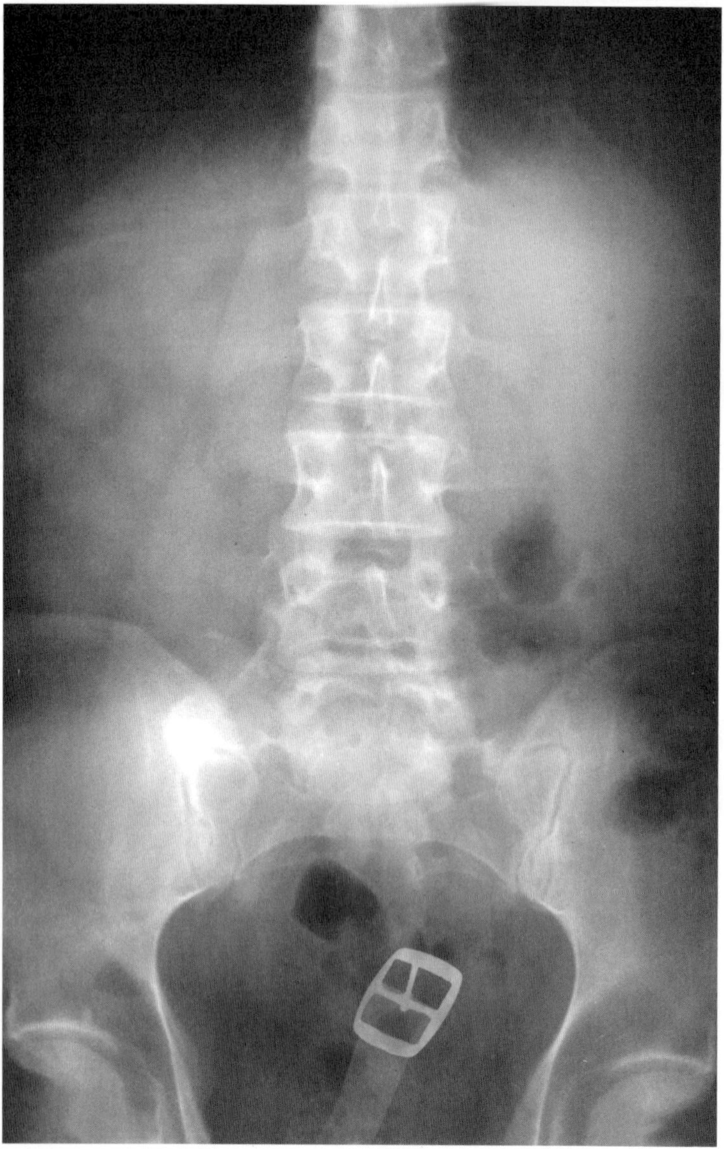

Unter der Gürtellinie

Bereits in der Bronzezeit und während des Großteils der Folgezeit erfüllten Gürtel meist dekorative Zwecke. Für gewöhnlich trägt man sie recht weit oben am Körper, fernab gewisser Körperöffnungen. Erst im frühen 20. Jahrhundert begannen die Hosen, tiefer am Körper zu sitzen, und die Gürtel dienten fortan weniger modischen als vielmehr praktischen Zwecken: Mithilfe eines Gürtels hält man seine Hose am Körper, mit Ausnahme von diversen Teenager-Gruppierungen und Hip-Hop-Sängern, denen diese Praktik unbekannt zu sein scheint.

Gürtel sind heutzutage sogar so weit fortgeschritten, dass sie alle nur erdenklichen Werkzeuge und Hilfsmittel am Körper tragen helfen, vom Heimwerker, dessen Gürtel nur für die Werkzeuge zu existieren scheint, bis hin zu Batman, von dem wir nicht einmal wissen, ob er eine richtige Hose trägt. Heute ist der Tag gekommen, an dem wir einen weiteren Nutzungstyp auf die Liste packen können. Der Patient erklärte uns, dass er dachte, aufgrund der Größenverstellbarkeit und der Länge des Gürtels ließe er sich jederzeit leicht wieder herausholen. Als er bemerkte, dass er die Schnalle nicht alleine würde öffnen können, weil er partout nicht dran kam, schämte er sich sehr. Die Anleitung aus dem Flieger, wonach sich der Anschnallgurt ganz leicht durch das Nach-oben-Klappen öffnen lässt, schien plötzlich gar nicht mehr so einfach.

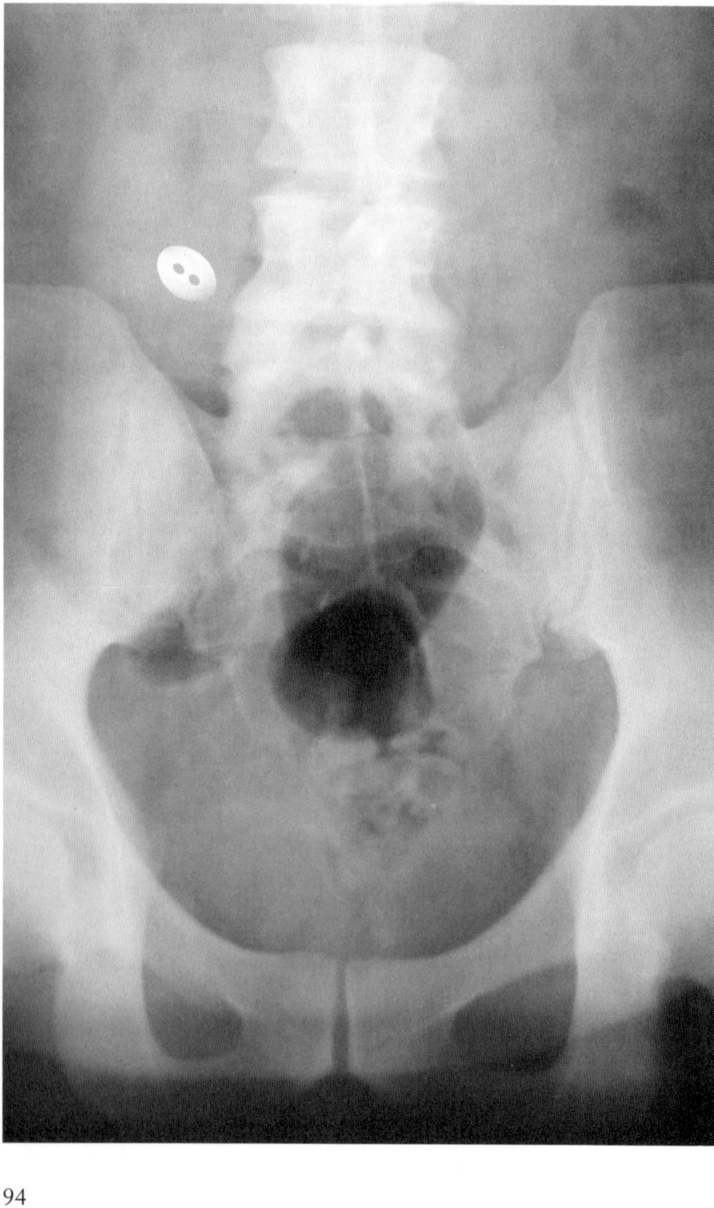

Knopfsalat

Dieser Patient besaß eine wunderschöne Kollektion von Wintermänteln, bei denen seltsamerweise die Knöpfe verschwunden waren. Seine Mutter war sehr gespannt, was mit den kleinen Verschlüssen wohl passiert war. Nun, wir haben sie gefunden. Sie sind natürlich dort gelandet, wo Eltern sie zuletzt vermuten, wir sie hingegen zuallererst entdecken: im Magen des Kindes.

Schön rund und bunt und glänzend wie Knöpfe nun einmal sind – wer kann da schon widerstehen?

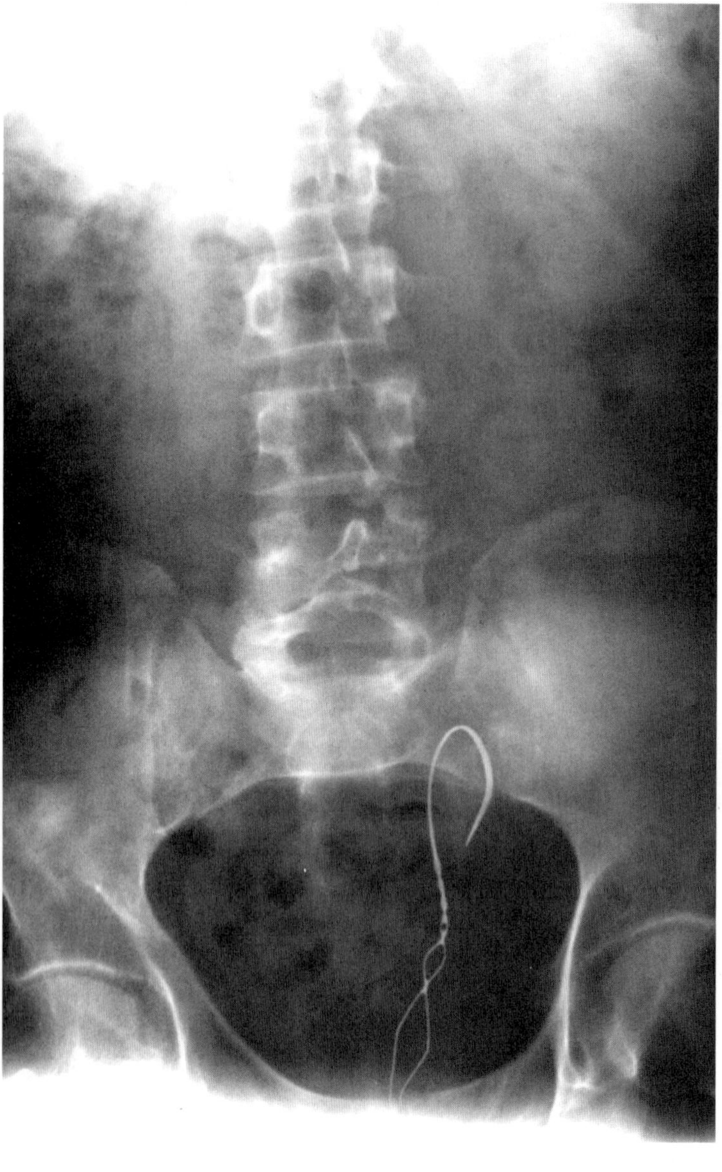

Schwierig, solch ein Objekt zu entfernen. Die Ärzte überlegten, ob sie versuchen sollten, es per Hand zu verbiegen – ironischerweise genau das, was den Patienten überhaupt erst in Schwierigkeiten gebracht hatte. Man musste auf alle Fälle vermeiden, zu gewaltsam vorzugehen, damit das spitze Ende des Kleiderbügels keinen ernsthaften Schaden anrichtete.

Der erste Schritt war deshalb zunächst das, was viele Mediziner tun müssen, wenn sie feste Drahtobjekte aus dem Körper beseitigen: Erst einmal den herausragenden Draht entfernen, damit dieser nicht im Weg ist. Diese Methode wird üblicherweise bei Fischhaken angewandt, die sich im Körper verfangen haben, weshalb sich in den Notfallambulanzen stets auch ein Drahtschneider befindet.

Draht zu schneiden birgt gewisse Risiken. Die Spannung, unter der der Draht meist steht, kann beim Schneiden dazu führen, dass die beiden Enden plötzlich auseinanderschnellen. In diesem Fall mussten wir uns nach innen bewegen und das Kopfende des Kleiderbügels mit einer Zange festhalten, während draußen herumgeschnitten wurde. Als die Basis des Bügels erst einmal entfernt und nicht länger im Weg war, ließ sich der Haken entfernen – womöglich einfacher, als er hineingeraten war.

Im Anschluss an die Behandlung empfahl man dem Patienten die Anschaffung von Kommoden.

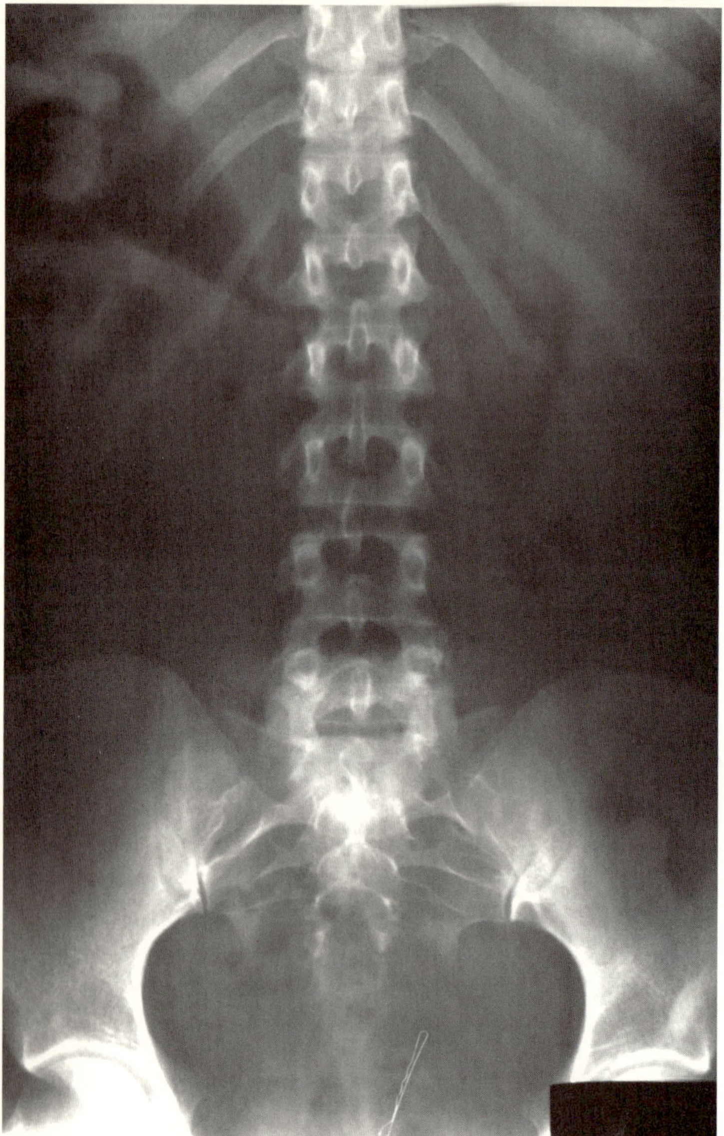

Tückische Haarnadelkurve

Haarklammern kann man leicht verstauen und ebenso leicht verlieren – obwohl das hier nicht der Ort ist, wo sie sich normalerweise verstecken.

Haarklammern mögen scharf aussehen und wegen des Worts »Klammer« auch recht spitz klingen, besitzen aber in der Regel stumpfe Enden und fügen dem Darm deshalb meistens keinen Schaden zu. Trotz ihrer Länge werden sie oft von ganz alleine ausgeschieden. Und es gibt sogar Studien darüber, wie groß Gegenstände maximal sein können, damit sie noch ohne Zutun ausgeschieden werden. Ja, das hat man tatsächlich getestet.

Gegenstände, die größer sind als circa 5 × 2 cm, werden im Normalfall nicht mehr ausgeschieden. Alles, was kleiner ist, kommt meistens von ganz alleine wieder aus dem Körper – obwohl auch hier ein medizinischer Beistand vonnöten sein kann, falls es sich um scharfe oder sich zersetzende Objekte handelt. Anders formuliert: Fangen Sie jetzt nicht mit dem Schlucken von Gegenständen an, die gerade so unter der Maximalgröße liegen. Es gibt keine Idealmaße für diesen Ritt durch den Körper.

Jeder Gegenstand und jeder Darm ist anders, und die erwähnten Maße sagen lediglich etwas über die *Wahrscheinlichkeit* gewisser Geschehnisse aus. Vielleicht ist die Willenskraft die entscheidende Variable, wenn eine unaufhaltsame Kraft mit einem unbeweglichen Objekt in einen Wettkampf tritt und eine große Ausnahme passiert. Oder der Patient isst eben einfach einen Haufen Ballaststoffe.

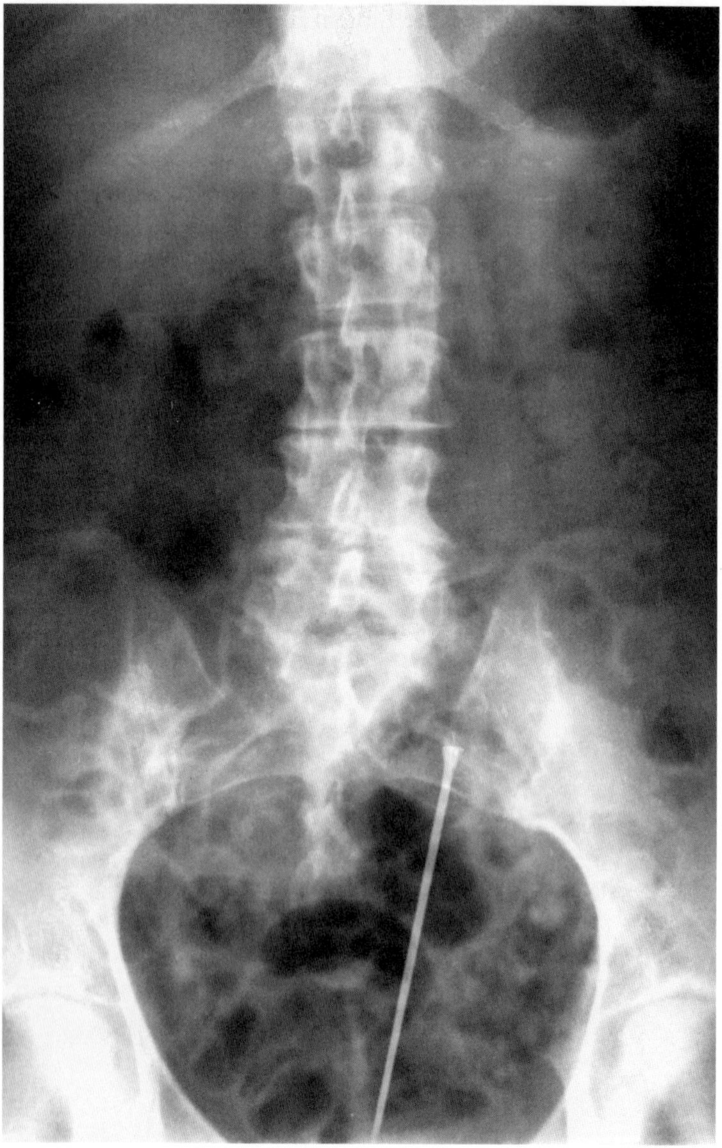

Die Masche hat nicht gezogen

Funktionsbedingt sieht man Stricknadeln für gewöhnlich in den Händen von Frauen und manchmal sogar Männern. Hin und wieder jedoch taucht eine Stricknadel auch *im* menschlichen Körper auf. Mögliche Erklärungen hierfür wären, dass entweder das Stricken schlicht zu langweilig geworden ist – basierend auf unseren Beobachtungen denken wir, das ist ein Fakt – oder dass man einfach mal ein bisschen Abwechslung für seine Hände brauchte.

Aufgrund der oben genannten Risiken raten wir dazu, sich ein ungefährlicheres Hobby zu suchen: Hängen Sie die Strickerei an den Nagel und konzentrieren Sie sich auf das Schneidern mit der guten alten Nähmaschine. Mit diesem Gerät sind uns bislang keine inneren Verletzungen untergekommen ... Bitte nehmen Sie dies auf gar keinen Fall als Ansporn, uns das Gegenteil zu beweisen!

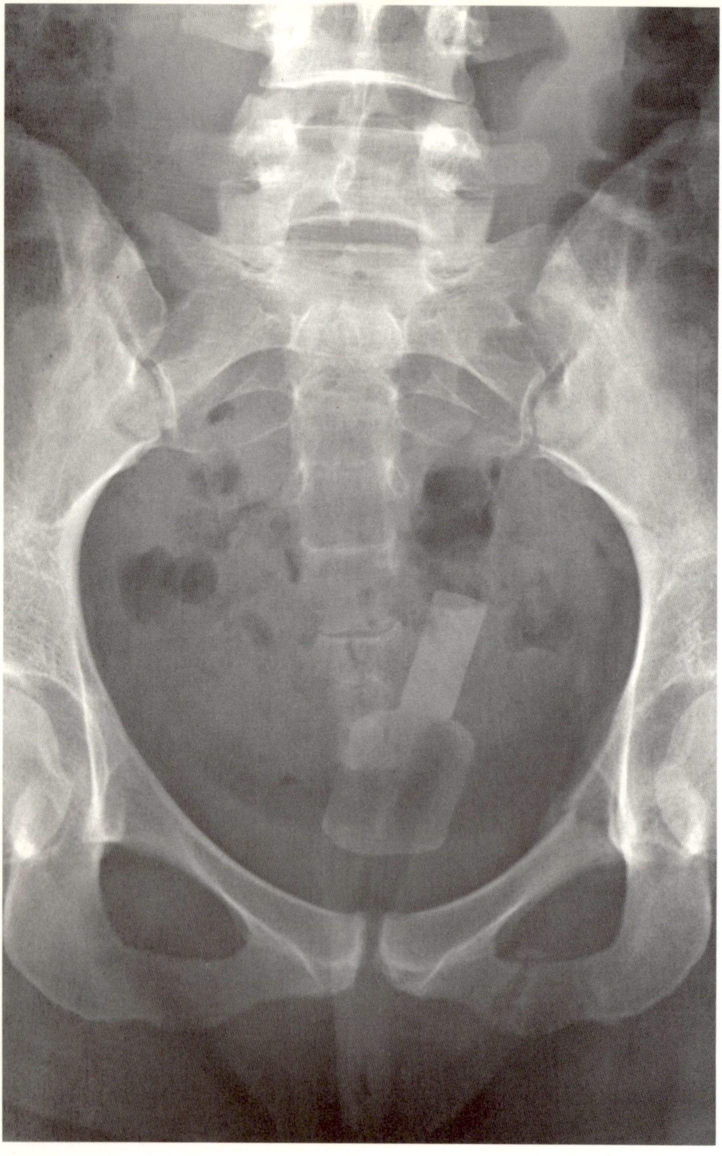

Lack mich!

Nagellack wird in den meisten Fällen dazu verwendet, Fuß- und Zehennägel mit einer dekorativen Farbe zu versehen. Diese Person hier scheint das Ziel verfehlt zu haben, im wahrsten Sinne des Wortes.

Hier wird mehr als Aceton vonnöten sein, um den Nagellack zu entfernen. Aceton wird auch von unserem Körper produziert, wenn statt Kohlenhydraten Fettreserven zur Gewinnung der täglichen Energie verwendet werden müssen. Das ist der Fall bei strengem Fasten, Mangelernährung oder Hungern, bei Alkoholikern und Diabetikern, die keinen Zucker aufnehmen können, sowie allen Ernstes auch bei Menschen, die auf Atkins-Diät sind. Produziert der Körper einigermaßen viel Aceton, riecht unser Atem nach Nagellackentferner. Mit anderen Worten: Würde die Person hier auf jeglichen Zucker verzichten, wäre sie rein theoretisch durchaus dazu in der Lage, den Nagellack aus ureigenen Kräften zu entfernen.

Aufgrund der oben aufgeführten Stoffwechselvorgänge sind Medizinstudenten dazu gezwungen, auf dem Gebiet der organischen Chemie fit zu werden. Die entsprechenden Kurse sind jedoch oft derart knifflig und komplex, dass man sich einfach »verdünnisieren« muss. Doch siehe da: Dieses Wissen kann hin und wieder von Nutzen sein. Obwohl dem Patienten hier damit nun leider auch nicht geholfen ist.

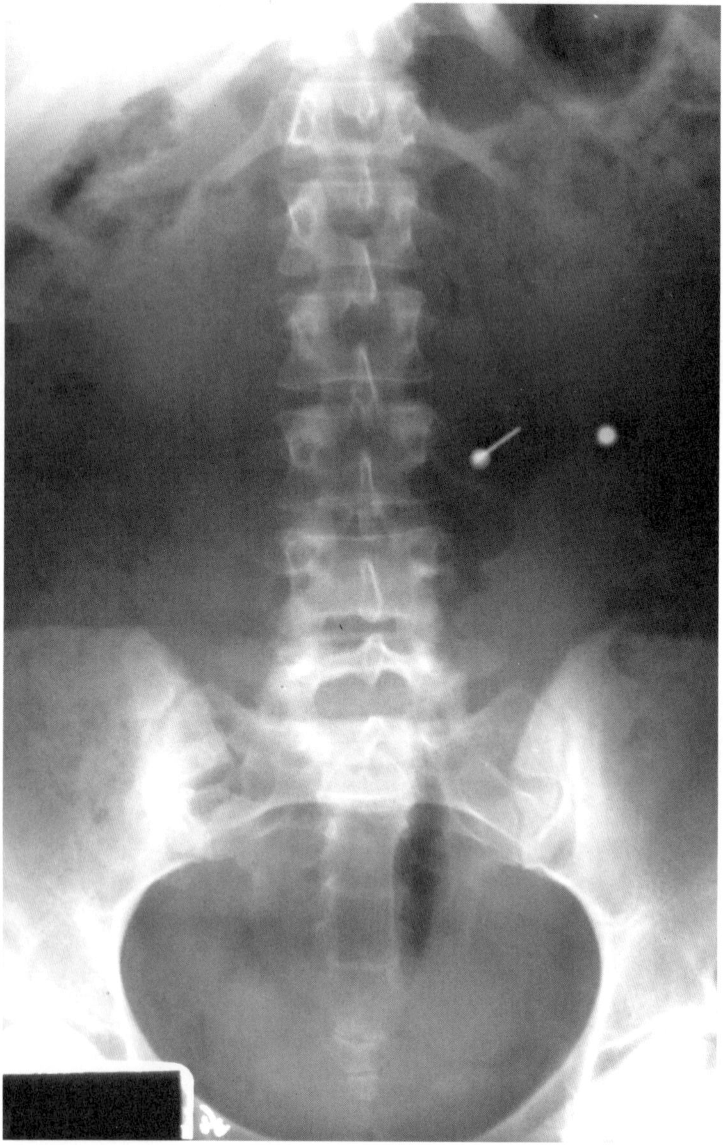

Ein guter Haushalt verliert nichts

Ein berühmtes Zitat von Woody Allen ist: »Wie soll ich an Gott glauben, wenn sich erst letzte Woche meine Zunge in der Walze meiner Schreibmaschine verfangen hat?« Da die Schreibmaschine so gut wie ausgestorben ist, gehen wir davon aus, dass die Zungen dieser Welt vor diesem Schicksal mittlerweile sicher sind.

Die Ärzte sehen sich allerdings noch immer mit diversen zungenbezogenen Traumata konfrontiert, mit Piercingunfällen beispielsweise. Je beliebter diese Zungenpiercings werden, desto bekannter wird auch das Wissen um die möglichen Komplikationen – starke Schmerzen (ach was!), Infektionen, Nervenschädigungen, Schwellungen, die zu Schluck- und Atembeschwerden führen können, übermäßiges Bluten, abgeschlagene Zähne und andere Zahnprobleme. Natürlich sind das alles ernst zu nehmende Angelegenheiten, uns hingegen interessiert nur das eine: ein Piercing, das verschluckt oder verklemmt wird.

Solch ein Fall wurde uns vor einigen Jahren gemeldet. Ein 16-jähriges Mädchen trug ein Zungenpiercing ohne Gegenstecker, verlor das gute Stück während des Essens und verschluckte es. Die Röntgenaufnahme ihres Abdomens zeigte dann allerdings nicht nur das Piercing, sondern auch den Gegenstecker! Er war schon am Tag vorher verlorengegangen, gab sie zu. Wir mussten ganz schön schlucken.

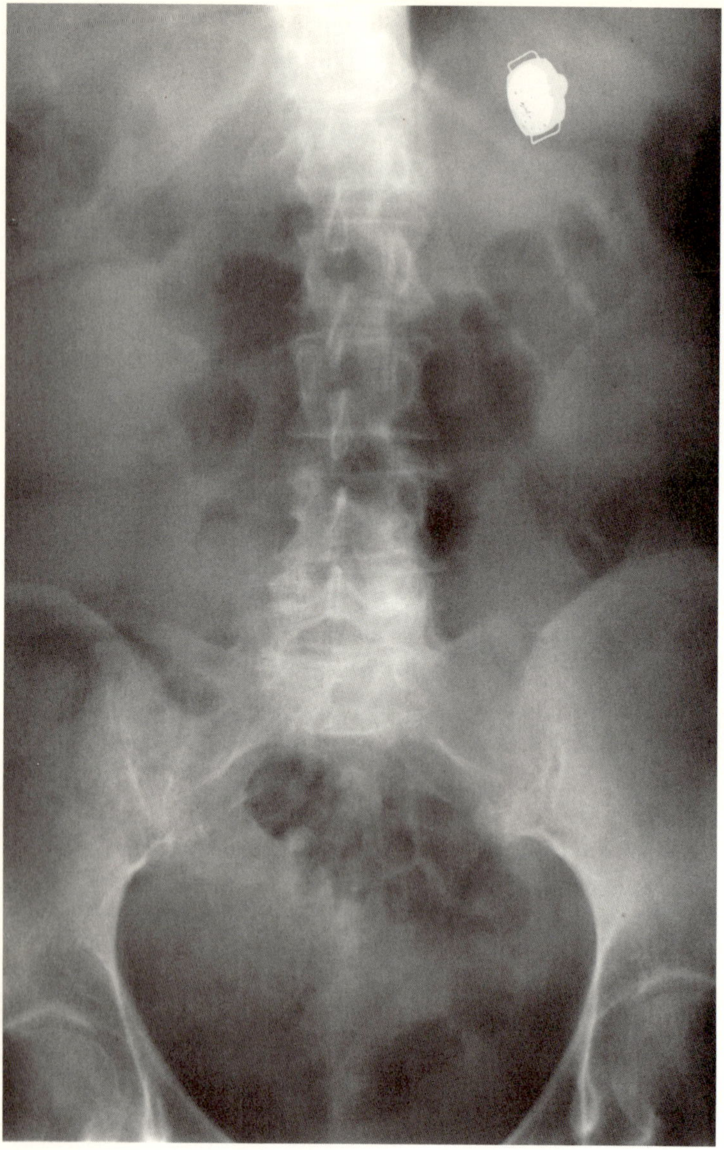

Rund um die Uhr

In dem Film *Pulp Fiction* erzählt Captain Koons Butch die Geschichte von der Uhr seines Vaters. Als Butchs Vater in einem Kriegsgefangenenlager war, versteckte er seine Uhr fünf Jahre lang in seinem Rektum, damit die feindlichen Soldaten sie nicht fänden. Er starb an der Ruhr während er im Lager war, gab seine Uhr jedoch Captain Koons, der wiederum die Uhr in seinem Hintern zwei Jahre lang versteckte. So erfunden das auch klingen mag, es ist tatsächlich möglich, dass eine Uhr im menschlichen Körper erhalten bleibt, ohne dass Uhr oder Körper Schaden nehmen. Ob man die Uhr danach noch haben will, sei allerdings dahingestellt.

Viel mehr Geschichten gibt es darüber, wie Uhren verschluckt statt eingeführt werden. Im Jahr 1902 geschah es der Schauspielerin Maud Lillian Berri, dass sie »beinahe in Ohnmacht fiel aufgrund starker Schmerzen im gesamten Körper, insbesondere jedoch im Bereich des Magens«. Ein Röntgenbild ergab schließlich, dass eine kleine Uhr in ihrem Magen steckte. Sie war offenbar eines Tages mit der Uhr in der Hand eingeschlafen, hatte sie im Schlaf in den Mund genommen und verschluckt. Ein anderes Mal hat ein psychisch kranker Mann seine Uhr in seinen Mund gesteckt und heruntergeschluckt, während er Opfer eines Raubüberfalls wurde. Die Uhr verblieb dort fünf Monate lang. Als man sie endlich entfernte, war sie völlig intakt und hat immer noch getickt.

Jetzt wissen Sie, warum man die Armbanduhr erfunden hat.

WEAPONS OF (M)ASS DESTRUCTION

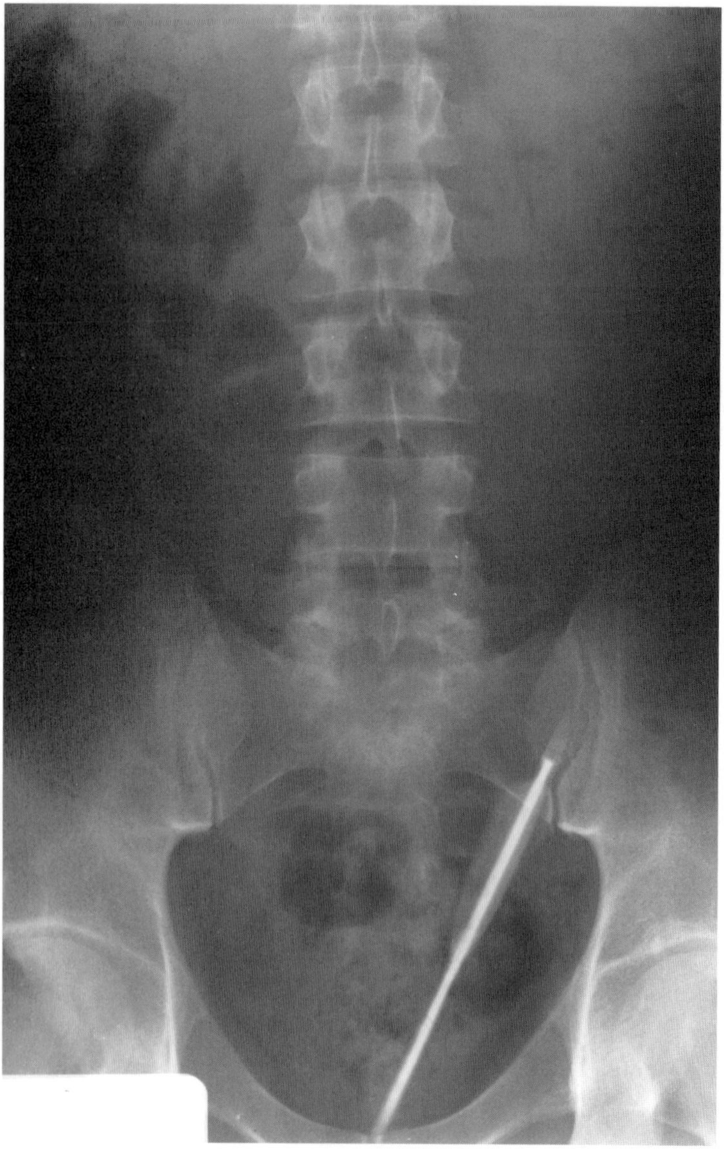

Volltreffer!

Ihnen werden einige Dinge aufgefallen sein an diesem Röntgenfoto. Erstens, Amor hat danebengeschossen. Sein Pfeil verfehlte das Herz und nahm den »Notausgang«. Außerdem hat er es geschafft, seine Form zu behalten in einer Umgebung, die so viele Kurven hat wie eine Achterbahn. In Anbetracht seines festen Materials ist das nicht verwunderlich. Nein, das Verwunderliche ist die Abwesenheit von Perforationen im Gedärm.

Der Magen-Darm-Trakt eines normalen Erwachsenen ist insgesamt sechs Meter lang. Um solch eine Länge im menschlichen Körper unterzubringen, sind einige Schlaufen nötig, die es wiederum umso wahrscheinlicher machen, dass scharfe Gegenstände dieses viele Gewebe in der Bauchhöhle durchbohren.

Möchten Sie noch ein anschauliches Beispiel für Verletzungen durch Pfeile? Da wären die Fälle, in denen sich der Pfeil seinen Weg durch den Kopf des potenziellen Patienten bahnt, was von einigen auch als »Wilhelm-Tell-Wunde« bezeichnet wird. Die dabei entstehenden Verletzungen sind besonders gefährlich, da das zentrale Nervensystem nur schwer heilt. Werden Gehirn oder Rückenmark beschädigt, kann die Sache deshalb tödlich ausgehen. Oftmals gibt es keine Möglichkeit, das, was verloren gegangen ist, wieder zu ersetzen. Wie überlebt man also derlei Verletzungen? Manche behaupten, es läge daran, dass wir ohnehin nur fünf Prozent unserer Hirnkapazität nutzen.

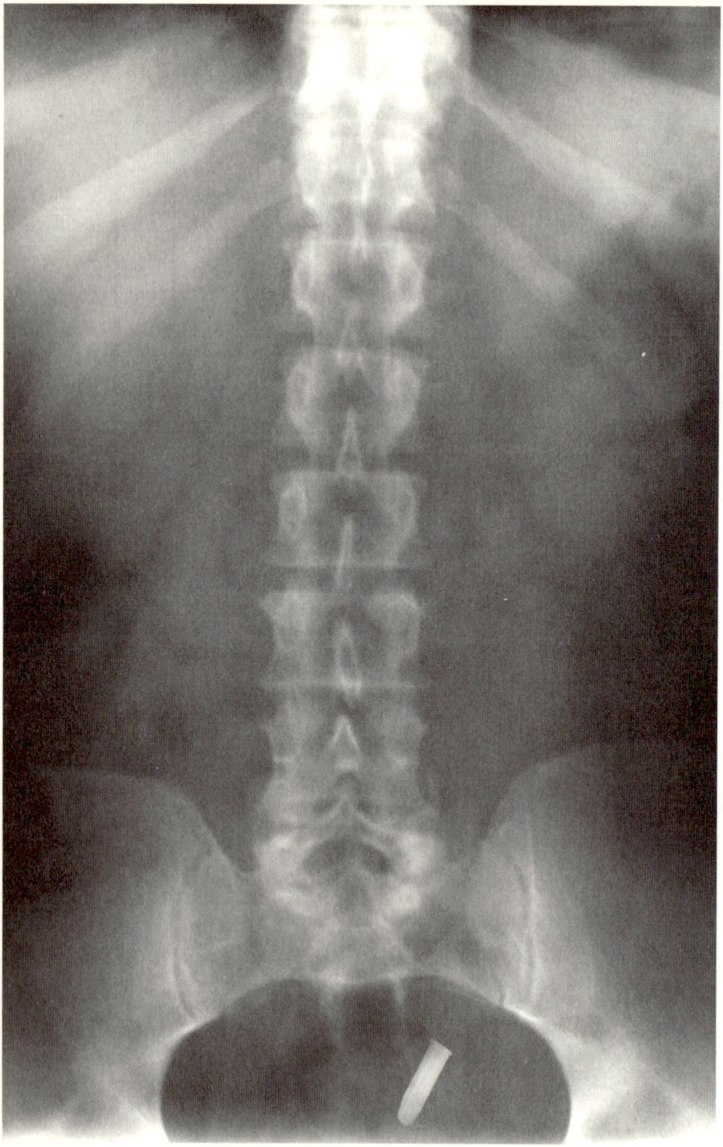

Zum Kugeln

Kugeln werden schon seit Urzeiten in der Kriegsführung eingesetzt. Die Silberkugel, auch Wunderkugel genannt, nimmt allerdings einen besonderen Platz nicht nur in der angelsächsischen Folklore ein: Der Legende nach ist sie in der Lage, Werwölfe zu besiegen. Darüber hinaus aber ist »Silberkugel« auch der Spitzname für ein gewisses Hämorrhoiden-Zäpfchen. Der arme Patient hier muss wohl ziemlich verwirrt gewesen sein, als man ihm vorschlug, es doch mal mit Silberkugeln zu probieren.

Vielen unserer Patienten wurde von rivalisierenden Gangs in die Pobacken geschossen als Zeichen der Verachtung – obwohl wir uns fragen, wo man bitteschön hinschießen soll, um Respekt zu beweisen. Würde man einem Patienten tatsächlich in das Rektum schießen, hätte das eine Menge Schaden angerichtet, was wiederum auf diesem Röntgenfoto nicht danach aussieht. Wir schließen daraus, dass das Objekt etwas behutsamer platziert worden ist.

In der zweiten Staffel von *Grey's Anatomy* hatte ein Patient die noch nicht explodierte Munition einer Panzerfaust in seinem Unterleib. Eine der Serienfiguren musste deshalb in ihn hineingelangen, um die Munition zu stabilisieren. Der Sprengstoff wurde hier aber nicht im Allerwertesten deponiert. Das hebt man sich wohl für die Kehrwoche auf.

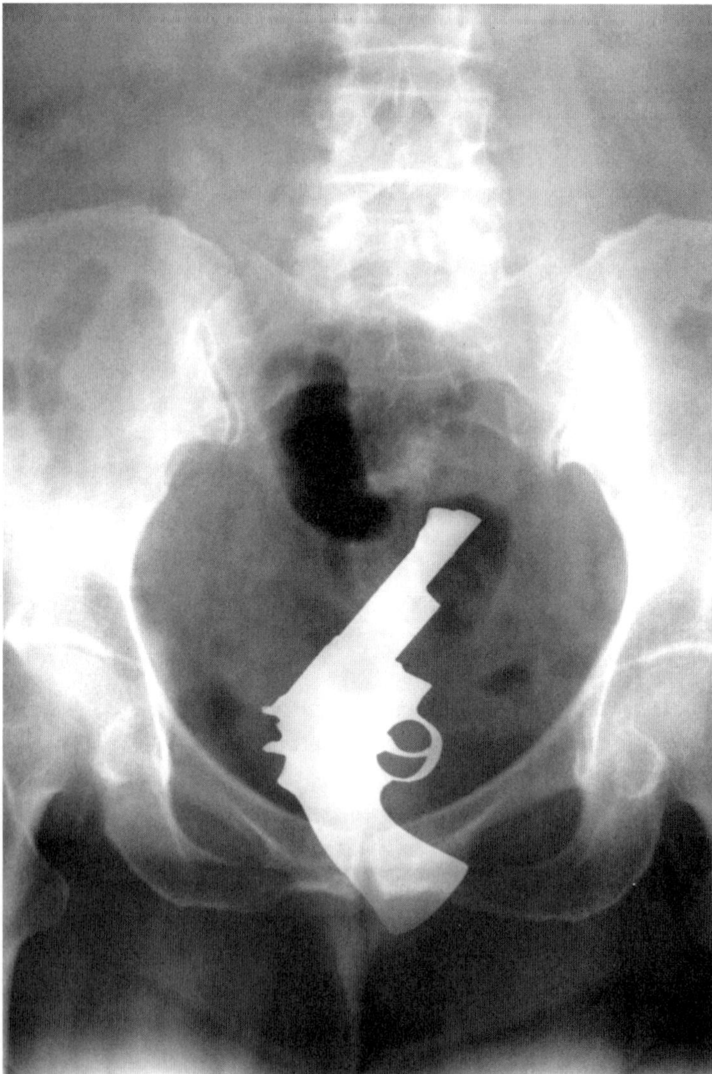

Vorsicht, der Patient ist bewaffnet!

Einen Revolver im Rektum zu haben schien uns ein Ding der Unmöglichkeit, doch was nehmen die Leute nicht alles auf sich, um das Unmögliche möglich zu machen. Wenn wir die Anatomie des Menschen näher betrachten, wird diese Meisterleistung etwas plausibler. Revolver mögen zwar geradeaus schießen, ihre Form hingegen ist eher gebogen, genau wie das Rektum. Jawohl, das Rektum sollte eine gebogene Form haben, falls Sie das gerade selbst zu überprüfen versuchen.

Wenn man die Bewegung einer Kurve macht, die den gleichen Weg nimmt wie das Rektum, kann das Einführen tatsächlich glücken. Die Bewegung müsste so aussehen, dass Griff und Lauf nach vorne zeigen, die Trommel in die andere Richtung, und der Revolver dann gegen den Uhrzeigersinn (aus der Sicht des Patienten wenn man ihm gegenübersteht) gedreht wird. Klingt doch ganz einfach. Bitte beachten Sie, dass dies lediglich der Veranschaulichung dient und nicht zur Nachahmung gedacht ist!

Unbeantwortet bleibt jedoch die viel interessantere Frage, wie um alles in der Welt jemand auf solch eine Idee kommt. Sich Dinge in den After zu schieben ist gefährlich genug – und dann einen Revolver! Ob es sich wohl um einen kuriosen Suizidversuch gehandelt haben mag?

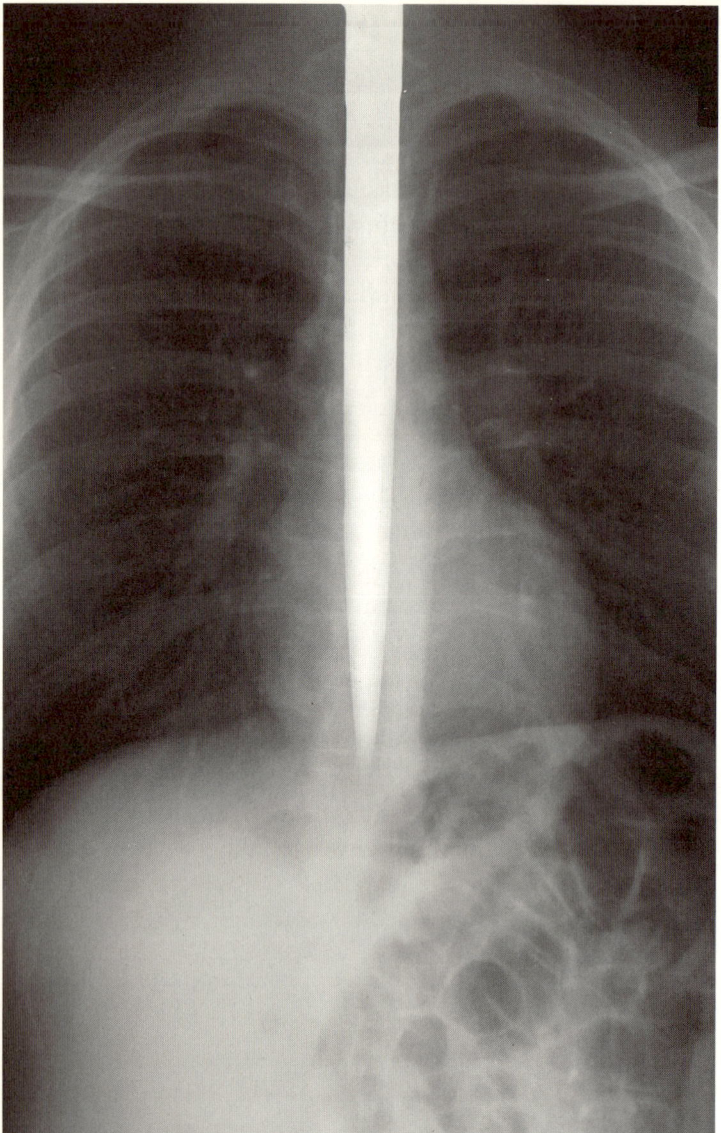

Mit Geduld und Spucke – viel Spucke

Ein Schwert schlucken – das hört sich übel an, wird aber seit über 4000 Jahren von vielen praktiziert. Die grundlegende Idee besteht darin, ein langes Schwert den Hals hinabzuführen, ohne sich dabei zu verletzen. Eine alles andere als logische Idee, wenn wir an die extreme Verletzungsgefahr denken, die das absichtliche Einführen einer scharfen, langen und zerstörerischen Klinge nahe lebenswichtiger Organe mit sich bringt.

Teil der Schwertschlucktechnik ist es, den Kopf weit in den Nacken zu legen und den Würgereflex zu unterdrücken, während das Schwert – unterstützt von viel Speichelflüssigkeit – die Speiseröhre hinabgleitet. Nur wenige Zentimeter entfernt befinden sich Hauptschlagader, Herz und viele andere Körperstrukturen, deren Beschädigung zum sofortigen Tod führen kann.

Schätzungen zufolge beläuft sich die Zahl der aktiven Schwertschlucker auf etwa 50 weltweit. Die Hälfte davon befindet sich vermutlich gerade entweder im Krankenhaus oder in der Nervenheilanstalt oder hat einen Aufenthalt in einer der beiden Institutionen gerade hinter sich. Einer der Weltrekorde im Schwertschlucken war es, über 38000 Schwerter in einem Jahr zu schlucken (das sind mehr als 100 Schwerter täglich), ein anderer schaffte es, fünfzig Schwerter gleichzeitig hinunter zu bekommen. Die meisten Menschen würden sich eher darauf spezialisieren, den Weltrekord im Bratwurstessen beim Schützenvereinsfest aufzustellen – auf lange Sicht ist das jedoch beinahe genauso gefährlich wie Schwert schlucken, wenn man bedenkt, was in der Wurst heutzutage alles steckt.

IM RAUSCH

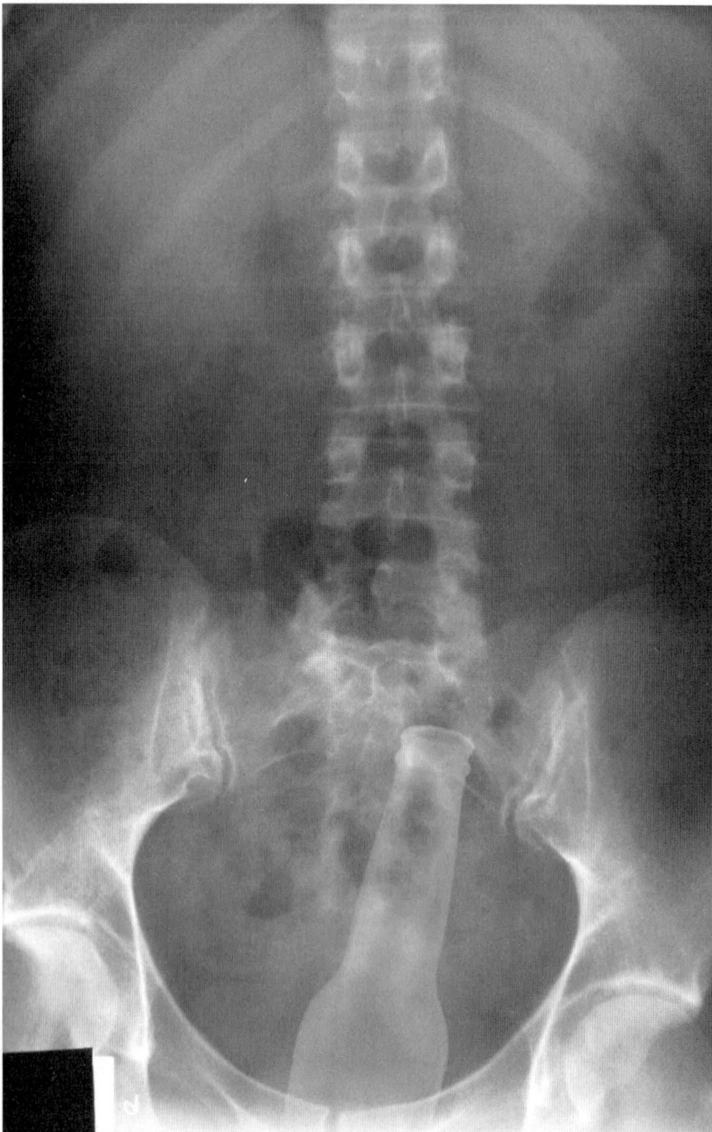

»Beinhart wie 'n Flasch' Bier ...«

Wenn man bedenkt, wie viele Beispiele von eingeführten Flaschen wir allein in diesem Buch haben, ist solch ein Anblick für keinen Spezialisten mehr eine Überraschung. Spannend wird es erst, wenn die Flasche herausgeholt worden ist und die Ärzte sehen können, was denn in der Flasche drin war. Sehr häufig handelt es sich dabei um – quelle surprise! – Alkohol.

Normalerweise bestimmt man den Alkoholgehalt im Blut mithilfe einer Blutprobe oder im Atem mittels eines Prüfröhrchens; in diesem Fall hingegen könnte man anstatt der Atemalkoholkonzentration wohl auch die Flatulenzen untersuchen. Je nachdem, was dabei herauskommt, wird die Polizei eventuell Anzeige erstatten.

Ist der Patient ein langjähriger Alkoholiker, sind höchstwahrscheinlich Leber, Blutgefäße, Haut und Gehirn geschädigt. Manche entwickeln sogar Halluzinationen von kleinen Leuten, die sogenannten Liliput-Halluzinationen, in Anspielung auf Jonathan Swifts Roman *Gullivers Reisen*. Vielleicht waren es die kleinen Leute, die diese Flasche dort hineingesteckt haben.

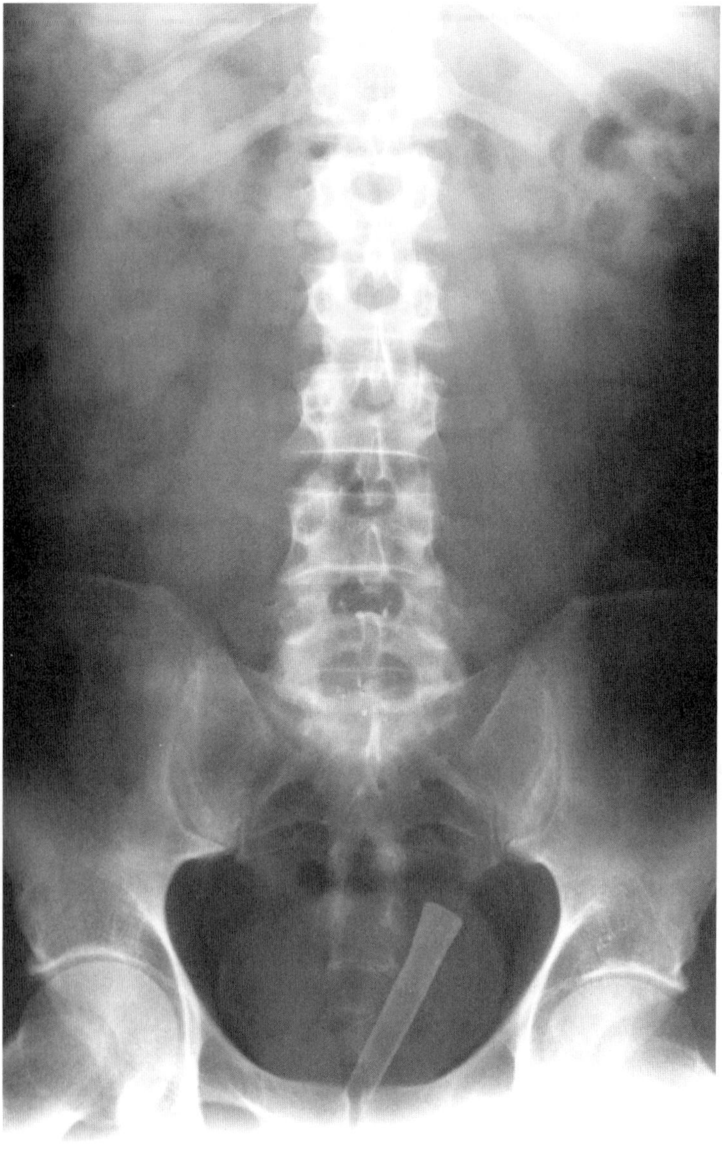

Was für ’ne Pfeife

Das Eingeständnis des ehemaligen US-Präsidenten Bill Clinton, dass er Marihuana zwar mal probiert, aber nicht eingeatmet habe, ist mittlerweile weltberühmt. Nun, wir haben hier einen Patienten, der Crack geraucht und die Droge nicht nur inhaliert, sondern sogar die Pfeife mitgeschluckt hat!

Wir kennen die Bilder von Verfolgungsjagden, wenn die Polizei hinter ein paar Verdächtigen her ist, die schnell versuchen, alles Beweismaterial zu vernichten, statt damit erwischt zu werden. Genau das Gleiche ist hier auch passiert, nur dass es der Patient vielleicht ein wenig übertrieben hat.

Wir wissen, dass beim Pfeiferauchen Bakterien und Viren und sogar Tuberkulose übertragen werden. Wir wissen jedoch nicht, welche Bakterien dieser Patient wohl übertragen sollte. Wir haben es hier also mit einer Gefahr des Pfeiferauchens zu tun, von der Sie vielleicht noch nie gehört haben.

Unserer Meinung nach hätte die Situation trotz Crack-Pfeife vermieden werden können. Die Person hätte sie einfach nicht rauchen sollen, dann wäre seine Entscheidungsfähigkeit weniger beeinflusst worden.

Keine wirkliche High-End-Geschichte. Sie hatte einfach nur ein highes Ende.

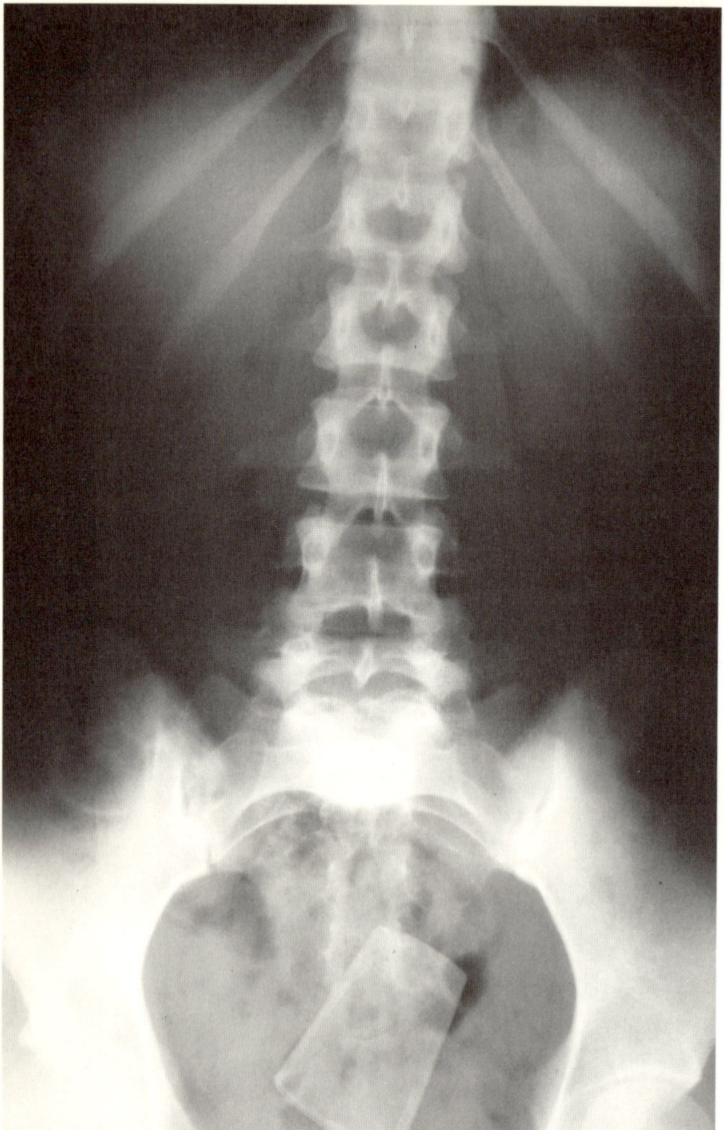

Bottoms up!

In den USA wird viel darüber gestritten, welche Menge Alkohol ein Shot enthalten soll. Nur in Utah gibt es eine Normgröße, welche bei 1,5 Flüssigunzen (44,4 Milliliter) liegt. Wer hätte gedacht, dass die Menschen in Utah Alkohol trinken? Im Rest des Landes schwankt der Wert zwischen 1,25 und 1,5 Flüssigunzen. Und wer hätte gedacht, dass es in Utah gar die größten Mengen »Kurze« gibt? Vielleicht ist das dort so etwas wie die Familienpackung?

Eine der unvorhersehbaren Risiken des Shots hat erstaunlicherweise nichts mit dem darin enthaltenen Alkohol zu tun, sondern mit den Verzierungen auf dem Glas, da diese oftmals Blei enthalten. Wie bereits an anderer Stelle erwähnt, kann eine Bleivergiftung Bauchschmerzen verursachen, desweiteren Kopfschmerzen, Gedächtnisprobleme, Blutarmut sowie eine geschwächte Libido. Letzteres Problem lässt Sie sicher das Schnapsglas so weit weg wie nur irgend möglich von Ihrem Genitalbereich halten. Und wieder: Wer hätte gedacht, dass es in Utah Gläser zu kaufen gibt, die ein solches Problem verursachen könnten?

Doch zurück zu unserem Patienten und der Erklärung für das Schnapsglas in seinem Hinterteil: Es muss sich um seine ganz persönliche Version des Trinkspruchs »Bottoms up!« gehandelt haben.

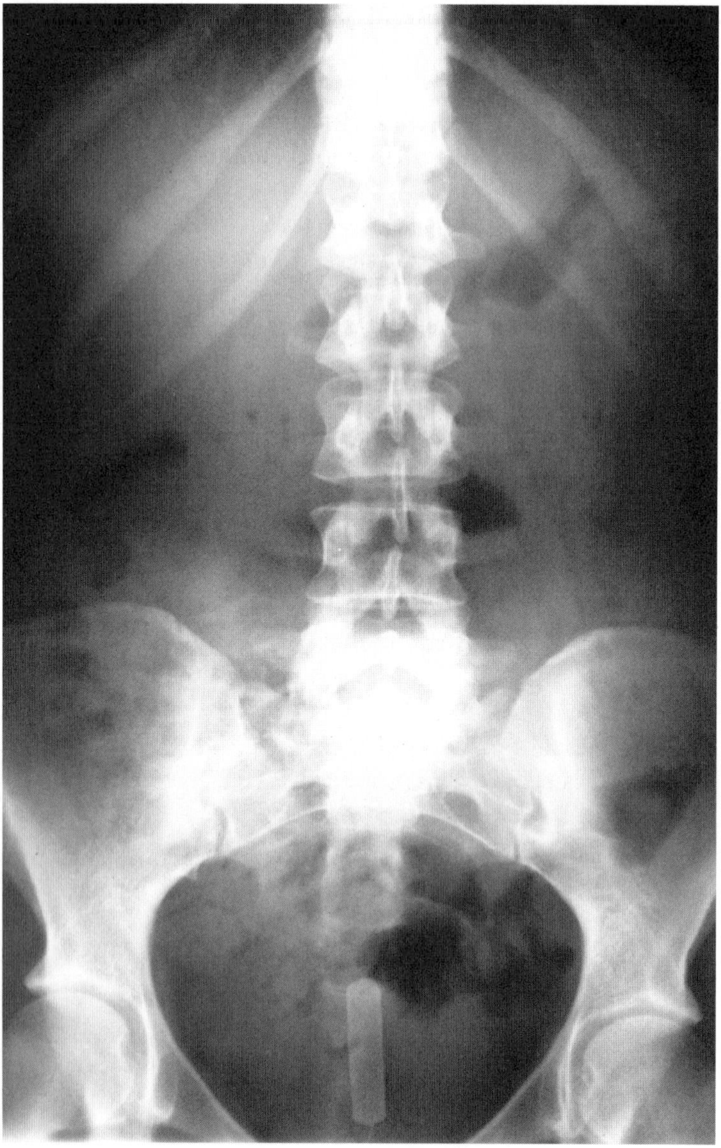

Maßvoll genießen

Viele der hier beschriebenen Fälle involvieren Alkohol und das Gesäß. Dabei kann man nicht betrunken werden, indem man Alkohol in seinem Gesäß platziert. Oder doch? Sie sind hoffentlich interessiert, aber nicht *zu* interessiert.

Während das Ausgießen oder Einführen einer Flasche Alkohol in das Rektum keine Trunkenheit herbeiführt, kommt uns doch die Methode des in Wodka getunkten Tampons, der in die Vagina gesteckt wird, relativ häufig unter. Sie wird gerne von jungen Mädchen angewendet, die sich betrinken wollen, aber den Atemgeruch nach Alkohol ihren Eltern und der Polizei zuliebe gern vermeiden möchten. Schlaue Mädels, Vaginas müssen sich tatsächlich nicht offiziell ausweisen.

Wir raten dringend von Alkohol in jungen Jahren ab. Untersuchungen haben ergeben, dass das Gehirn von Jugendlichen noch nicht weit genug entwickelt ist, als dass sie die Langzeitfolgen ihres Tuns abschätzen könnten – ein Fakt, der jedem einleuchtet, der mehr als 90 Sekunden mit einem Teenager verbracht hat. Diese Unfähigkeit, sich mit Langzeitfolgen zu befassen, kann zu fatalen Ergebnissen führen, wie etwa das Aufsteigen der Spice Girls zur erfolgreichsten Girlgroup aller Zeiten.

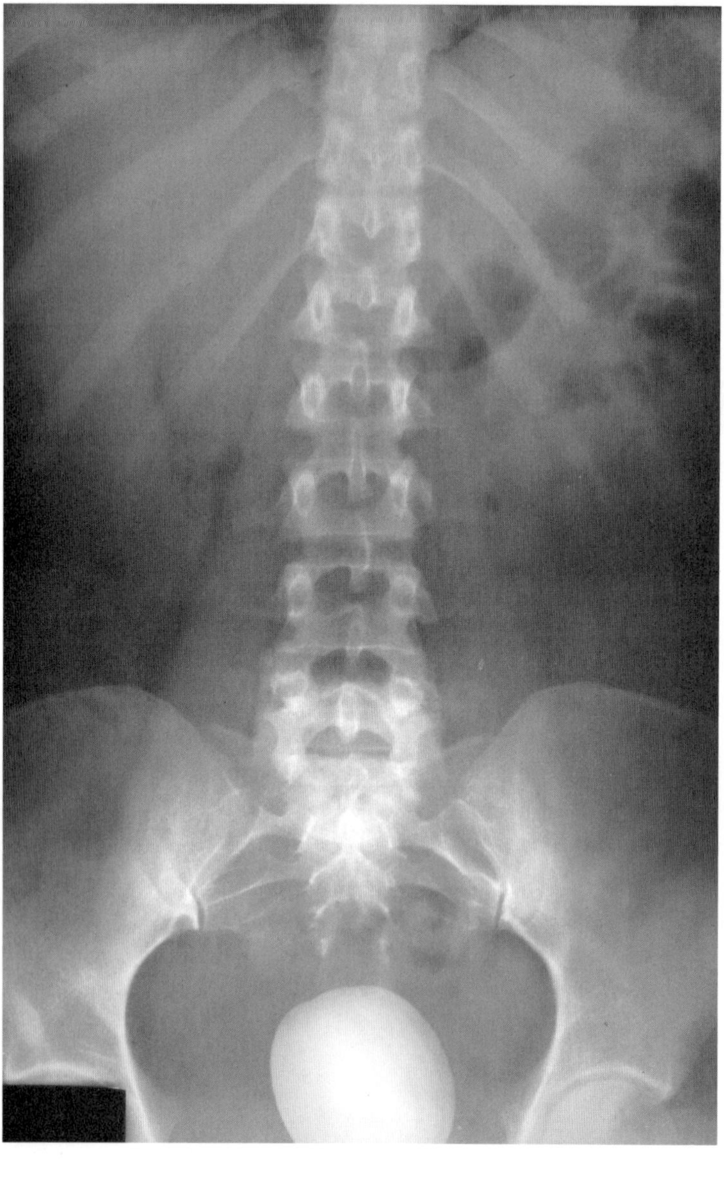

Starker Tobak

Normalerweise stopft man Kautabak in den Mund, entweder in die Backentasche oder zwischen Unterlippe und Vorderzähne. Das Nikotin kann außerdem den Speichelfluss anregen – was passiert also, wenn man ihn in sein Rektum steckt?

Das Kauen von Tabak kann zu Krebs in Speiseröhre, Mund, Lippen, Hals, Wangen, Zahnfleisch und/oder Zunge führen. Und die Behandlung von Mundhöhlenkrebs endet oft mit schlimmer Verunstaltung oder sogar dem Tod. Demzufolge war es für die abgebildete Person durchaus sicherer, die komplette, schön abgedichtete Tabakdose dort zu deponieren, wo sie sie eben deponierte, statt den Tabak in den Mund zu nehmen. Es mag sein, dass manch ein Mediziner ihm zu der Entscheidung, den Tabak weder zu kauen noch zu rauchen, gratulieren würde. Andererseits würde man ihm mit diesem Lob doch nur unnötig in den Hintern kriechen.

LOW TECH

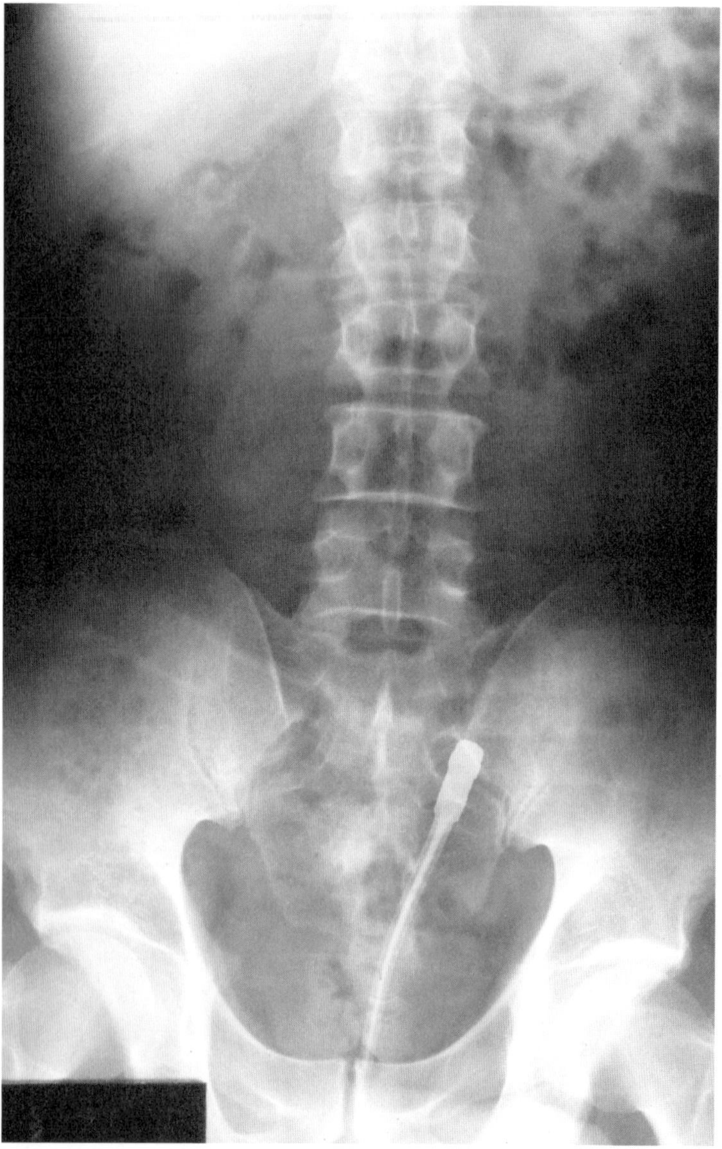

Für besten Empfang

Kaum vorstellbar, dass wir vor gerade mal dreißig Jahren lediglich um die fünf TV-Sender zur Auswahl hatten. Mit der Verbreitung von Kabel- und Satellitenfernsehen können wir heute schließlich zwischen Hunderten von Sendern wählen und immer noch kein Programm finden, das uns gefällt. Wir sind heilfroh, dass diese Person hier wenigstens ein Kabel und keine Satellitenschüssel verwendet hat.

Der Patient hatte außerdem Glück, dass solche Kabel in der Regel mit Gummi oder Plastik überzogen sind. Auch wenn diese Beschichtung in unserem Fall den Patienten schützt, so soll sie eigentlich dem Schutz des Kabels vor UV-Strahlen, Feuer und anderen Gefahren dienen; alles kein Thema hier, es sei denn, der Patient hat vor Kurzem mexikanisch oder indisch gegessen. Die dicke Isolationsschicht verhindert, dass das übertragene Signal verlorengeht, und sie verhindert das Auftreten von elektromagnetischer Störausstrahlung, die zu einem Rauschen im Fernseher führen kann. Als Arzt wünscht man sich oft eine ähnlich dicke Isolierung um die Nase; dann könnte man die Flatulenzen, die in solchen Fällen gerne entstehen, vom Eindringen abhalten.

Zwar verbessert jene Beschichtung die Qualität des Bildes, viele Leute jedoch meinen, die riesige Anzahl Fernsehprogramme habe die Qualität der Programme selbst untergraben. Auf gut Deutsch: Im Kabel-TV läuft nur noch ein Haufen Sch…

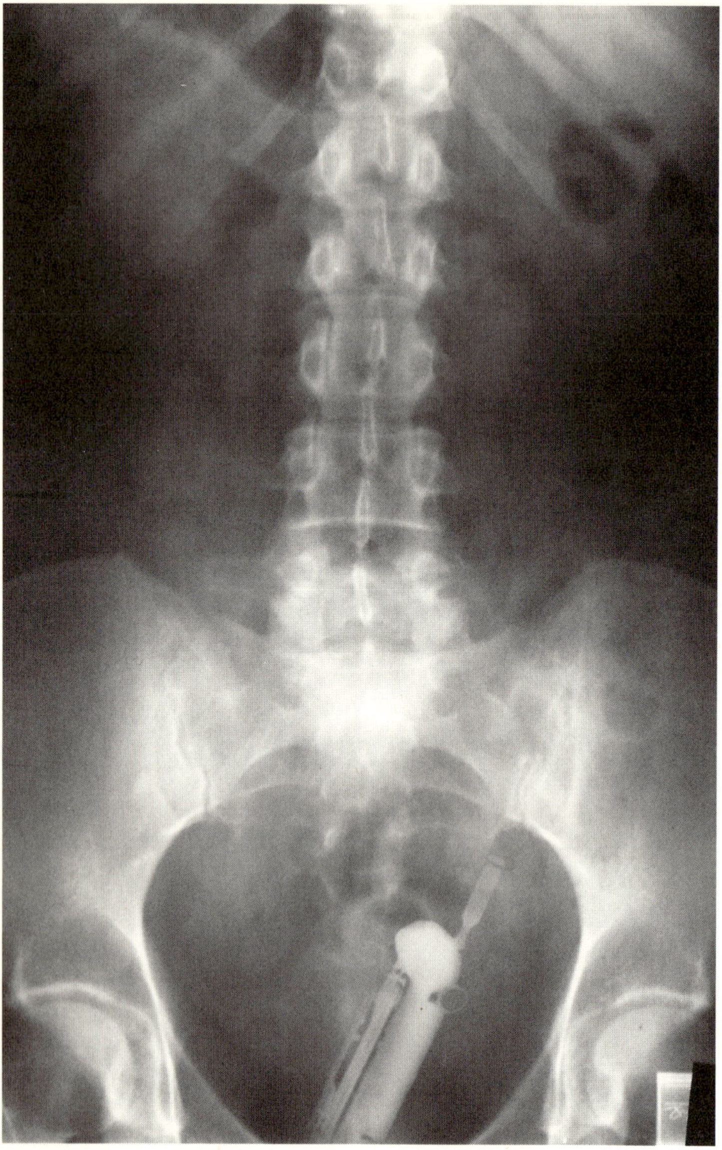

Eine heiße Nummer

Es scheint hitzige Debatten darüber zu geben, ob nun iPhones oder Android-Geräte besser dazu geeignet sind, das Rektum zu stimulieren. Wir sagen: Hauptsache, Sie schalten die Kamera aus.

Jaja, bei dieser Person hat man tatsächlich ein Telefon im Rektum aufgespürt. Überrascht es irgendjemanden, dass es auf Vibrieren gestellt war? Vermutlich eine gute Möglichkeit, niemals einen Anruf zu verpassen.

Die Telefonhersteller weisen jeden Zusammenhang zwischen dieser Anwendungsweise und Rektalkrebs von sich, trotzdem wäre es vermutlich sicherer gewesen, wenn er einfach ein Headset eingeführt hätte. Wir empfehlen denjenigen, die Kopfhörer in ihr Hinterteil befördern, nicht auch mit dem Kopf hineinzukriechen. Selbst wenn sich der ein oder andere nicht davon abhalten lässt, egal ob ein Kopfhörer involviert ist oder nicht.

Können Sie mich hören? Gut.

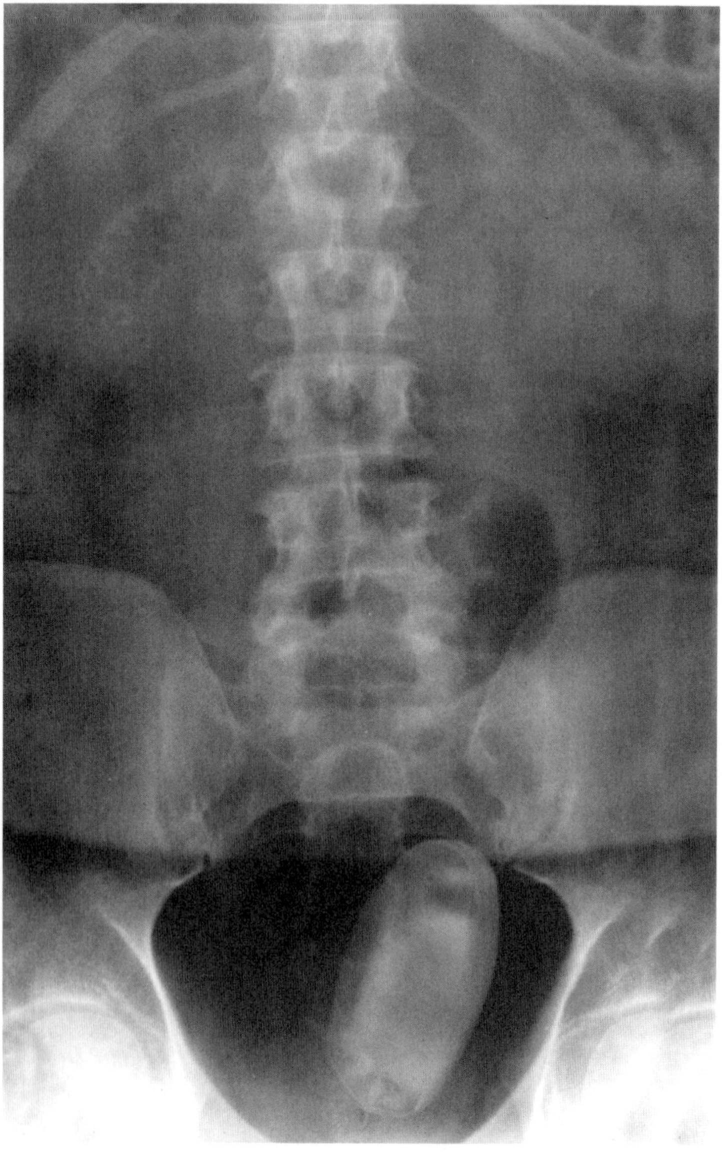

»Kleine Maus, ich klick dich an ...«

Wir haben ja schon eine Menge Gerätschaften in diesem Teil des Körpers entdeckt, und meistens konnten wir irgendwie nachvollziehen, was die Menschen dazu bringt, dies zu tun. Eine Computermaus an diesem Ort hingegen verleiht dem Wort »technosexuell« völlig neue Bedeutung.

Der Patient ging davon aus, dass sich die Maus leicht wieder entfernen ließe, da sie an einem Kabel hing. Da die kleine Rollkugel in diesem Fall aber wie ein Laufrad funktionierte, wurde die Maus zu leichtfüßig für ihren Benutzer. Wir dachten, mit der Zeit würde dieser Effekt weniger werden, da Rollkugeln schließlich allerhand Unrat aufgreifen, besonders in solch einer Umgebung. Dieser Patient jedoch meinte, er hätte nicht genügend Zeit gehabt, darauf zu warten, denn es habe da einen unvorhergesehenen Nebeneffekt gegeben.

Ihm zufolge führten Druck und Enge im Enddarm zu unvorhersehbarem Klicken der Maus, was den Browser des Patienten wiederum zu wirklich schmutzigen Websites führte. Er machte klar, dass er sicher nicht zu diesen Personen gehöre und diese Gerätschaft doch bitte sofort entfernt haben wolle, um sein – mit Ausnahme der Maus – sauberes Leben fortzuführen.

Wir empfahlen dem Patienten, von nun an einen Laptop mit Touchpad zu verwenden, und verdeutlichten, was genau jenes Touchpad zu berühren habe.

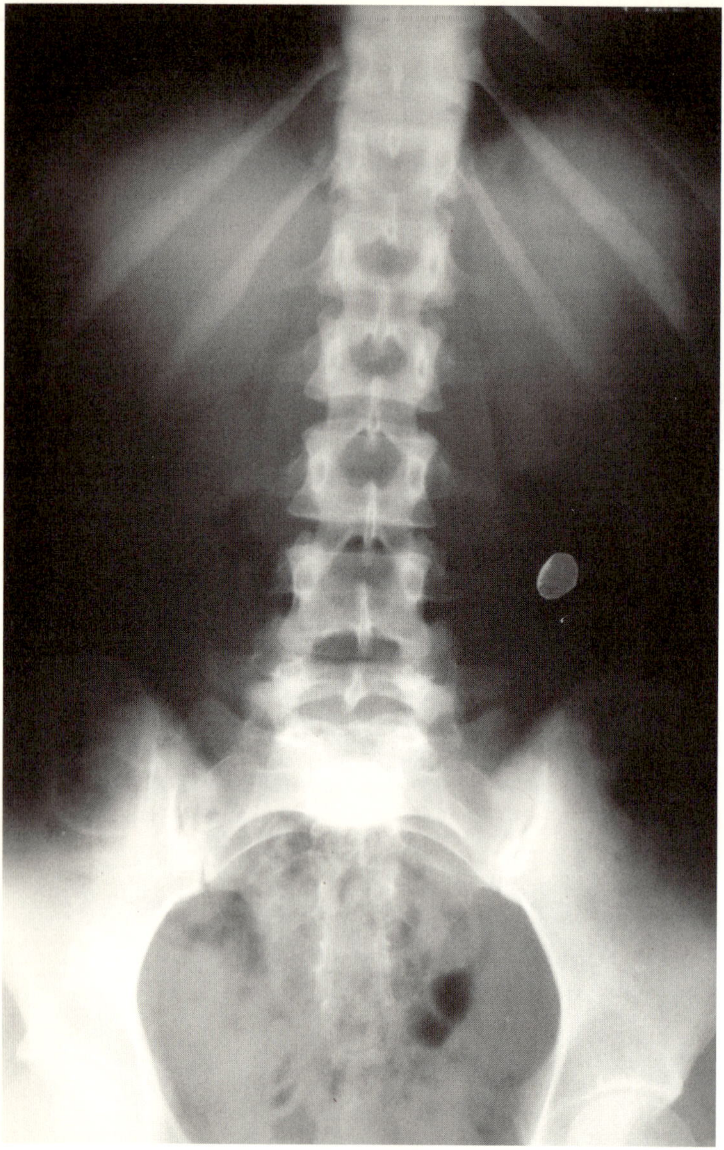

Nichts sehen, nichts sagen, nichts hören

Tragbare Audiogeräte haben sich in den letzten Jahren dramatisch verändert, während die Kopfhörer ihre ganz eigene Evolution erleben durften. Sie sind mittlerweile klein genug, um in den Gehörgang zu passen und deshalb auch klein genug für andere Körperöffnungen.

Ein neun Monate altes Baby wurde in die Notaufnahme eingeliefert, nachdem seinen Eltern aufgefallen war, dass einem der Kopfhörer, die es in seinem Mund hatte, das silberne Inlay fehlte. Auf dem Röntgenbild entdeckte man das Inlay im oberen Bereich der Speiseröhre, und mithilfe einer optischen Zange konnte man es glücklicherweise herausholen.

Auch wenn das Verschlucken von Kopfhörerteilen eine Gefahr darstellt, so ist die Bedrohung von Gehörverlust bei den Millionen Menschen, die Kopfhörer verwenden, doch weitaus schwerwiegender. Jahrelang wurde das Hören von Bands wie Led Zeppelin, The Who oder Nirvana für diese Schädigung verantwortlich gemacht. Obwohl diese Menschen vielleicht durchaus dankbar für ihre Hörschädigung sind, wenn man bedenkt, wie unausweichlich die Musik von Celine Dion und Konsorten ist.

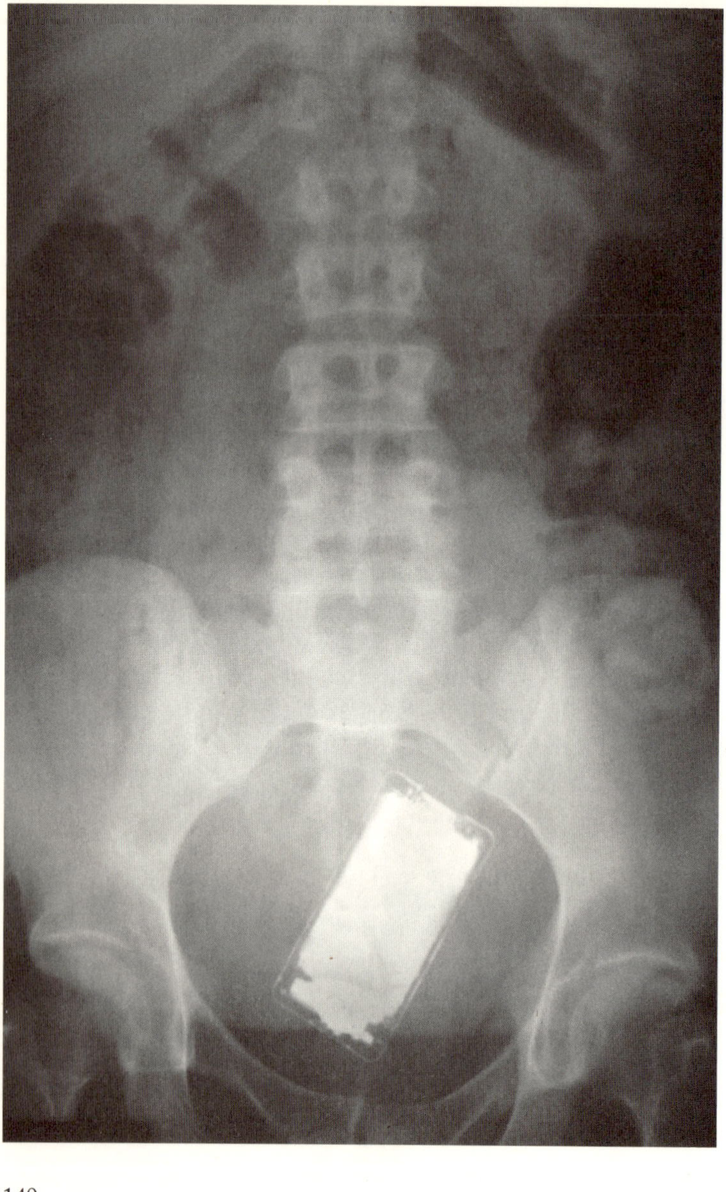

Warum man den Nano erfunden hat

Zunächst klagte dieser Patient über »melodische« Flatulenzen nach den Mahlzeiten, die zu variieren schienen, je nachdem, was er vorher gegessen hatte. So meinte er etwa, Andrea Botticelli nach einem italienischen Dinner, Enrique Iglesias nach einer mexikanischen Mahlzeit und Countrymusik nach einem Barbecue zu hören. Mit zunehmenden Schmerzen hoffte er außerdem auf etwas anderes als immer nur *Blowin' in the Wind*, bekam jedoch lediglich Rage Against the Machine zu Ohren. Wir fragen uns, ob wohl ein kleinerer iPod schneller durch seinen Körper gewandert wäre, begleitet von einem Song wie *Band on the Run* etwa.

Als das Gerät gerade entfernt worden war, erklang das Lied *I come from a land down under* von Men at Work, so berichten die Chirurgen.

NUR DIE LIEBE ZÄHLT

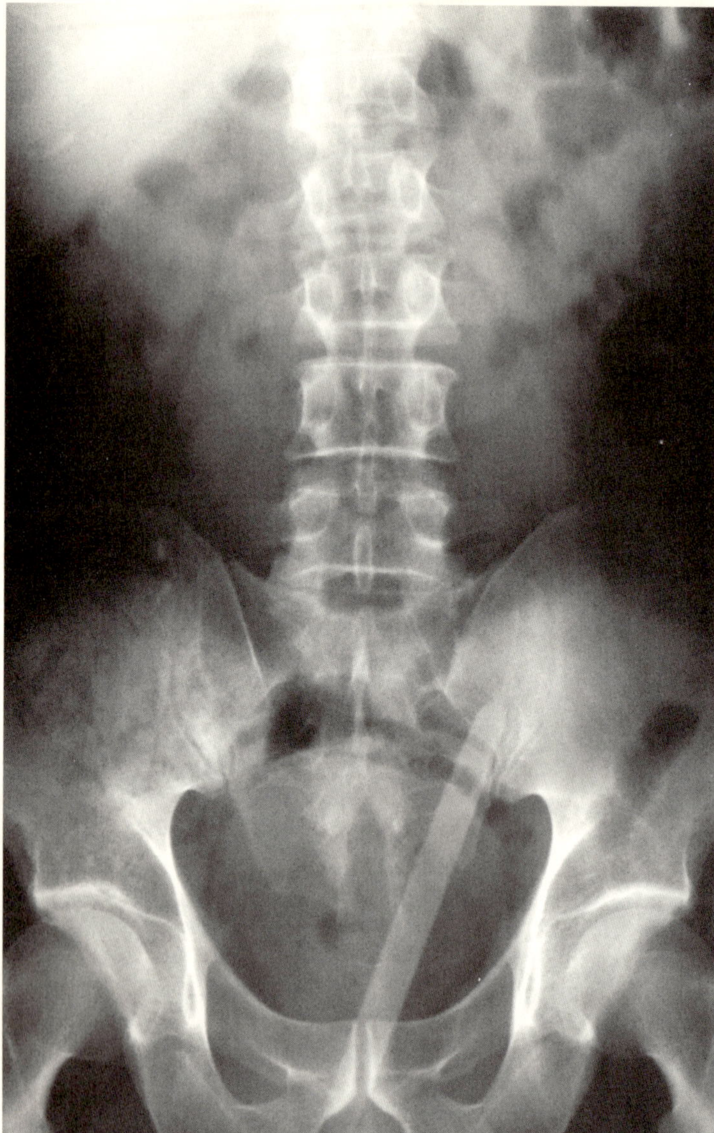

Nicht die hellste Kerze im Leuchter

Wenngleich die Kerze weitestgehend durch das elektrische Licht ersetzt worden ist, taucht sie doch hin und wieder dort auf, »wo die Sonne nie scheint«. Neben ihrer Hauptrolle in dem hier abgebildeten menschlichen Darm ist die Kerze der Mittelpunkt vieler religiöser Feierlichkeiten, romantischer Avancen sowie Geburtstagskuchen. Das alles summiert sich in den USA zu einem Jahresumsatz von 2 Milliarden Dollar, meldet die National Candle Association. Zum Vergleich: Die European Candle Association meldete 2010 einen Verbrauch von Kerzen im Wert von knapp 1,4 Milliarden Euro. Noch interessanter als das ist die Tatsache, dass solche Kerzenverbände überhaupt existieren.

Den meisten Käufern geht es bei der Kerze um den Duft, auch wenn diesem Patient der Duft herzlich egal gewesen sein dürfte. Unnötig zu erwähnen, dass dies bei dem Arzt, der die Kerze wieder herausgefischt hat, nicht der Fall war. In den USA kann man zwischen beinahe 10000 unterschiedlichen Düften wählen – gerade genug, um es den dort ansässigen Allergologen zu erlauben, ihre Kinder auf teure Privatschulen zu schicken, sich selbst alle zwei Jahre einen neuen Mercedes zu kaufen und trotzdem den jährlichen Familienurlaub in den Schweizer Alpen zu verbringen.

Es ist überliefert, dass die Ägypter bereits 3000 vor Christus Kerzen aus Bienenwachs und anderen natürlichen Fetten verwendeten. Da dies die Zeit der Pharaonen war, hat man die bescheidene Kerze wohl dazu verwendet, die dunklen Tiefen der Pyramiden und Tempel zu erleuchten, lange bevor sie in dieser dunklen Tiefe hier landete.

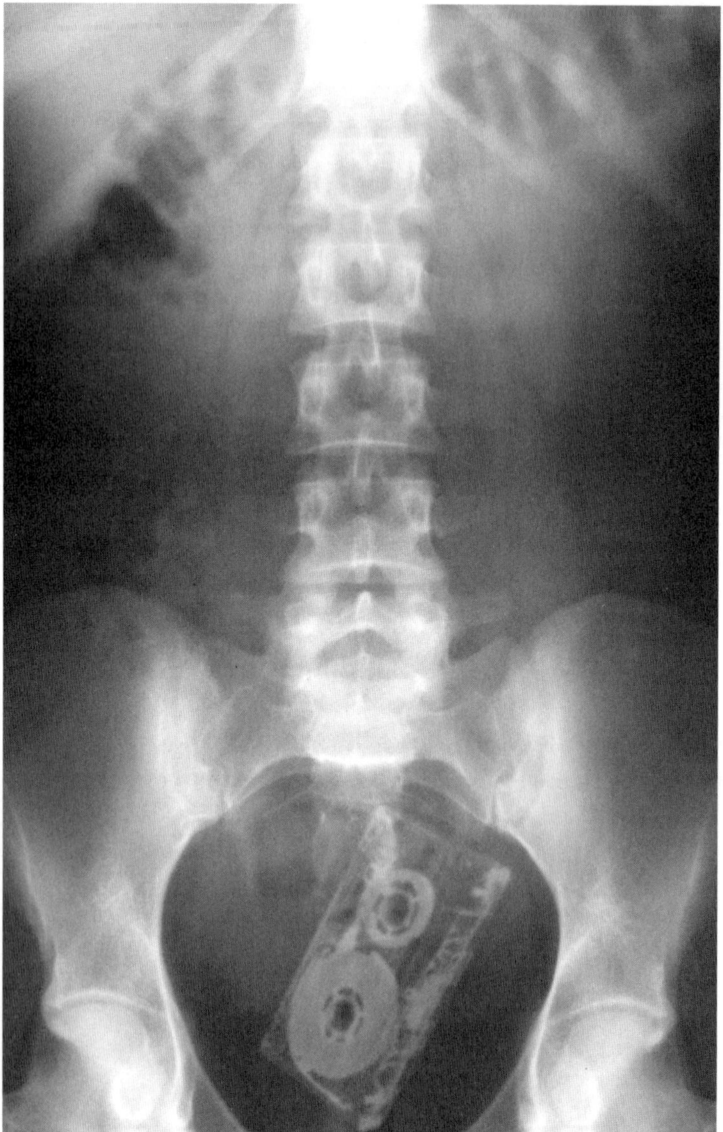

Rette die Kassette!

Wenigstens hat er keine 8-Spur-Kassette genommen. In den 80er und 90er Jahren gab es keine bessere Art, »Ich liebe dich« zu sagen, als jemandem eine Mix-Kassette aufzunehmen. Das hat sich schwer geändert seit der Erfindung des CD-Brenners und des MP3-Players. Einen MP3-Player haben wir in diesen Gefilden zwar auch schon vorgefunden, auf den CD-Brenner warten wir aber bisher vergeblich. (Das soll jetzt aber keine Aufforderung sein!).

Die Revolution der Musikkassette war damals eine umstrittene Angelegenheit, musste die Musikindustrie doch fürchten, dass sich die Möglichkeit des Überspielens negativ auf die Verkaufszahlen der vorgefertigten Musikaufnahmen auswirkt. Eine Debatte, die uns bekannt vorkommt und sich scheinbar bei jedem neuen Tonträger wiederholt. Wovor uns die Tonträgerindustrie nicht gewarnt hat, ist das hier; und auch wir halten besser den Mund.

Leider können wir keine definitiven Aussagen über den Inhalt dieser Musikkassette machen, doch vorstellbar wären Hits wie: *Baby Got Back* von Sir Mix-A-Lot, *Rump Shaker* von Wreckx-N-Effect, *Big Ole Butt* von LL Cool J und natürlich der Klassiker von Stealers Wheel: *Stuck in the Middle With You.*

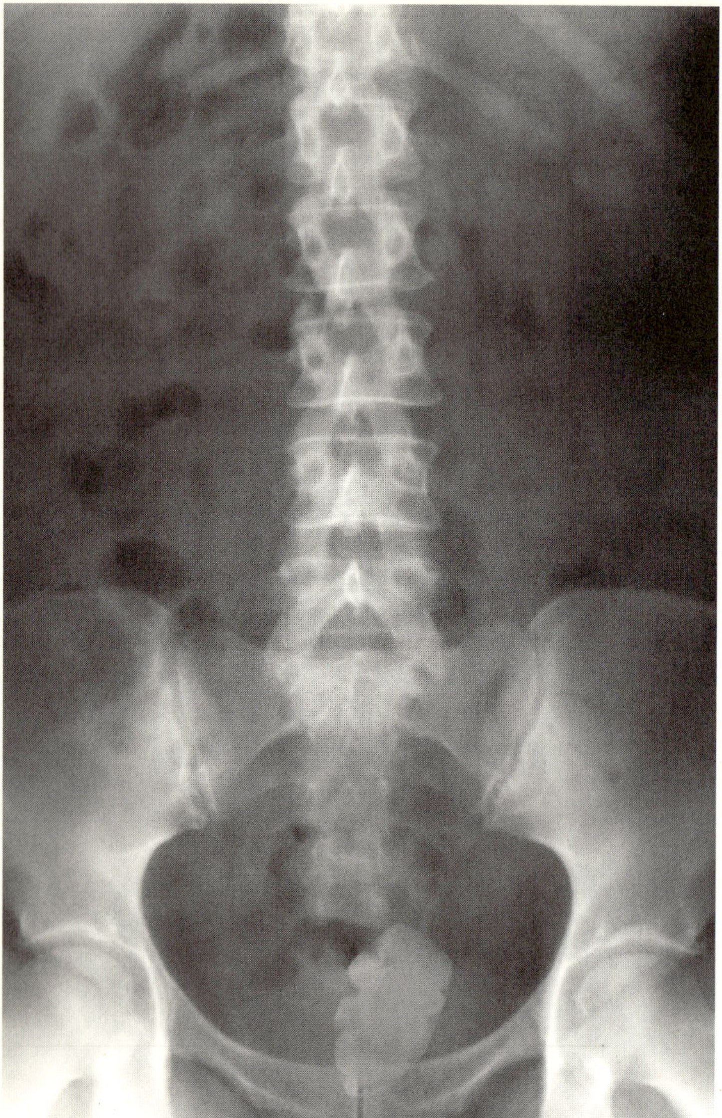

Und wer schützt uns vor dem Schutz?

Wie es scheint, kommt jeder Notfallarzt irgendwann einmal an den Punkt, an dem er oder sie ein verloren gegangenes Kondom bergen muss. Dabei mag das involvierte Gleitmittel vielleicht die Lust befördern, führt jedoch auch dazu, dass einem das Kondom sehr leicht entgleiten kann. Der Moment des Entgleitens wird häufig nicht einmal wahrgenommen, vorausgesetzt die Kondombenutzer konzentrieren sich auf andere Empfindungen. Aufgrund dieser mangelnden Wahrnehmung wird das Kondom immer weiter hineingezwungen in den Spalt, der sich – wo auch immer – aufgetan hat.

Ein Kondom zu bergen ist nicht so schwierig, daher soll niemandem davon abgeraten werden, eines zu benutzen. Die Ärzte arbeiten mit derselben Methode, wie sie Gynäkologen bei einer Beckenuntersuchung anwenden, sie führen nämlich einen Teleskopspiegel ein, um sich einen Überblick zu verschaffen. Mithilfe eines einfachen Lichts und einer Zange kann das Kondom erspürt, erfasst und wiederverwendet werden – okay, Letzteres war ein Witz.

Viel gefährlicher als das verloren gegangene und vergessene Kondom ist eines, das mit Absicht dort versteckt wurde, weil es illegale Substanzen enthält. Reißt das Kondom, landen die Drogen – wie etwa Kokain oder Heroin – im Körper.

Im Allgemeinen überwiegen die Vorzüge des Kondoms die Risiken bei Weitem. Wie auf der Verpackung zu lesen ist: Kondome bieten einen Schutz von bis zu 99 Prozent – bei richtiger Anwendung.

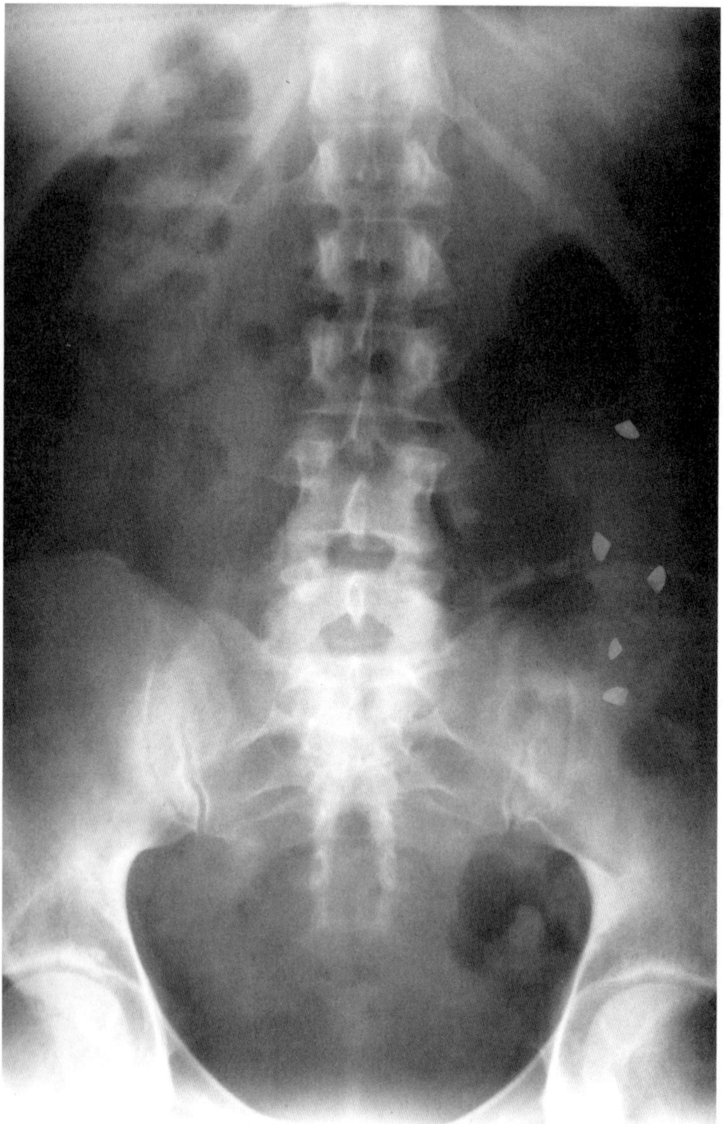

Diamonds are a girl's best friend?

Diamanten haben eine extrem harte Oberfläche – wie kommt jemand dann auf die Idee, sie in irgendeine Körperöffnung stecken zu wollen?

Denjenigen von Ihnen, die schon einmal übertrieben viel Geld für einen Verlobungsring ausgeben mussten oder sich erleuchtet fühlen, weil sie den Film *Blood Diamond* gesehen haben, erscheint das völlig einleuchtend. Diamanten sind einer der teuersten Rohstoffe der Welt, egal wo sie gesteckt haben mögen ... Obgleich die hier geförderten doch etwas weniger wert sein dürften, wenn der Käufer davon erfährt.

Wo eine Ware viel wert ist, ist auch die Hehlerei nicht weit. Viele seriöse Händler weigern sich, Diamanten zu verkaufen, die mittels Krieg oder anderer Grausamkeiten geschürft werden, die sogenannten Blutdiamanten. Infolgedessen werden viele dieser Diamanten geschmuggelt, wobei sich die Schmuggler stets erfinderisch zeigen müssen, was ihr Versteck anbelangt. Und so kam es zu diesem Röntgenbild.

Diamanten sind angeblich die besten Freunde einer Frau, doch es fällt uns schwer zu glauben, dass irgendeine Frau einen Diamanten ihr Eigen nennen möchte, der in dieser Form transportiert worden ist. Wenn man die dunkle Herkunft und die unkonventionellen Transportwege bedenkt, fragt man sich, wie lange Diamanten überhaupt noch das Verlobungsgeschenk schlechthin sein werden.

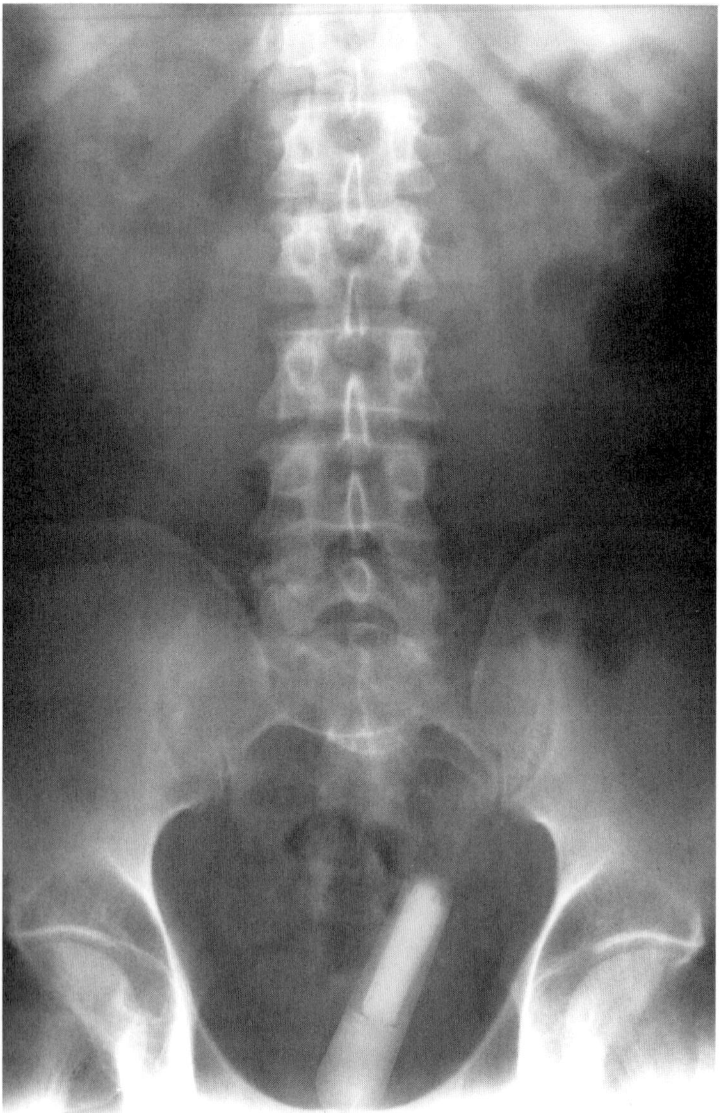

Das musste ja so kommen

Von verloren gegangenen Dildos haben wir jede Menge Beispiele – viel zu viele, um sie alle in diesem Buch unterzubringen.

Dildos sind leichter zu entfernen als die meisten anderen der hier gezeigten Gegenstände. Ihre Form ermöglicht einen leichten Ein- und Austritt, ganz wie es Sinn und Zweck dieses Objektes ist. Die Patienten, die es gern verwenden, benötigen meist dann medizinische Hilfe, wenn sie sich alleine damit unterhalten haben. Nach der Penetration können sie nicht weit genug »eingreifen«, um das Objekt zu erwischen und herauszuholen. In dieser speziellen Situation jemanden um drei Uhr morgens anzurufen mit den Worten »Hey, ich bin's, kannst du mir kurz 'nen Gefallen tun?« ist eher schwierig.

Was für ein Glück, dass auf der Krankenhausrechnung nur »Entfernung eines Fremdkörpers« zu lesen ist.

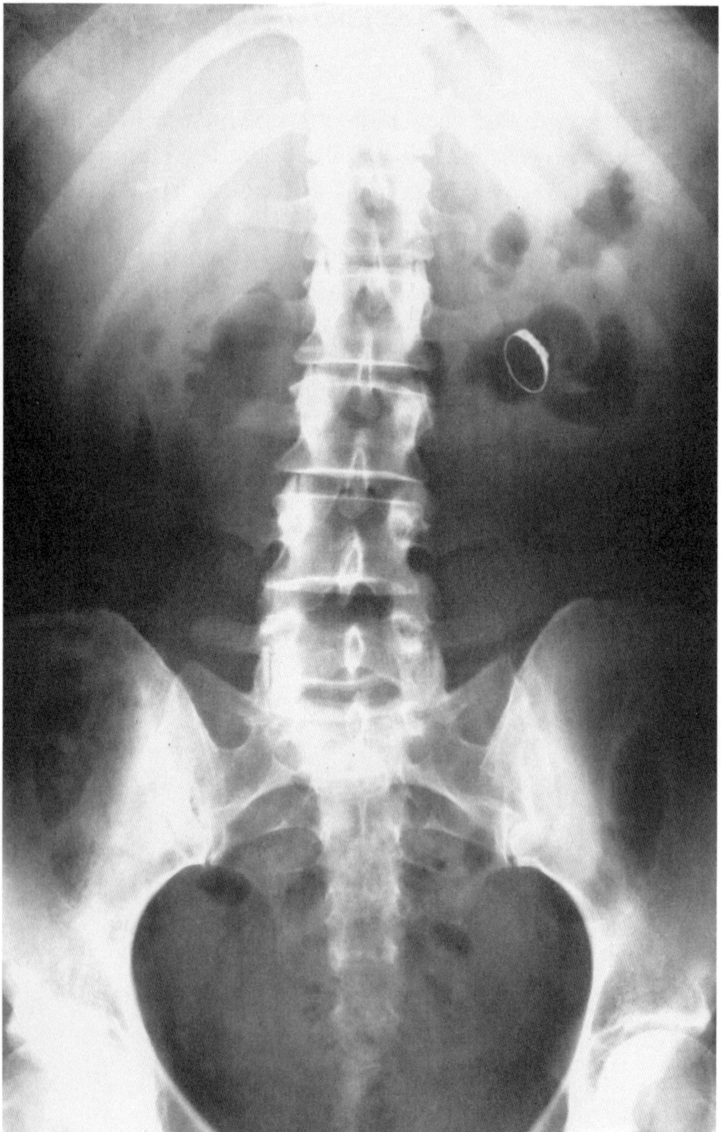

Jedem Anfang wohnt ein Zauber inne

Es gibt Männer, die für ihren Heiratsantrag den Ring in einem Champagnerglas versenken. Meist geht die Sache gut aus, doch hier sehen Sie ein Beispiel für das Gegenteil.

Diese Frau hier dachte, das Warten auf seinen Antrag würde ewig dauern. Nun ja, sie hat zumindest auf das Ausscheiden des Rings nicht ganz so lang warten müssen. Wie wir hier bereits umfassend erläutert haben, hängt es von Größe und Form des Gegenstandes ab, ob er durch den Magen-Darm-Trakt wandert und durch den Anus wieder ausgeschieden wird. Gott sei Dank hatte ihr sparsamer Freund einen Ring besorgt, der klein genug war, um leicht wieder hinausbefördert zu werden, und sie nahm ihn unerwarteterweise an und trug ihn glücklich bis an ihr Lebensende.

Der Romanautor Richard Bach sagte einst: »Wahre Liebesgeschichten haben niemals ein Ende.« Wir mögen widersprechen: In diesem Fall war ganz klar das gewisse Ende erst der Anfang.

KUNSTFEHLERCHEN

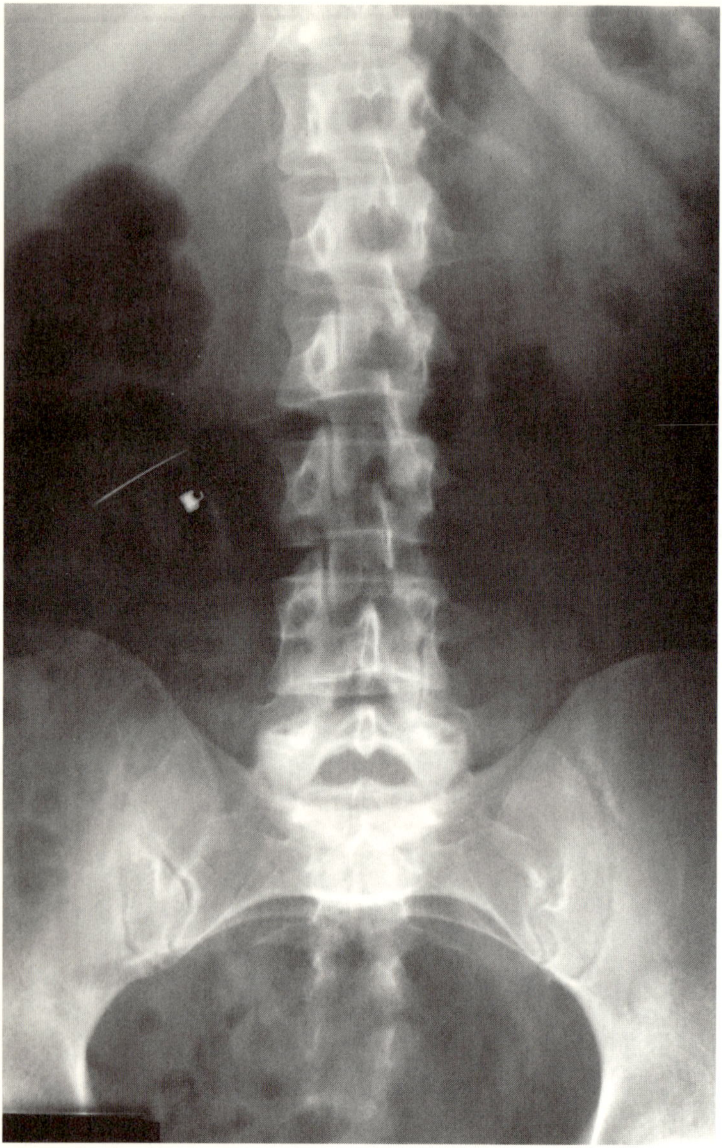

Stellen Sie sich vor: Metallgegenstände, die absichtlich in den Mund gesteckt wurden, wandern tatsächlich manchmal bis zum hintersten Ende des Magen-Darm-Trakts. Dieser Patient hatte nur Glück, dass er keine Kopfspange trug.

Die meisten sind sich darüber nicht im Klaren, dass das größte Risiko beim Tragen einer Zahnspange das *Einatmen* einer ihrer kleinen Teile ist, die letztlich in der Lunge landen. Es versteht sich von selbst: Wenn die Lungenfunktion gestört wird und Sie blau anlaufen, können Sie nicht gut aussehen, egal wie schön Ihr Lächeln ist.

Aber Scherz beiseite, eine gute Mundhygiene ist immens wichtig; nicht nur, damit Sie andere mit ihrem strahlenden Lächeln beeindrucken können, sondern weil sie auch ein Indikator für den allgemeinen Gesundheitszustand ist. Einige Studien haben sogar einen Zusammenhang zwischen schlechter Mundhygiene und erhöhtem Risiko von tödlichen Herzkrankheiten festgestellt. Um es anders zu formulieren: Die Vorteile einer gesunden Zahnflora überwiegen die hier abgebildete Gefahr bei Weitem.

Behalten Sie also Ihre Spange. Aber sollten Sie aus Versehen etwas davon verschlucken, machen Sie es bitte nicht wie ein berühmter früherer US-Präsident: Gestehen Sie es ein und suchen Sie sich Hilfe.

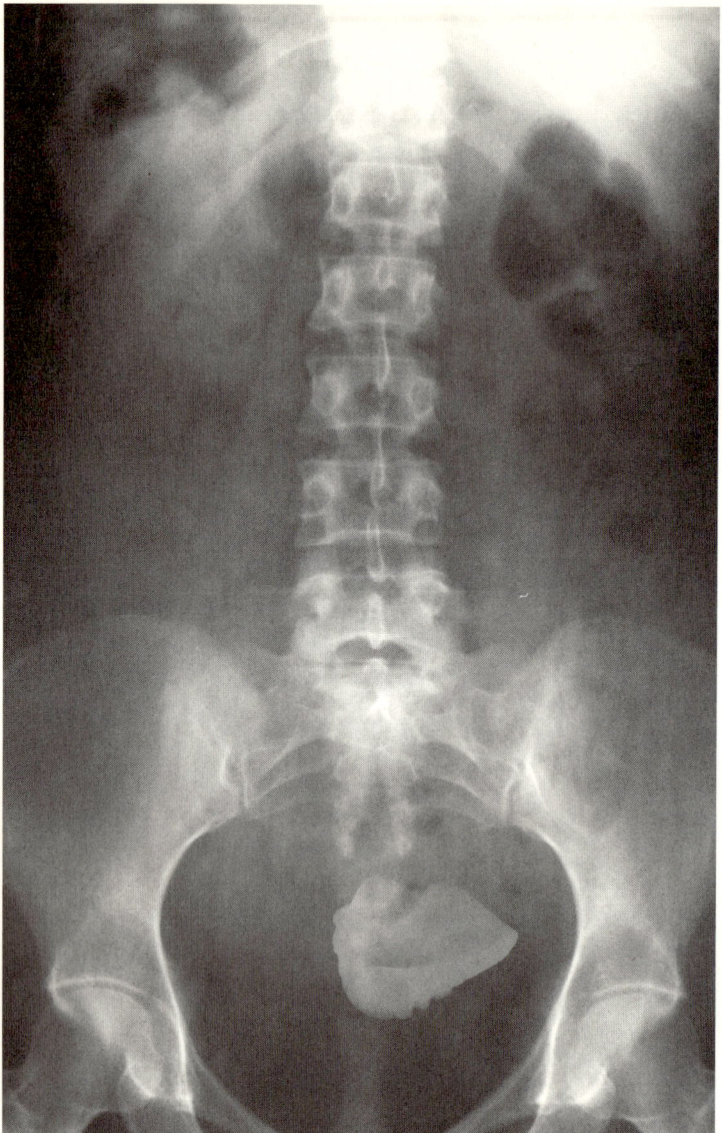

Zahn um Zahn

Die Leute verlieren ständig ihr Gebiss, doch für gewöhnlich nicht auf diese Weise. Kein Kukident dieser Erde wäre in der Lage, diese Sauerei zu beseitigen, obwohl es durchaus ein prickelndes Gefühl sein könnte. In der Annahme, dass sein Patient das Gebiss nie wieder in den Mund stecken würde, brach es der behandelnde Arzt in viele Teile und entfernte sie Stück für Stück, oder sagen wir Zahn für Zahn. Als dem Patienten eröffnet wurde, dass er nunmehr das komplette Gebiss neu erwerben müsse, stöhnte er auf: »Ich könnte mir in den Arsch beißen!«

Als der Zahnarzt hingegen erfuhr, dass sein Patient ein neues Gebiss benötigte, entfuhr es ihm: »Nicht schon wieder!« Die Person schien dieses Verhalten demnach schon früher an den Tag gelegt zu haben. Sicher nicht der Grund, warum Zahnärzte ihren Patienten halbjährliche Untersuchungen nahelegen!

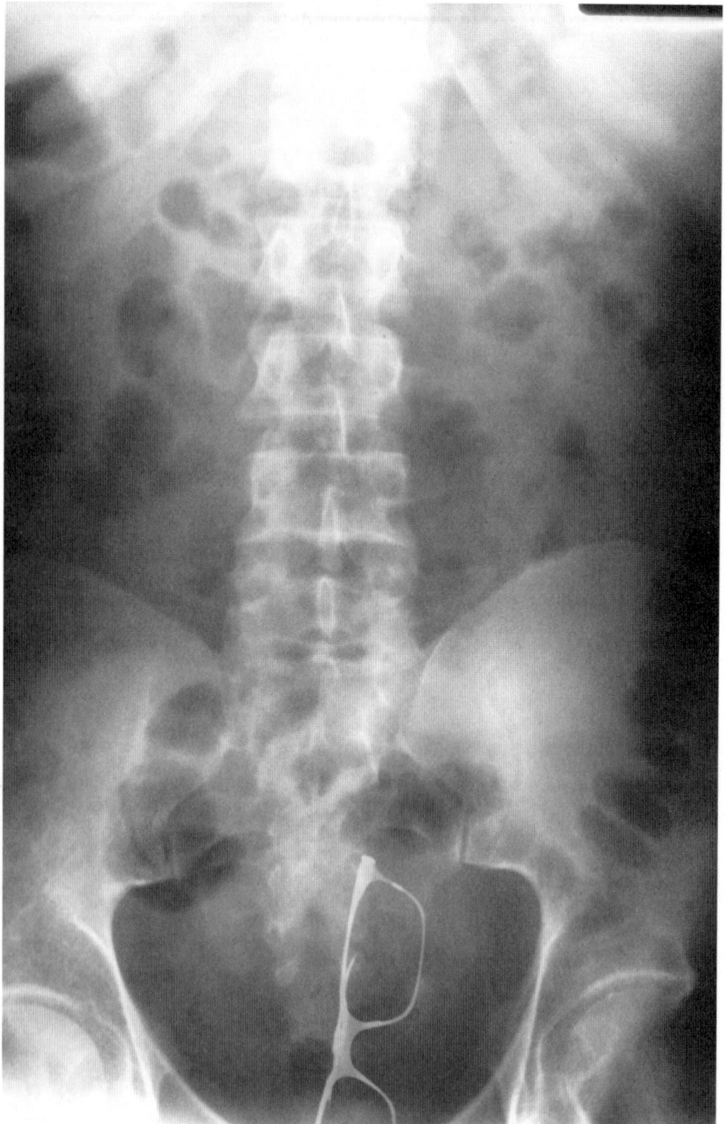

Den Durchblick verloren

»Hast du meine Brille gesehen, Schatz?« In diesem Fall hätte der Patient seine Brille wohl kaum gefunden, selbst wenn er sie auf der Nase gehabt hätte. Seine Brille steckte in großen Schwierigkeiten und machte mehr als einen Besuch beim Optiker erforderlich.

Wie Sie sicher schon erraten haben, erzählte uns der Patient die Geschichte von seiner Weitsichtigkeit, die ihn die Brille übersehen ließ, als er sich versehentlich genau dort drauf setzte. Genau genommen war der Patient sehr weitsichtig und die Gläser dementsprechend dick. Das sah natürlich schlimm aus, machte die Gläser allerdings sehr widerstandsfähig. Statt zu zerschmettern blieben sie also tatsächlich heil, als der Patient sich auf sie setzte. Alles in allem aber ein weiterer Grund, Kontaktlinsen zu tragen.

Die dicken gekrümmten Gläser brechen das Licht so, dass die Augen des Brillenträgers wieder normal sehen können. Nicht zu unterschätzen ist auch die Lupenwirkung: Durch die konzentrierte Sonneneinstrahlung kann sie zu starker Hitze führen, was die erfahrenen Pfadfinder unter uns durchaus zu schätzen wissen. Darüber musste sich der Patient aber keine Sorgen machen, steckten seine Gläser schließlich dort, wo die Sonne niemals hinkommt.

Er wurde letzten Endes nicht nur zu seinem Proktologen überweisen (wieso hatte er eigentlich bereits einen?), sondern auch zu einem Lasik-Augenchirurgen. Jetzt hat er den vollen Durchblick.

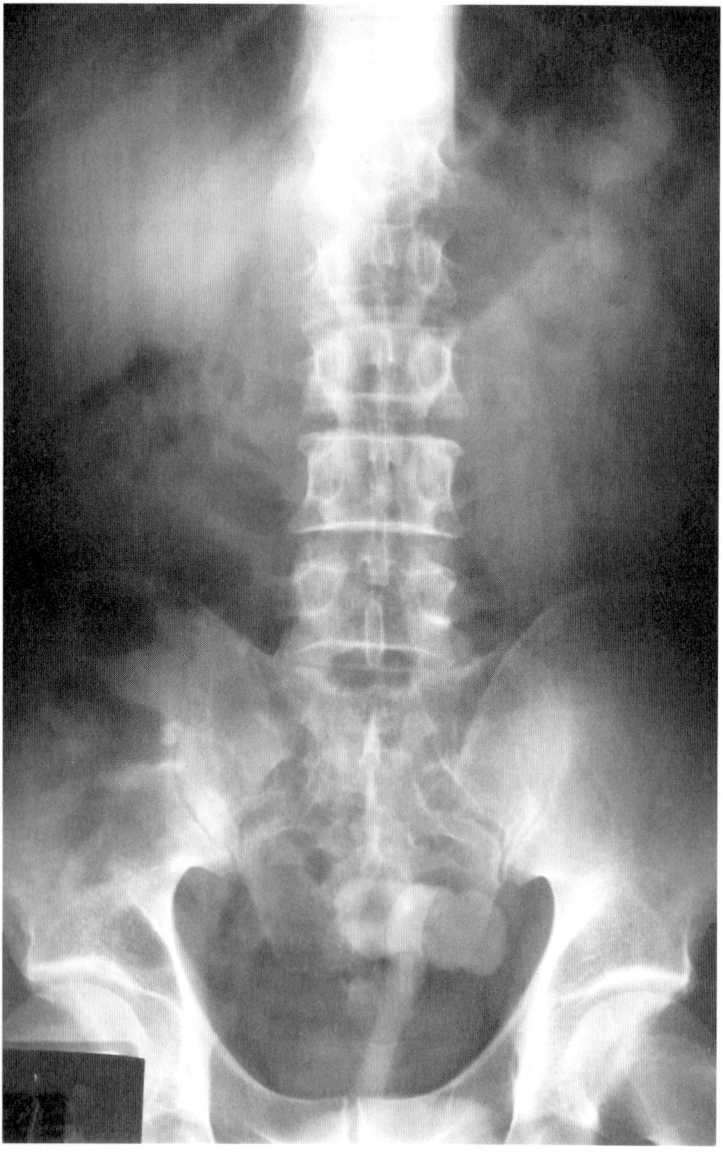

Hammermäßig

Hört, hört! Was hatte diese Vorladung zum Zweck? Besseres Urteils- und Entscheidungsvermögen des Patienten hoffentlich.

Man stellt sich die berechtigte Frage, ob jemand, der einen Hammer in sein Rektum steckt, wohl den Verstand verloren hat. Hätte das ein geisteskranker Mensch getan und hätte er ein Verbrechen begangen, so müsste er vor Gericht für schuldig oder nicht schuldig befunden werden. Schuldunfähig ist, »wer bei Begehung der Tat wegen einer krankhaften seelischen Störung, wegen einer tiefgreifenden Bewusstseinsstörung oder wegen Schwachsinns oder einer schweren anderen seelischen Abartigkeit unfähig ist, das Unrecht der Tat einzusehen oder nach dieser Einsicht zu handeln« (§ 20 StGB).

Um zu entscheiden, ob eine Schuldunfähigkeit besteht, müssen häufig forensische Psychologen zurate gezogen werden. Chirurgen hingegen werden herbeigerufen, um den Hammer zu entfernen. Wenn man bedenkt, dass Ersteres die Untersuchung von Partien oberhalb der Augenbrauen involviert (Gehirn/ kognitive Fähigkeiten), Letzteres jedoch das Putzen des Hinterteils, dürfte klar sein, wer das bessere Los gezogen hat.

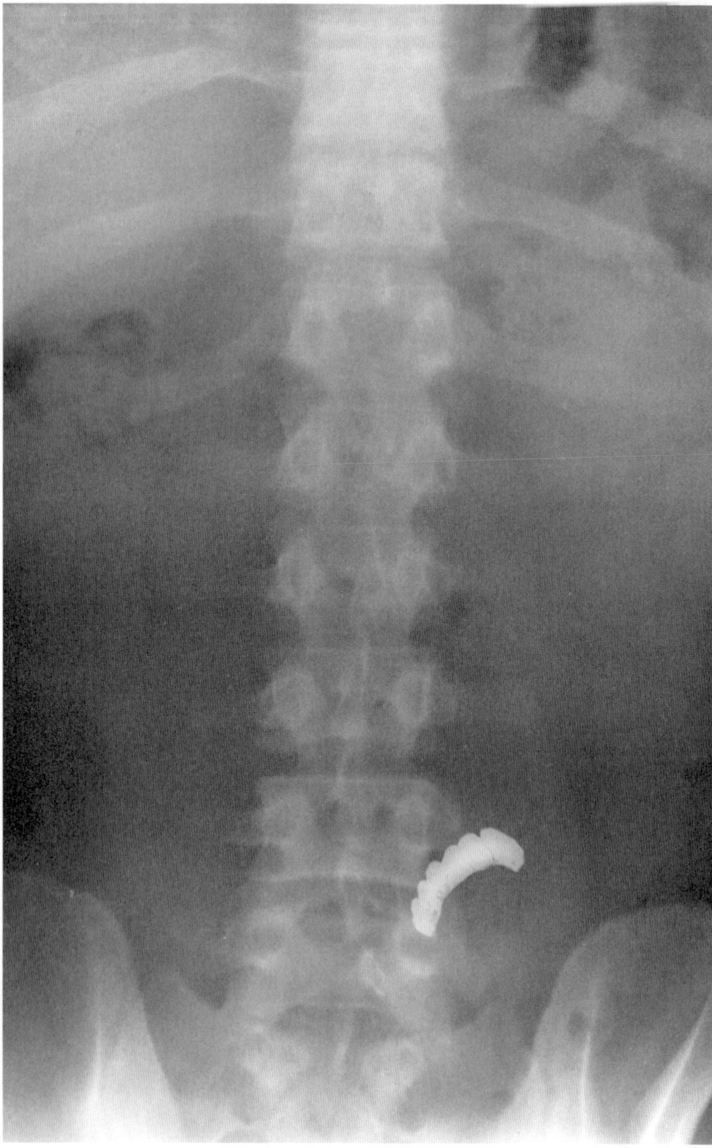

Bling, bling!

Die meisten Menschen polieren Ihr Äußeres auf, warum nicht auch mal das Innere?

Fälle, in denen aus Versehen Gebisse oder Zahnspangen verschluckt wurden, kennen wir zur Genüge. Hier allerdings verschluckte der Patient seinen »Grill« (edelsteinbesetzter Frontzahnaufsatz). Früher lief er durch die Gegend und fragte alle: »Was habt ihr nur immer mit meinem Grill?« Jetzt fragen ihn alle: »Wo hast du ihn nur, deinen Grill?«

Wir informierten den Patienten, dass sein Grill höchstwahrscheinlich wieder ausgeschieden würde und er ihn einfach die Toilette herunterspülen könne. Er erwiderte, sein Grill sei eine Spezialanfertigung und so teuer gewesen, dass er ihn nicht verlieren, sondern unbedingt weiterverwenden wolle.

Zuerst fanden wir diesen Wunsch ziemlich abstoßend, doch nach einer Weile begannen wir ihn zu verstehen. Auch wenn wir alle einen Würgereiz verspüren, wenn wir daran denken, etwas in den Mund zu nehmen, das in Exkrementen lag – mit der richtigen Reinigung kann man sämtliche schädlichen Bakterien beseitigen.

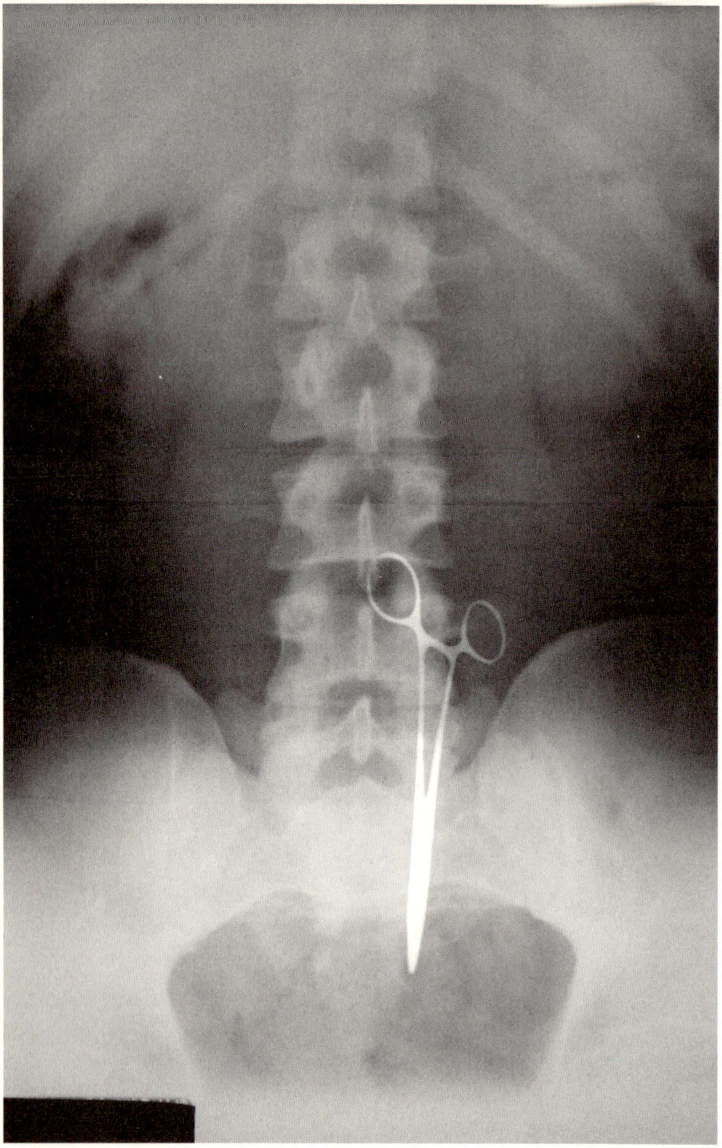

Vergessliche Chirurgen und einfallsreiche Kiffer

Die Doktoren Jules-Émile Péan und William Halsted erfanden die Arterienklemme, ein scherenähnliches chirurgisches Instrument, das dazu verwendet wird, Blutungen durch das Abklemmen von Blutgefäßen zu stoppen. Da Arterienklemmen sehr häufig zum Einsatz kommen, geraten sie leider manchmal im Körper des Patienten in Vergessenheit. In der Regel sind sie jedoch aus Chirurgenstahl gemacht und lassen sich deshalb gut auf einem Röntgenbild erkennen; so kann man sie relativ leicht wieder entfernen, ohne die gesamte OP wiederholen zu müssen. Die Folge sind dann zumeist ein Haufen verärgerter Leute und ein paar richtig zufriedene Anwälte.

Die Arterienklemme wird auch jenseits der Medizin eingesetzt. Cannabisraucher nehmen sie zum Beispiel gerne als »Roach-Clip« zuhilfe, um den letzten Stummel eines Joints rauchen zu können, ohne dabei Mund und Finger zu verbrennen. Inspiriert wurden die Erfinder dieser Methode sicher eher von Cheech und Chong als von Dr. Péan und Dr. Halsted, aber wenigstens hat die Arterienklemme bislang niemand verschluckt ... bislang.

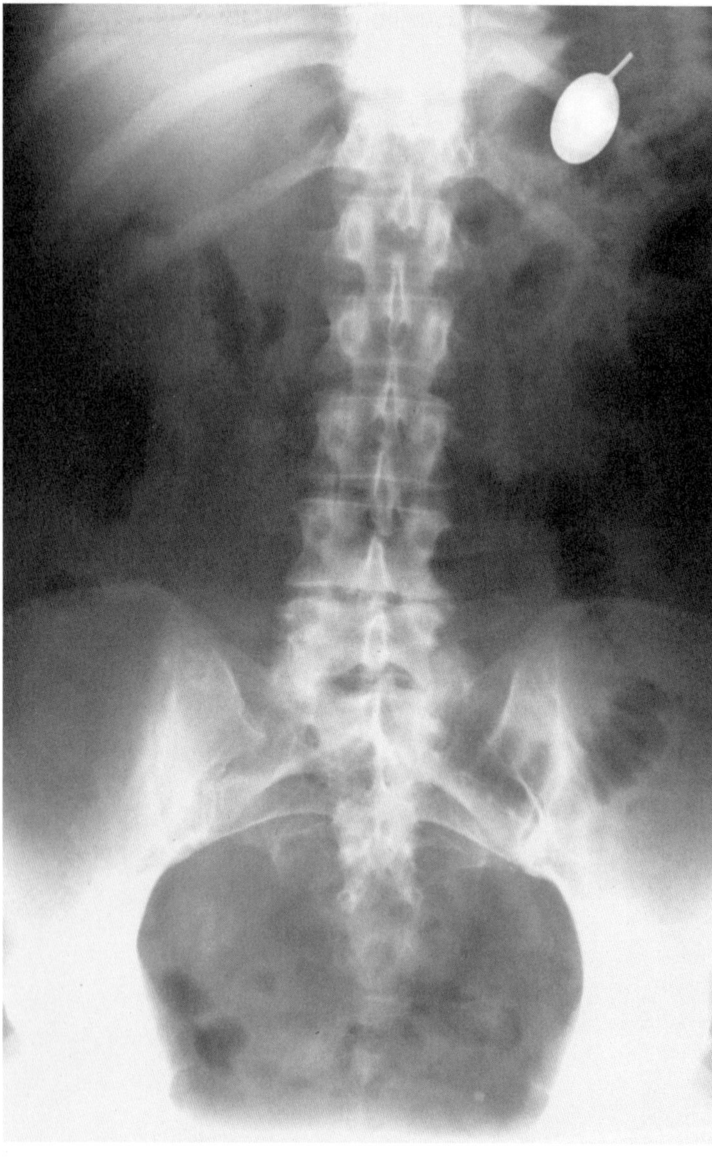

Das war keiner von uns

Viele Ärzte tragen ihr Stethoskop am liebsten in der Jackentasche, Umhängetasche, in den Händen oder haben einfach gar keines dabei. Der letzte Platz, an dem man ein Stethoskop vermuten würde, ist das Innere des Körpers. Wir sind absolut dafür, auf sein Innerstes zu hören, doch dieser Patient hier nahm die Idee zu wörtlich. Er ist allerdings lange nicht der Einzige.

In einem Fall hörte eine junge Frau, die an Depressionen litt, regelmäßig Stimmen, die ihr befahlen, die unterschiedlichsten Gegenstände zu schlucken. Im Laufe von 15 Jahren musste sie 17 OPs in mehreren Krankenhäusern hinter sich bringen, um jene Gegenstände wieder entfernt zu bekommen. Eins der ungewöhnlichsten Objekte war das Bruststück eines Stethoskops. Und für den behandelnden Arzt war es wohl das erste Mal, dass jemand zurücklauschte, als er den Bauch abhörte.

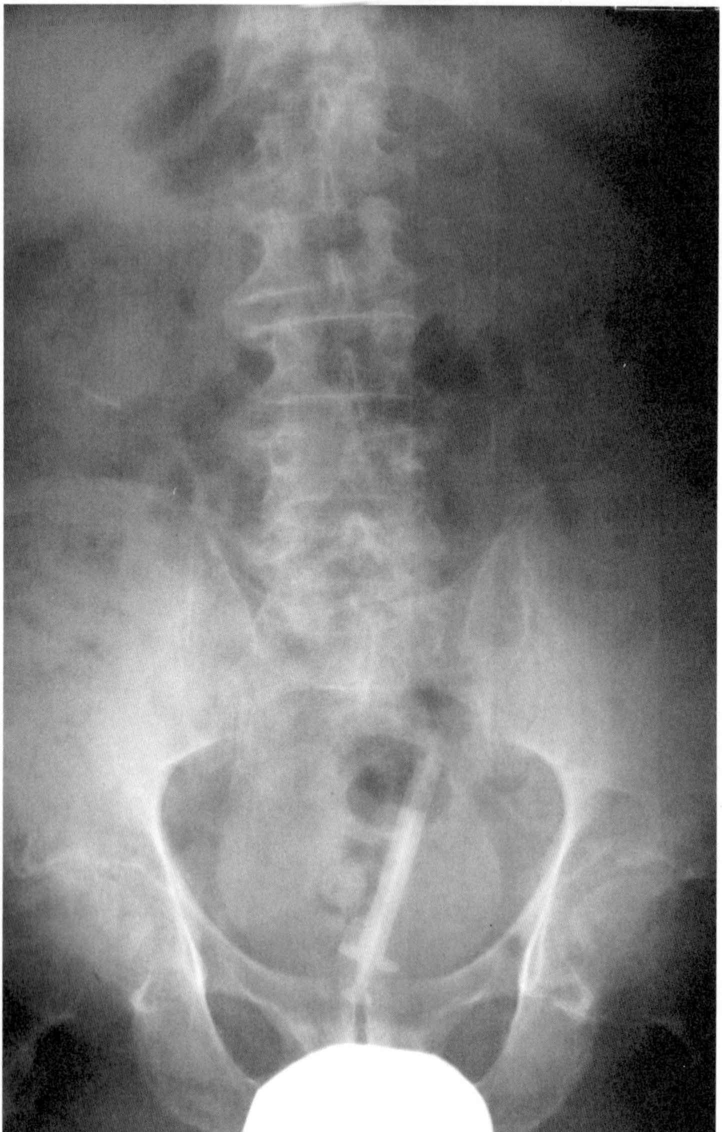

Spritzenmäßig vorgesorgt

Viele Menschen haben Angst vor Nadeln. Dieser Patient bewies dagegen, dass es nicht die Spritze selbst ist, die diese Angst auslöst. Spritzen werden aus den unterschiedlichsten Gründen verwendet, die meisten davon absolut rechtmäßig und seriös. Andere hingegen weniger. Das »weniger« ignorieren wir hier einfach.

Der häufigste Grund, warum Patienten Spritzen mit sich herumtragen, ist insulinabhängige Diabetes. Insulin erfüllt seinen Zweck nicht, wenn es oral eingenommen wird, denn als Protein wird es dann im Darm gespalten. Durch die Injektion von Insulin umgeht man diesen Vorgang. Auch wenn durch das Schlucken einer Insulinspritze das Insulin nicht gespalten wird (dient das Plastik doch als Schutz), muss sich der Patient das Hirn gespalten haben, um so etwas zu tun.

Die Zufuhr von Insulin ist unerlässlich, wenn der Körper es nicht selbst produziert, und dieser Patient hat das begriffen. Allein die beste Art der Zufuhr musste ihm von seinen Ärzten erklärt werden. •

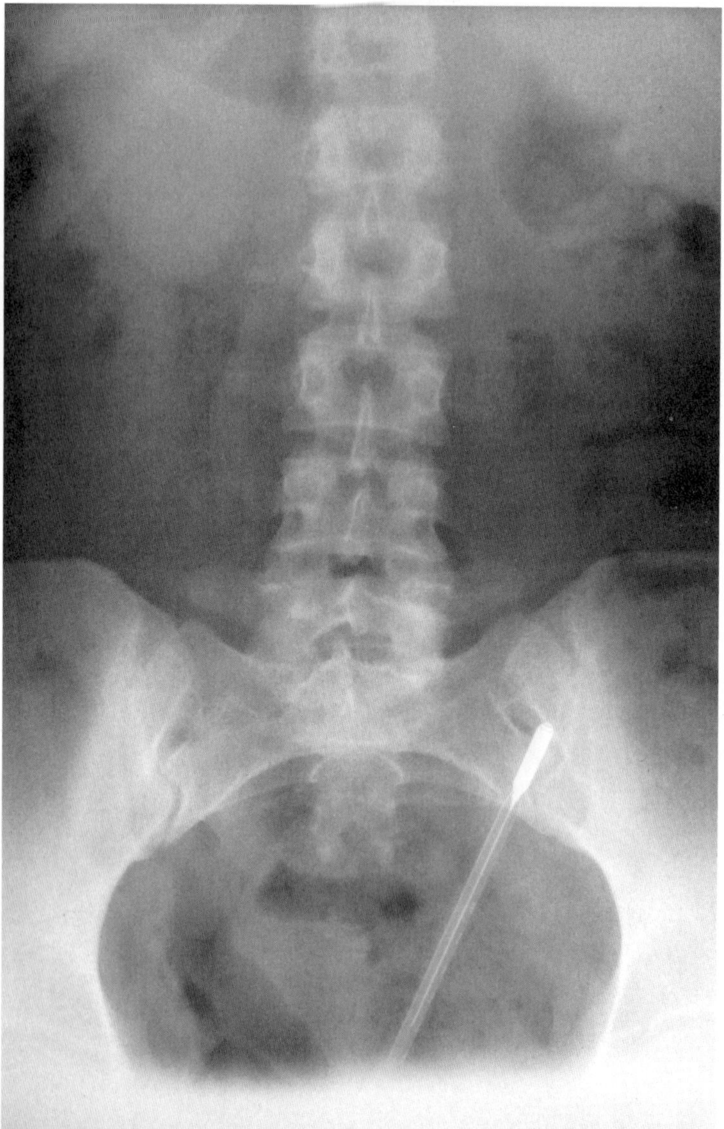

Oral, rektal, egal?

Wie unterscheide ich zwischen einem oralen und einem rektalen Fieberthermometer? Der Geschmack ist anders! Spaß beiseite – falls eine Verwechslung wirklich einmal möglich ist, gibt es ein sichereres und definitiv weniger ekliges Merkmal, das die beiden voneinander trennt: die Gebrauchsanleitung.

Dieser Patient hier hat sie allerdings wohl nicht sehr genau gelesen, hat er doch den einen speziellen Hinweis übersehen: Lassen Sie das Thermometer auf gar keinen Fall los, nachdem Sie es eingeführt haben, komme, was wolle!

Manche von Ihnen werden sich nun fragen, warum Rektalthermometer überhaupt existieren, wo es doch traditionellere Methoden des Fiebermessens gibt, via Mund oder Achselhöhle beispielsweise. Es ist allerdings so, dass die rektale Messung die Körperkerntemperatur in der Regel weitaus exakter wiedergibt als die beiden anderen Methoden. Seit Neuestem jedoch wird die Körpertemperatur auch in Krankenhäusern mittels eines Infrarotthermometers im Ohr gemessen. Wieder einmal hilft uns die Technologie dabei, gewissen »Pain-in-the-ass«-Aktivitäten zu entkommen.

Jene neuen Methoden mögen ein sehr genaues Ergebnis erzielen, sind für dieses Buch dagegen weniger geeignet.

AU (PO-)BACKE!

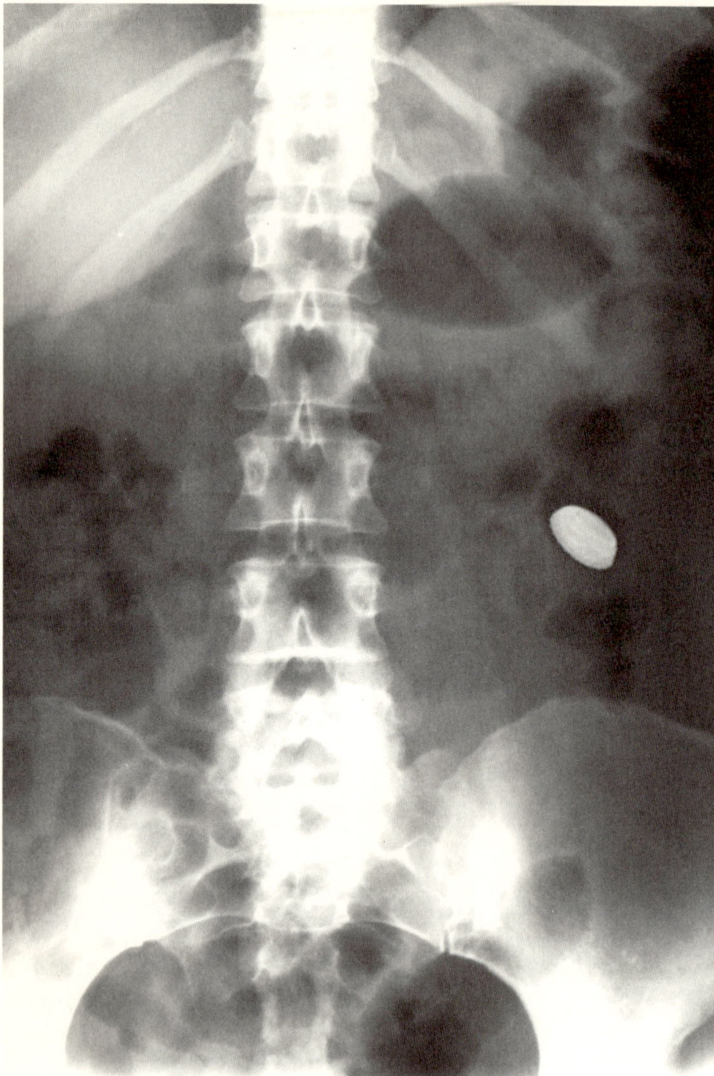

Nicht ganz dicht?

Es war ein gewisser William Painter, der 1892 die erste Verschlusskappe erfand und patentieren ließ. Er hatte vermutlich keine Ahnung, dass seine grandiose Idee jemals im Enddarm eines Menschen enden würde.

Manche Leser kennen sicher auch das Willy-Wonka-Kaubonbon, das nach verschiedenen Brausesorten schmeckt und aussieht wie ein Flaschenverschluss (im Englischen trägt es sogar denselben Namen: Bottle Cap). Der Film *Charlie und die Schokoladenfabrik* schenkte uns nicht nur diese Süßigkeit, sondern auch den wunderschönen Song *Pure Imagination* von Gene Wilder. Wir glauben, dass viele unserer Patienten diesen Song lieben würden, haben sie doch alle eine blühende Fantasie bewiesen. Genau genommen hätten wir uns als Studenten nicht erträumen können, was die Patienten alles anstellen würden. Wir warten nur darauf, dass wir bei einem von ihnen eines Tages ein Goldenes Ticket da unten herausholen. Hallo, Schokoladenfluss!

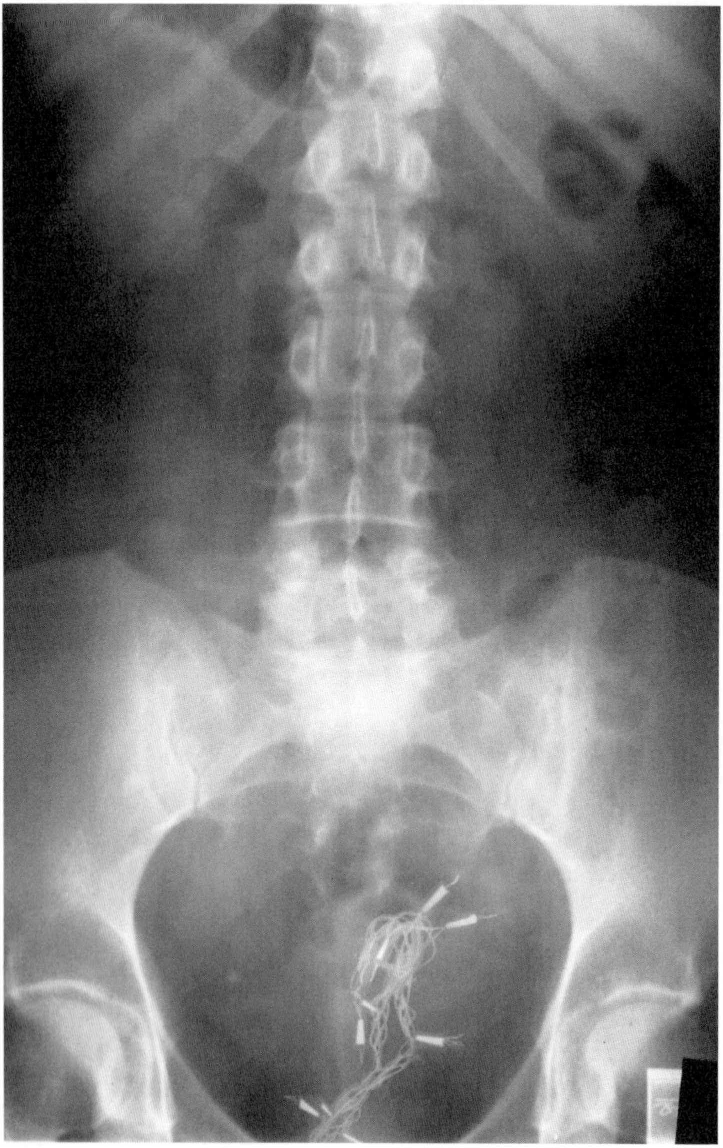

O du fröhliche

Weihnachtsbaumbeleuchtung gibt es in allen nur erdenklichen Formen und Farben und kann, wie dieser Patient hier beweist, alle nur erdenklichen Orte optisch aufpeppen. Eine religiöse Interpretation der Christbaumlichter ist, dass diese uns an den Stern von Bethlehem erinnern sollen, der die Heiligen Drei Könige zum neugeborenen Jesuskind geführt hat. Hätte doch ein König diesen Patienten weg von den Lichtern geführt. Eine andere Interpretation besagt, dass die frühen, verfolgten Christen Bäume beleuchteten, um damit den Eingeweihten eine demnächst stattfindende Zusammenkunft bekanntzugeben. Uns fällt leider keine Interpretation zu dem speziellen Verwendungszweck der hier abgebildeten Lichter ein.

Weihnachtsbeleuchtung wird bisweilen in Reihe geschaltet, es gibt also nur einen einzigen Stromkreis. Sobald ein Teil dieses Stromkreises kaputt oder beschädigt ist, kann die Elektrizität nicht fließen – ist auch nur eine Glühlampe defekt, funktioniert demnach die gesamte Kette nicht. Mit anderen Worten: Der Patient muss höllisch aufpassen, nicht zu sehr zu pressen oder drücken, falls diese Lichter ihm den Weg zu einem geweihten Ort leuchten sollen.

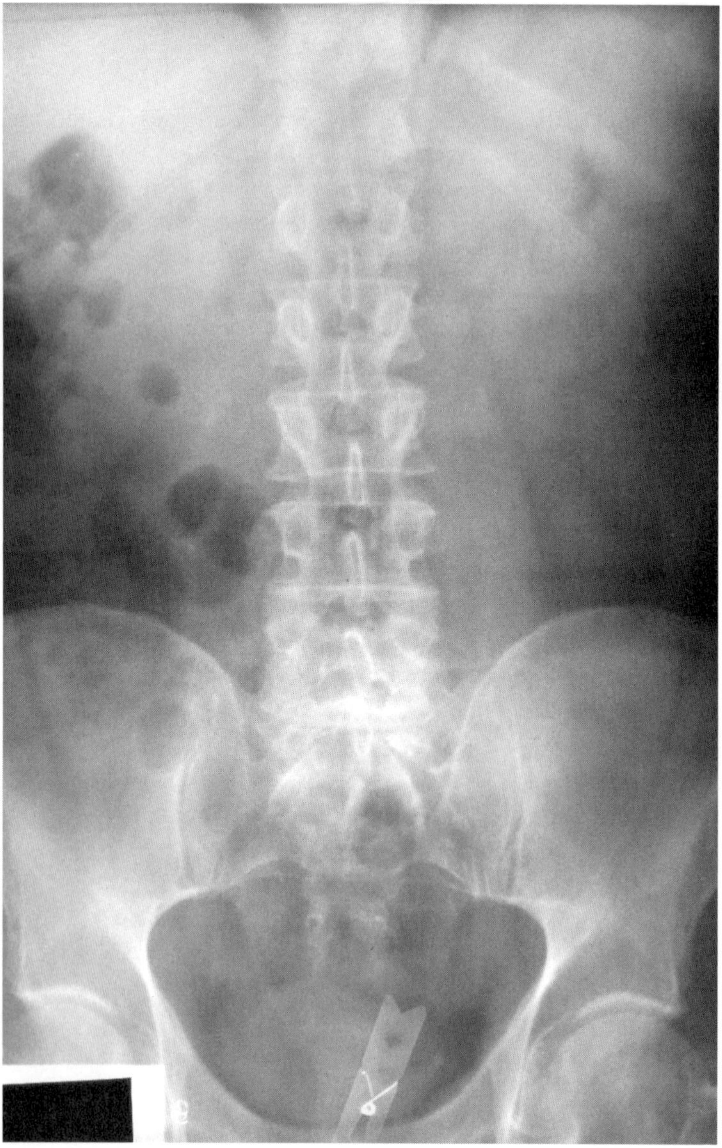

Dumm aus der Wäsche geschaut

Die Spannvorrichtung einer Wäscheklammer löst schon auf der Haut ein ziemlich unangenehmes Gefühl aus. Wie mag sie sich erst in den Eingeweiden anfühlen?

Wird der Darm von außen abgeklemmt, wie es bei einigen Operationen der Fall ist, kann das zu einer Darmverengung führen. Leichte Darmverengungen diagnostiziert man mithilfe einer Dünndarmpassageuntersuchung. Hierbei erstellt man eine Röntgenaufnahme, nachdem der Patient ein flüssiges Kontrastmittel geschluckt hat, das die innere Auskleidung (Schleimhaut) des Magens sichtbar macht. Eine Verengung des Dickdarms oder Kolons hingegen kann nur mithilfe einer rektalen Verabreichung von Kontrastmittel festgestellt werden. Womit wir endlich mal einen angemessenen rektalen Einschub hätten.

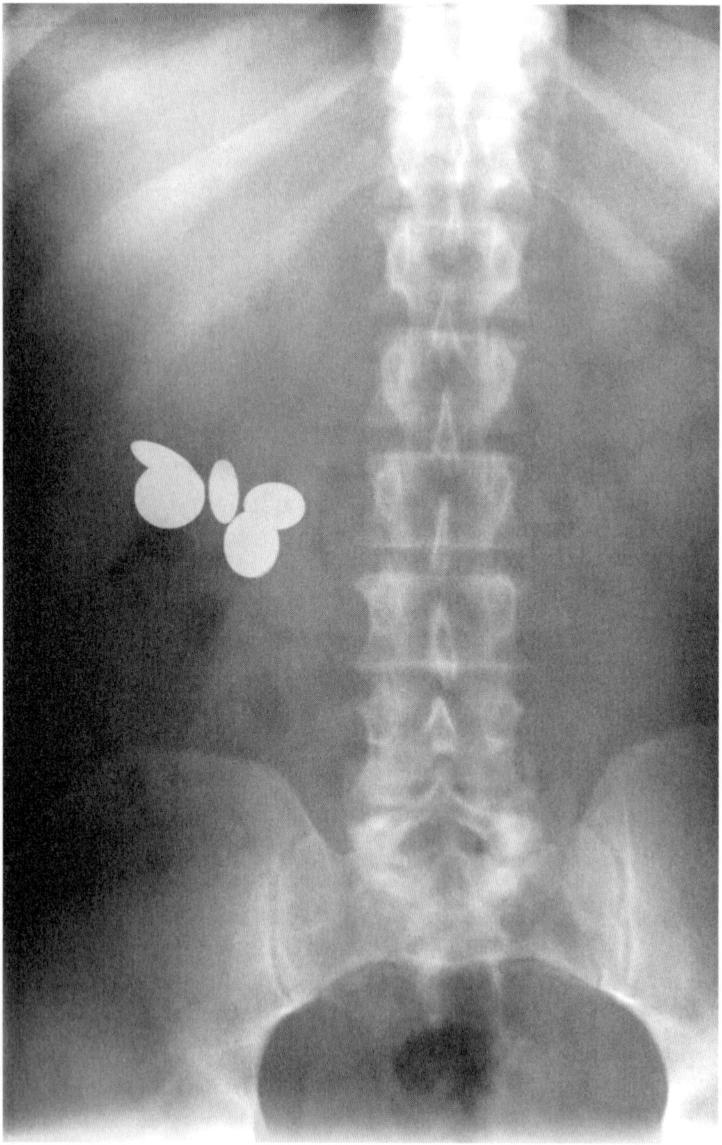

Der wandelnde Geldspeicher

In diesen wirtschaftlich sehr angespannten Zeiten müssen wir sehr vorsichtig sein, wo wir unser Geld am besten anlegen. Wohneigentum, Aktien, Rentenpapiere, ein Sparkonto oder sogar die gute alte Matratze wären gute Möglichkeiten, doch seien wir ehrlich: Wo sollte das Geld sicherer sein als bei uns selbst, genauer gesagt: *in* uns selbst?

Ist das der Grund, warum Münzen der mit Abstand am häufigsten verschluckte Gegenstand sind? Bei diesem Patienten jedoch handelte es sich nicht um einen Sparfuchs; nein, er war ein Schmuggler. Er schluckte die seltenen Münzen, um sie unbemerkt zu transportieren. Pech für ihn, dass Metalldetektoren durch die Haut dringen.

Geld kommt und geht, und so auch hier. Beinahe alle handelsüblichen Münzen durchlaufen den Magen-Darm-Trakt ohne große Probleme, mit Ausnahme einiger Münzen, die besonders groß oder ausgefallen geformt sind. Hat die Münze erst die engste Stelle des Magen-Darm-Trakts passiert – der Bereich von Hals bis zum Magen –, wird ihr höchstwahrscheinlich nichts mehr im Wege stehen.

Glücklicherweise rufen die meisten amerikanischen Münzen keine chemischen Reaktionen im Körperinneren hervor. Warten hat noch keinem geschadet, also üben Sie sich in Geduld. Wenn Sie es natürlich nicht abwarten können, wieder an Ihr Geld zu kommen, sorgt Abführmittel für ein wenig Dampf im Hintern. Dem Narren hier rann das Geld schnell aus dem Allerwertesten hinaus. Den Geruch des Geldes genoss er so schnell nicht wieder.

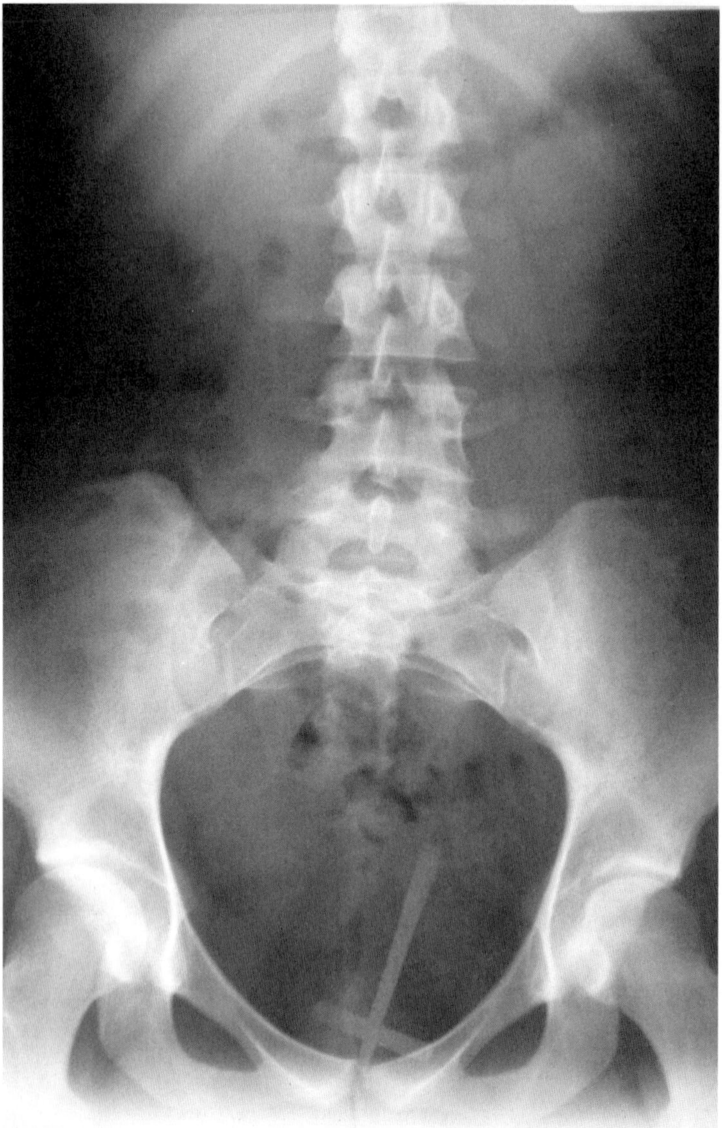

Kruzifix!

Die Redewendung »Jeder hat sein Kreuz zu tragen« bezieht sich für gewöhnlich auf eine schwere Verantwortung oder Last. Tolstoi sagte einst, Gott möge uns zwar ein Kreuz geben, doch er gebe uns auch die Kraft, dieses zu tragen. Dies mag stimmen oder auch nicht, auf alle Fälle hat Gott uns keine glasklare Orientierungshilfe in punkto Umgang mit dem Kreuz gegeben.

Ein Mann, der unter Schizophrenie litt und sich in einer geschlossenen Nervenheilanstalt befand, schluckte beispielsweise ein Kruzifix herunter, nachdem er mit einem anderen Patienten in Streit geraten war. Vielleicht hätte er einfach nur ein paar Rosenkränze beten sollen. So jedoch war ein Gang nach Canossa – und in den OP – vonnöten. Eine Studie, die 36 Fälle von Fremdkörpern im Körper durch Verschlucken untersuchte, stellte fest, dass vier der 36 Gegenstände Kruzifixe waren. Mindestens eines davon zwang den Patienten nach dem Essen in den OP-Saal aufgrund einer kruzifixinduzierten Verstopfung.

Selbstverständlich glauben viele Menschen daran, dass ihr Körper ein Tempel ist, und möchten den göttlichen Geist in sich aufnehmen. Doch das geht ein bisschen zu weit. Überhaupt, möchte der Allmächtige am eigenen Leib erfahren, wie sich der halbverdaute Döner anfühlt, den Sie letzte Nacht zu essen hatten?

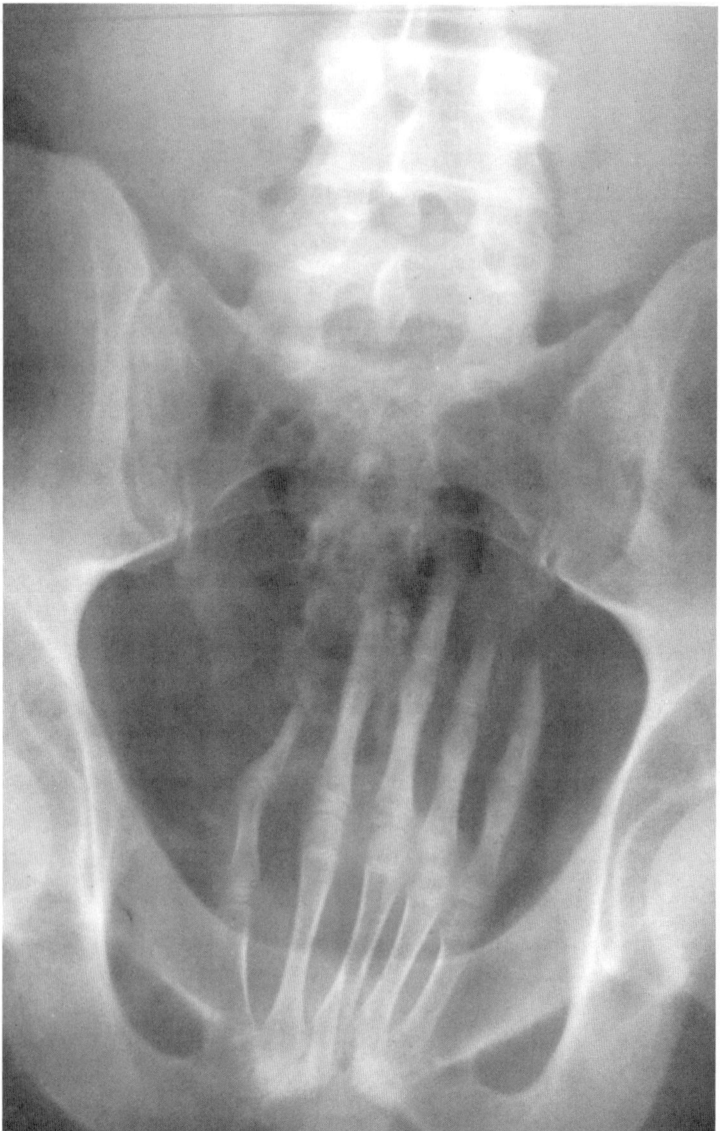

Eine Hand wäscht die …

Jawohl, das ist eine Hand. Nein, sie gehört definitiv nicht hierhin.

Zugegeben, manche von Ihnen werden das lustig finden. Bei uns weckt es die schlimmsten Ängste. Manuelle Ausräumung des Enddarms könnte bei schwerer Verstopfung erforderlich sein. Das bedeutet, dass ein Arzt mit der Hand versuchen muss, den harten, trockenen und zusammengepressten Stuhl im Rektum zu entfernen. (Erinnern Sie sich bitte daran, wenn Sie das nächste Mal über zu hohe Arztkosten klagen.) Das ist keine einfache Prozedur, und der Arzt muss ziemlich rabiat vorgehen. Es war schon immer unsere größte Sorge, dass, wenn wir zu rabiat vorgehen, das passiert, was auf dem Bild zu sehen ist. Was, wenn ausnahmsweise der Doktor eingeklemmt wird?

Auch wenn der Patient anfangs versuchte, die Situation zu überspielen, letzten Endes musste er doch die Wahrheit sagen. Er hat das Fingerspiel mit jemandem gespielt, eine weitere Praktik, die wir nicht empfehlen. Dabei geht es darum zu sehen, wie viel von der eigenen Hand in den Körper eines anderen hineinpasst. Es fängt mit einem Finger an und geht dann immer weiter. Wir denken, die beiden halten den Weltrekord.

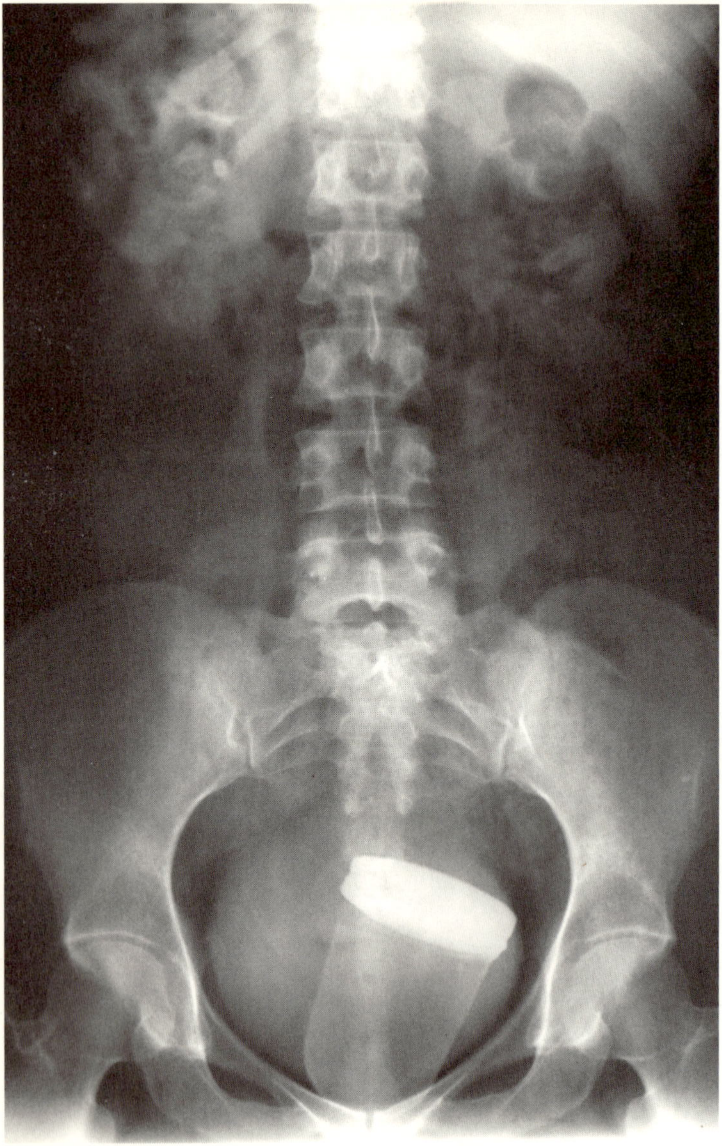

Wo rohe Kräfte ...

Flaschen haben wir schon gesehen, Tassen und so ungefähr jedes Gefäß, das ins Gesäß passt. Diesem Schlaumeier hier ist aufgefallen, dass man quasi alles im Rektum aufbewahren kann, wenn man das Ding benutzt, das die Menschen seit Jahrhunderten dazu verwenden, quasi alles überall aufzubewahren: ein herkömmliches Konservenglas.

Die Frage ist, was man im Glas einlagern soll. Was möchten Sie unbedingt aufbewahren beziehungsweise nicht verlieren? (Den Verstand vielleicht ...?)

In diesem Fall wollte der Patient in Wirklichkeit nichts ein- sondern auslagern. Die Geschichte, die er uns auftischte, war die folgende: Er besaß ein Glas Essiggurken, das partout nicht aufgehen wollte, die Kraft seiner Hände war einfach nicht groß genug. Da begann er scharf darüber nachzudenken, in welchem Körperteil er wohl mehr Kraft haben könnte. Schließlich kam ihm die Stelle in den Sinn, die am allerfestesten zupacken kann, und er machte sich daran, sie in Gebrauch zu nehmen. Unglücklicherweise konnte er dann mit seinen schwachen Händen das Glas selbst nicht mehr festhalten. Der Rest ist Geschichte.

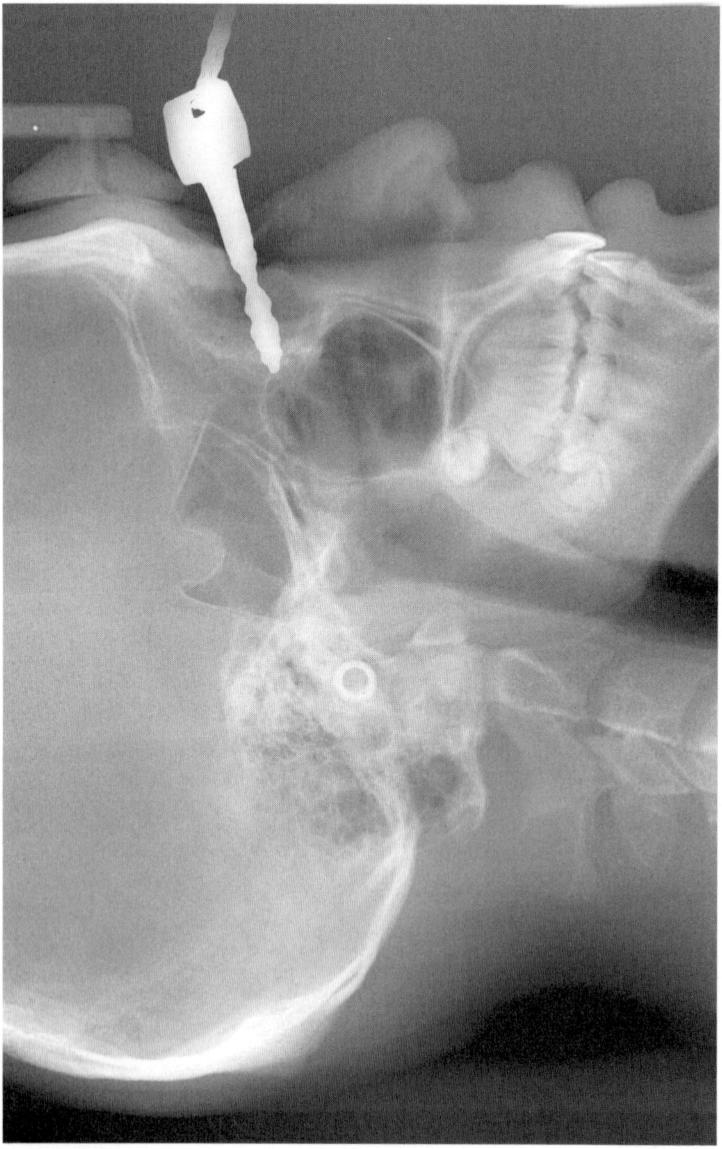

»Ich schau dir in die Augen, Kleines«

Haben Sie jemals ihre Brille gesucht, nur um sie wenig später auf Ihrem eigenen Kopf wiederzufinden?

Dieser Patient hier kam in die Notaufnahme, weil er dachte, er wäre nicht mehr ganz bei Trost – bis er schließlich die Wahrheit herausfand. Wenige Tage zuvor hatte er seine Schlüssel verloren, beschwerte sich aber darüber, dass er sie bei Schritt und Tritt hören konnte. Jedes Mal, wenn er jemanden um Hilfe bat, schaute ihn die Person an, als wäre er verrückt geworden, und sagte zu ihm: »Die sind doch direkt vor deiner Nase.« Irgendwann begann er zu glauben, die ganze Welt hätte sich gegen ihn verschworen.

Das Röntgenbild brachte ans Tageslicht, was der Patient bereits vermutet hatte. Nicht nur seine Schlüssel konnte er in Wahrheit nicht mehr sehen, sondern auch viele andere Dinge, wie die Verletzung seines Augapfels. Eine Penetration des Auges stellt man fest, indem man eine fluoreszierende Farbe auf den Augapfel gibt und anschließend mit einem speziellen blauen Licht auf das Auge leuchtet. Sieht man eine fluoreszierende Flüssigkeit aus dem Auge laufen – die sogenannte Kammerflüssigkeit –, bedeutet das, der Augapfel ist penetriert worden. Eine Angelegenheit, an der rein gar nichts lustig ist.

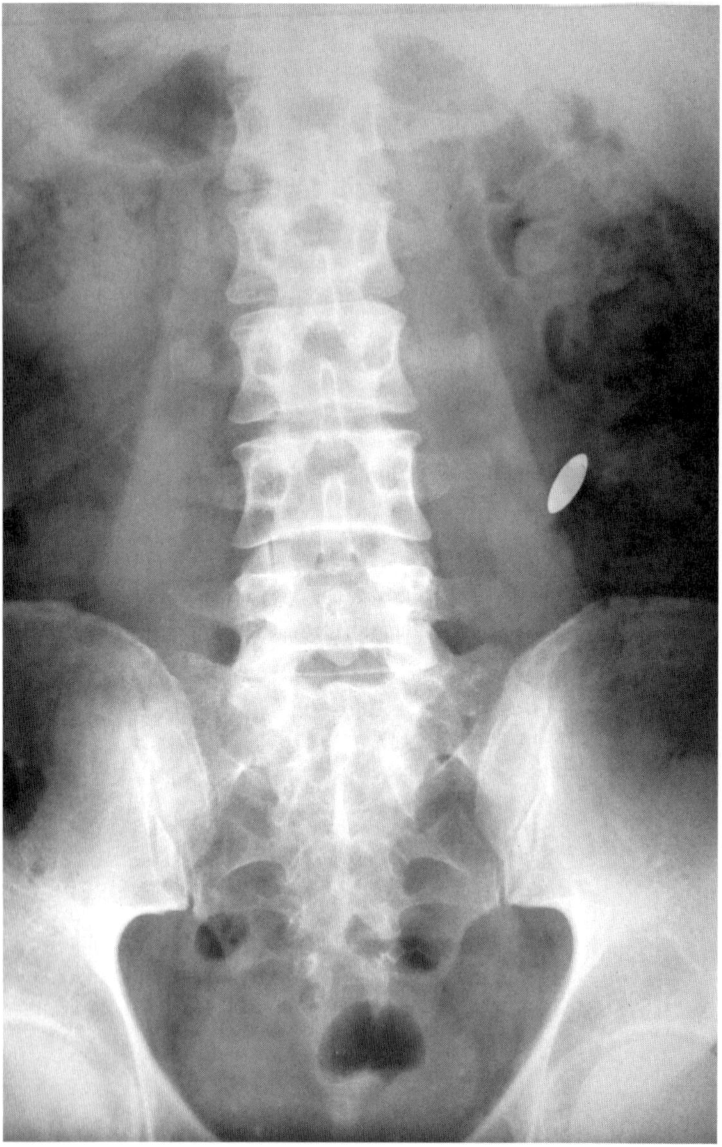

Wer den Pfennig nicht ehrt

Jenes tugendhafte Sprichwort in allen Ehren – es gibt sicher bessere Aufbewahrungsorte für einen Pfennig als den hier abgebildeten. Erstens hat das den offensichtlichen Nachteil, dass man auf die Toilette rennen muss statt zum Geldautomaten, wenn man wieder Bares braucht. Die Gebühren der Geldautomaten sind keine Freude, aber ich bitte Sie!

Anfangs bestand der erste US-Penny aus reinem Kupfer. Seit 1982 wird er aus 97,5 Prozent Zink und 2,5 Prozent Kupfer hergestellt. Doch auch wenn diese Spurenelemente unerlässlich sind für einen gesunden Körper, das Schlucken oder Schlecken von Pennys ist keine gute Methode, um seinen Körper mit diesen Mineralien zu versorgen. Es wurden einige Fälle von Zinkvergiftungen aufgrund des Verschluckens von Pennys nachgewiesen, außerdem mindestens einen Todesfall aufgrund des chronischen Schluckens von 425 Pennys, dem Gegenwert eines durchschnittlichen Hauses in Detroit.

Eine Kupfervergiftung ist ebenso möglich, wird allerdings üblicherweise nicht durch Pennys im Rektum ausgelöst. Gute Nachrichten für den Patienten, schlechte für den Penny. Interessanterweise beläuft sich der Materialwert eines Pennys auf 2,44 Cent, was einen Gewinn von 144 Prozent ausmacht.

NATÜRLICHE FEINDE

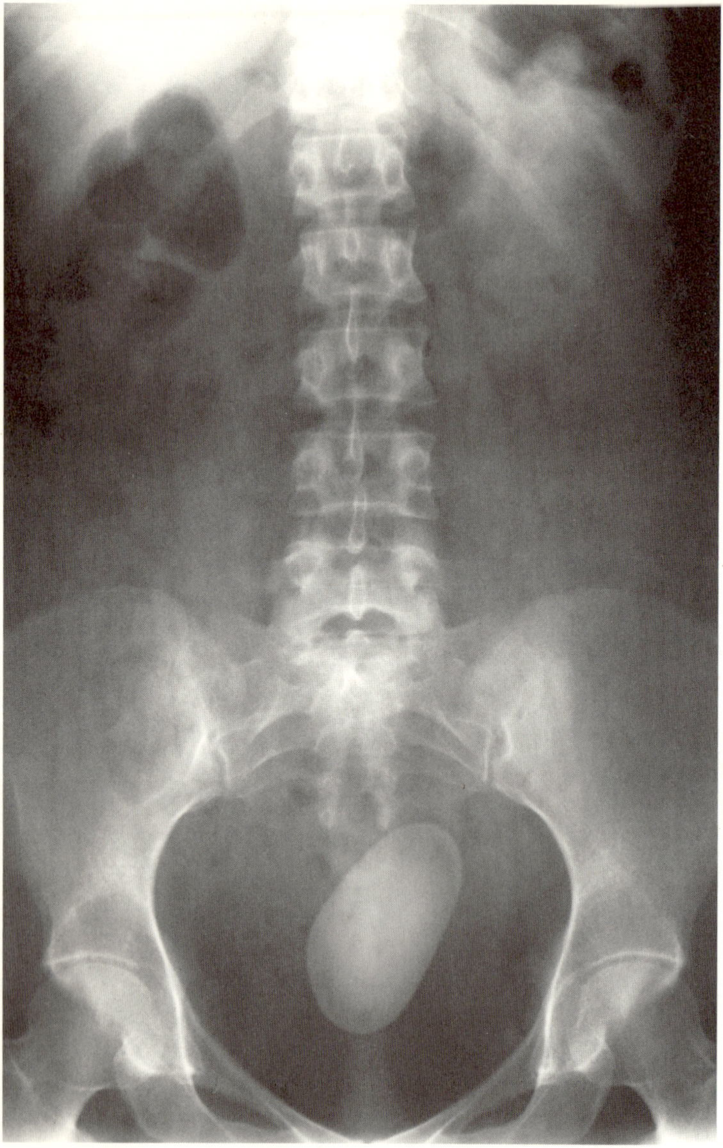

Der Stein des Anstoßes

Hier haben wir es mit einem Kopfstein zu tun, eine Art Stein, die man schon seit Urzeiten im Straßen- und Wegebau einsetzt. Reste von Pflasterflächen in Mesopotamien lassen auf die Verwendung dieses Materials bereits um das Jahr 4000 vor Christus schließen.

Im 17. Jahrhundert fanden die Briten Gefallen an etwas größeren Steinen, oder sagen wir Felsbrocken, die sie in ihrem Rechtssystem einzusetzen begannen. Verweigerte ein Angeklagter die Aussage, wurde er in den Kerker geworfen und mit auseinandergespreizten Armen und Beinen festgebunden. Anschließend legte man einen spitzen Felsbrocken unter seinen Rücken und platzierte so lange weitere Felsbrocken und Steine auf dem Oberkörper, bis er den Mund aufmachte. Grausam, und trotzdem meinen viele, dieses Platzieren »auf« ist immer noch besser als das Platzieren »in«.

Im heutigen Rechtssystem wird zunächst herausgefunden, ob ein Angeklagter überhaupt verhandlungsfähig ist. Gibt es Zweifel an seiner psychischen oder physischen Verfassung, zieht man forensische Psychiater zurate. Behauptet ein Angeklagter beispielsweise, er sei verhandlungsunfähig, weil er Kopfsteine im Hintern hat, so wird dies als Argument nicht akzeptiert. Steine im Dickdarm mögen durchaus unangenehm sein – auf die Fähigkeit, die eigenen Interessen vernünftig wahrzunehmen, die Verteidigung in verständiger und verständlicher Weise zu führen sowie Prozesshandlungen vorzunehmen, dürften sie allerdings keine Auswirkungen haben. Auch wird das Leben des Patienten durch die Durchführung der Hauptverhandlung nicht unbedingt gefährdet werden. Der Stein des Anstoßes ist hierbei völlig unerheblich.

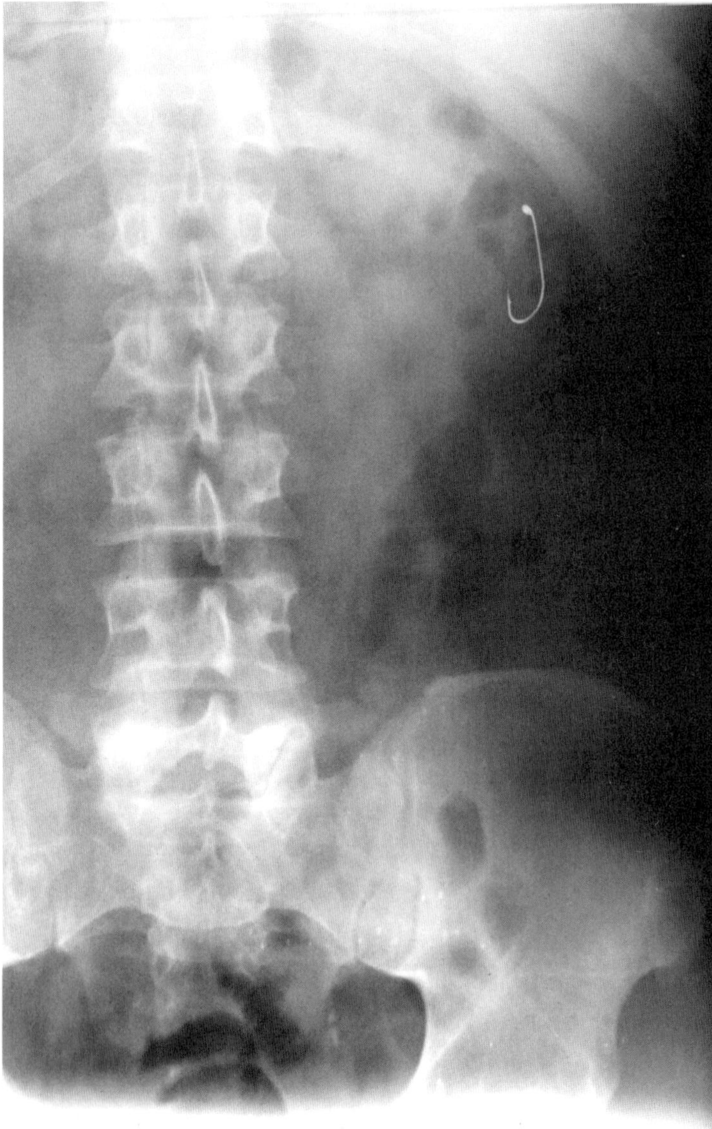

Anglerglück

Laotse, der große chinesische Weise, sagte einst angeblich: »Gib einem Mann einen Fisch, und er hat einen Tag lang zu essen. Lehre ihn das Fischen, und er wird sein Leben lang satt sein.« Klingt fantastisch. Außer in unserer prozessfreudigen Gesellschaft, wo man dem Adressaten besser einen Haftungsausschluss beilegt, bevor er einen Angelhaken verschluckt oder von ihm aufgespießt wird. Das Verschlucken von Angelhaken ist zugegebenermaßen sehr viel seltener, als sich aus Versehen damit zu stechen. Wir wissen zumindest von einer Dame, die über Bauchschmerzen klagte, als sie in die Notaufnahme kam. Röntgenbild und Computertomographie führten zu einer Operation, weil man in ihr einen Angelhaken mitsamt eines kleinen Stückchens Anglerschnur entdeckte. Ihre Trübsal war wie weggeblasen, als man das aus ihrem Trüben fischte.

Angelhaken kann man auf die unterschiedlichste Art und Weise entfernen. Ein Mediziner kann etwa die betroffene Stelle betäuben und anschließend den Haken mithilfe einer Zange herauslösen. Oder man nimmt eine Drahtzange und schneidet damit die Spitze ab. Man kann außerdem versuchen, den Haken auf jenem Wege durch die Haut zurückzuführen, den er gekommen ist; bei dieser Methode muss man einen Faden oder seine Hand verwenden, um die Spitze während des Entfernens zu bewegen, damit sie sich nirgendwo verfängt.

Wenn Sie also jemanden am Haken haben, schleifen Sie bitte entweder sich selbst oder die betreffende Person so schnell wie möglich in die nächste Notaufnahme. Oder wahlweise in den nächsten Eisenwarenhandel, falls Sie es selbst probieren und außerdem die Zuzahlung sparen möchten.

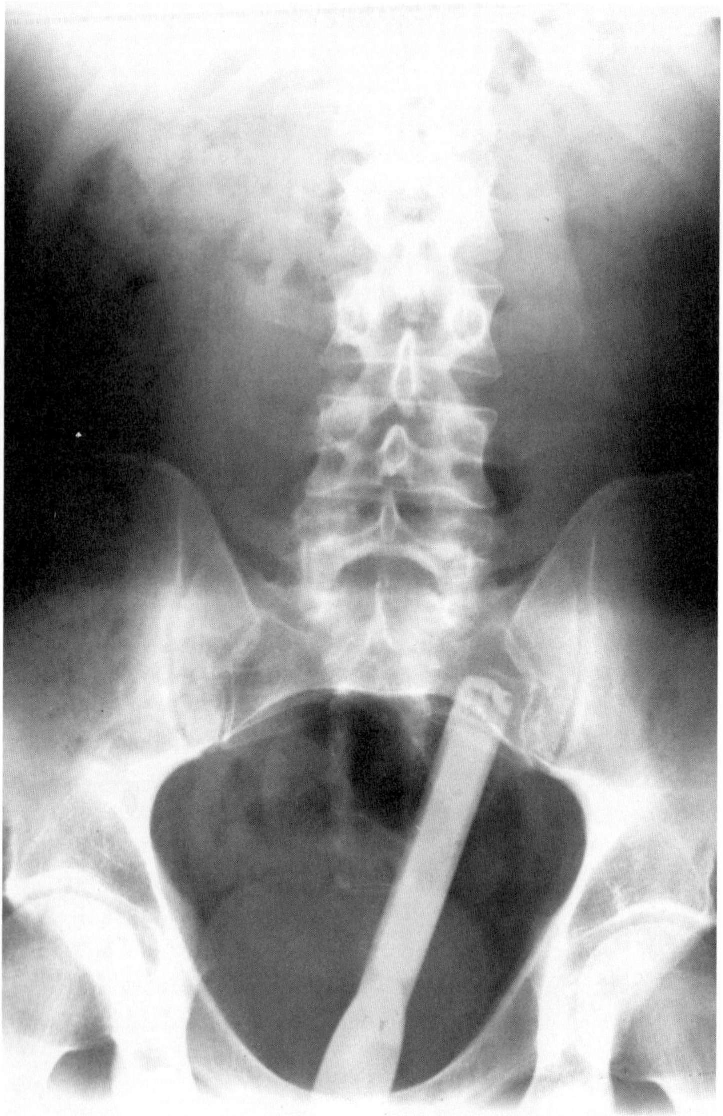

Es werde Licht!

In ihrer hundertjährigen Geschichte hat die Taschenlampe schon jede Menge dunkle Höhlen ausleuchten müssen. So auch hier.

Als einer der Autoren vor langer Zeit ein Pfadfinder war, hasste er die ewig langen Touren mit Gepäck, in dem jedes Mal auch seine Taschenlampe steckte. Wenn man doch nur kleinere Dinger herstellen könnte! Nun, es sieht ganz danach aus.

Die früheren Glühbirnen und Batterien waren nicht leistungsfähig genug, um dauerhaftes Licht zu erzeugen, und gaben deshalb nur flackerndes oder pulsierendes Licht ab. Sicher wäre es dem Patienten am liebsten, wenn nur solch schwaches Licht auf seinen Fall geworfen würde.

Es kann durchaus »Pluspunkte« haben, eine Taschenlampe in sein Rektum einzuführen, von bloßen Entdeckerfreuden bis hin zu dem waghalsigen und fantasievollen Erlebnis, die Leuchte an einem »Ende« festzuhalten und damit Schattenfiguren zu produzieren. Bleibt sie jedoch stecken, müssen Sie sich bücken und rückwärts laufen.

Und die Batterien können nicht nur auslaufen, sondern sogar elektrische Schocks abgeben – nicht gerade das, was man sich mithilfe dieser Handlungen erhofft hatte. Auch wenn wir versucht sind, Ihnen solarbetriebene Taschenlampen ans Herz zu legen, wäre nicht auch das irgendwie ... ein Irrlicht?

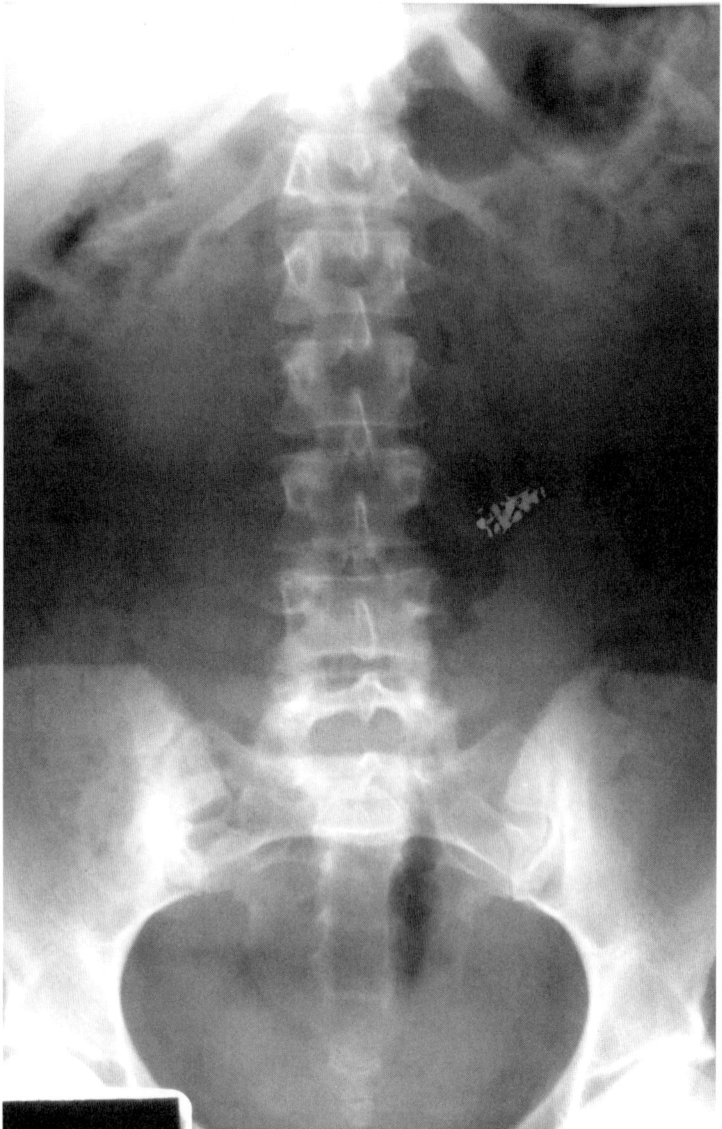

Was rumpelt und pumpelt in meinem Bauch herum?

Ja, dieser Magen ist gefüllt mit Kies. Nein, die betreffende Person, ein Bodybuilder, ist nicht schikaniert und von irgendeiner Gang dazu gezwungen worden, Kies zu essen. Auch wollte er nicht seine »Muskeln aus Stahl« mit »Gedärm aus Stein« ergänzen. In Wahrheit leidet der Patient am Pica-Syndrom. Diese psychische Störung führt zu dem unkontrollierbaren Drang, gehaltlose Nahrung wie Kies, Dreck, Kreide, Seife und – wie manche behaupten würden – Essen von McDonald's zu sich zu nehmen.

Früher ging man davon aus, dass das Pica-Syndrom auf Fehlernährung zurückzuführen ist, einen Mangel an Eisen zumeist. Die neuesten Untersuchungen bringen diese Störung jedoch mit einer Zwangserkrankung und Schizophrenie in Verbindung. Wenn man unter Stress steht, isst man mehr, das ist bei den meisten Menschen so. Die Menschen mit Pica-Syndrom aber verleihen stressbedingtem Essen eine völlig neue Dimension. Die Behandlung richtet sich nach ernährungsbedingtem oder psychologischem Befund und beinhaltet wenigstens das Zerbröseln von Oreo-Keksen, damit sie aussehen wie Dreck.

Interessanterweise gibt es hier auch eine kulturelle und schwangerschaftsbezogene Komponente. So ermittelte eine Studie von 2004 ein Auftreten des Pica-Syndroms bei Schwangeren »zwischen 8 und 65 Prozent«. Kann man den Damen das verübeln? Sie essen immerhin für zwei.

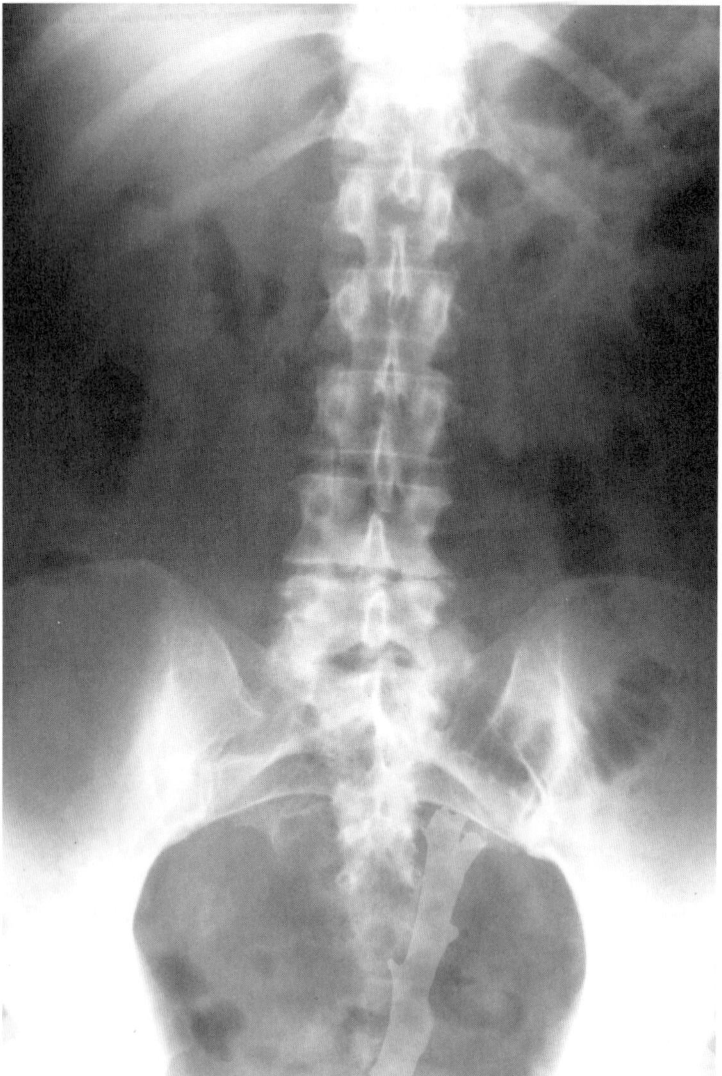

Stockbetrunken, stockblind oder einfach nur stockdumm?

Wir alle kennen solche Menschen, die einen Stock im Hintern haben. Das ist manchmal nicht so angenehm, aber kein Vergleich zu tatsächlichen Pfählungsverletzungen – denn die können äußerst bedrohlich sein. Dieser Mann zum Beispiel wurde in die Notfallambulanz eingeliefert, weil er keinen sprichwörtlichen, sondern einen echten Stock im Hintern hatte. Den Ärzten erzählte er, er wäre Opfer eines Raubüberfalls geworden und hätte den Stock dabei gewaltsam eingeführt bekommen.

Da der Stock bereits zu tief hinein gelangt war, um ihn unblutig entfernen zu können, war ein Bauchdeckenschnitt erforderlich. Der Stock wurde nach unten geführt und kam zum Rektum wieder hinaus, ähnlich wie bei der Geburt eines Kindes. Dabei behaupten Frauen oft, Männer könnten niemals wissen, wie sich so etwas anfühlt.

Wie so viele Patienten gab auch er später zu, den Stock eigenmächtig eingeführt zu haben. Nicht nur der Stock, sondern auch die Wahrheit kam letzten Endes also doch noch ans Tageslicht.

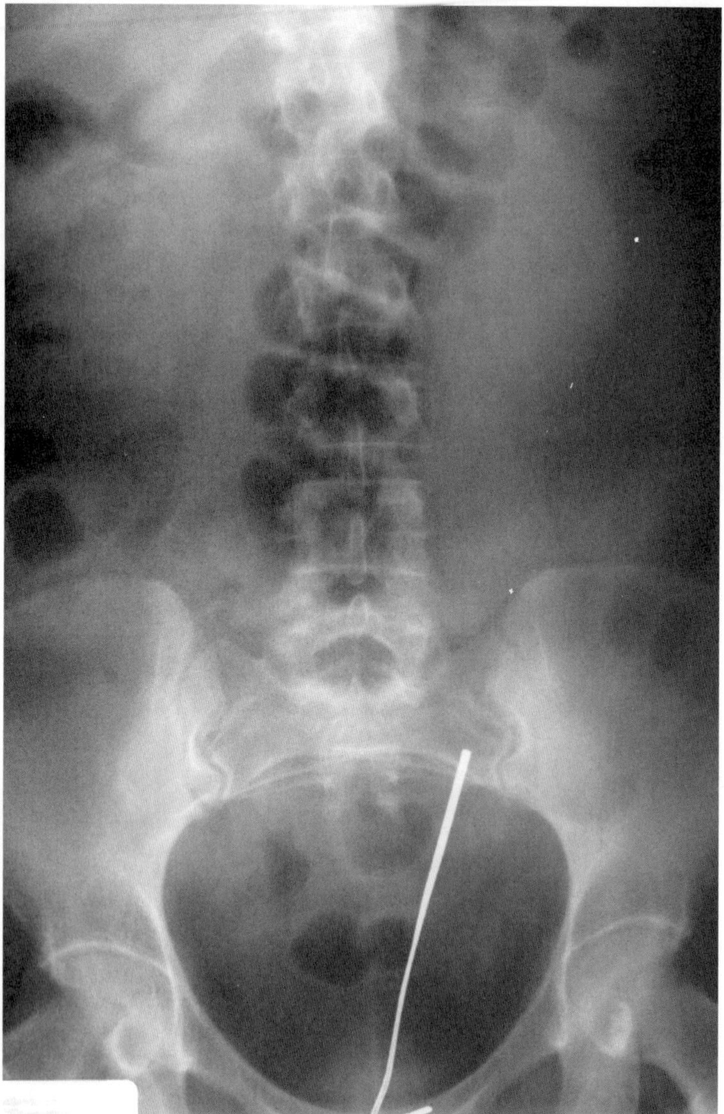

Der Ruf der Berge

Camping – vergnügliche Freizeitbeschäftigung für die einen, die meistgehasste Zeit des Jahres für die anderen. Diese Person hier hatte ihr ganz eigenes Vergnügen während eines Campingausflugs.

Eine der größten Herausforderungen während eines Campingurlaubs in den Bergen sind die Höhenmeter. Besonders bei hohen Bergen, so ab 3500 Metern über dem Meeresspiegel, tritt die am weitesten verbreitete Form von Höhenkrankheit auf; Symptome sind Kopfschmerzen, Schwindel, Schlafstörungen, Übelkeit, verminderte Belastungsfähigkeit, Dehydration und, um es milde auszudrücken, veränderte Wahrnehmung.

Letzteres Problem ist völlig unabhängig von der Intelligenz eines Menschen. Ein uns bekannter Arzt erzählte uns davon, wie er sich einst während einer Höhenwanderung komplett entkleidete. Ob er wohl demselben Schicksal erlag wie die hier abgebildete Person, bei der ein Zelthering verloren ging?

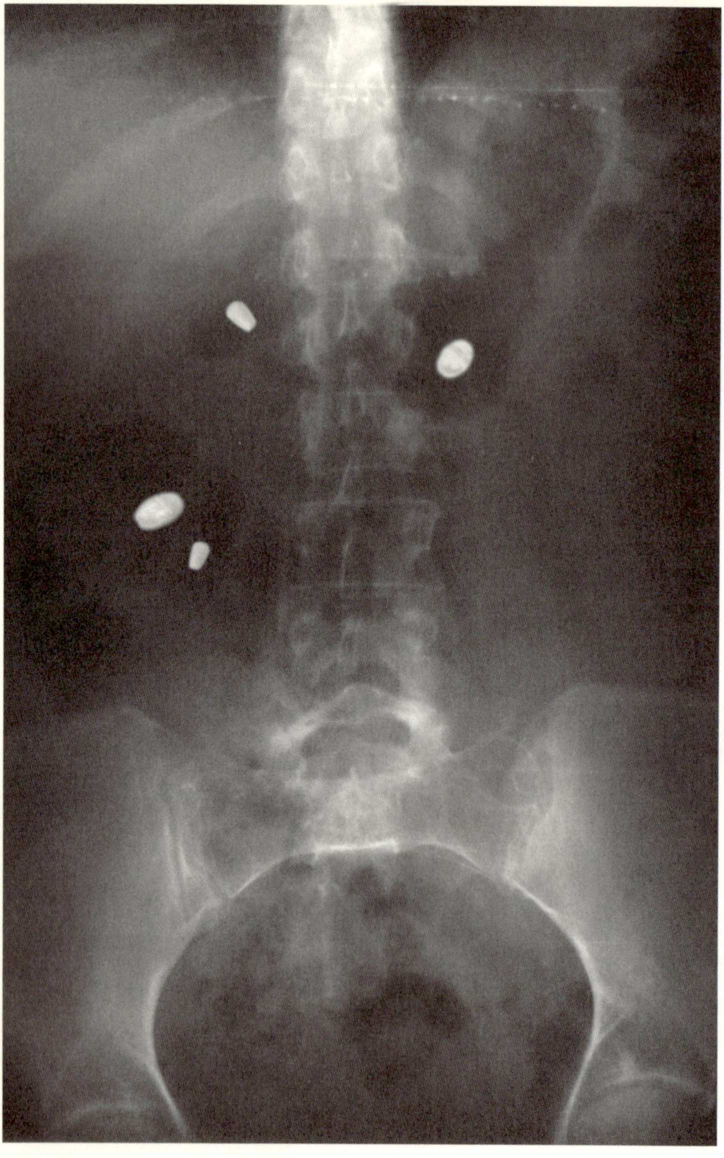

Immer diese Angler

Wir hatten bereits einige Fälle von Bleivergiftung aufgrund von Fremdkörpern im Inneren des Menschen, doch es gibt ständig neue.

Bei diesem Patienten handelte es sich um einen achtjährigen Jungen mit Aufmerksamkeitsdefizit-/Hyperaktivitätsstörung (ADHS), gepaart mit einer Lernschwäche und Pica-Syndrom. Man fertigte Röntgenaufnahmen des Jungen an und entdeckte zahlreiche Bleigewichte, wie sie beim Angeln verwendet werden, in seinem Dünn- und Dickdarm. Wie Sie sehen, sind bleibasierte Gegenstände auf Röntgenfotos sehr gut zu erkennen, da sie die Röntgenstrahlen abblocken. Der Grund, warum Superman nicht durch Blei sehen kann und wir mit Blei überzogene Unterwäsche tragen.

Mit Angelblei ist bei Menschen nicht zu spaßen, doch den Fischen und Vögeln bereiten sie noch größere Probleme. Denjenigen, die sich nicht großartig um die Umwelt, sondern ausschließlich um die Menschheit scheren, sei Folgendes gesagt: Diese Gifte betreffen letzten Endes auch den Menschen, weil er Fisch und Vögel isst. Statt auf Biofisch und -geflügel ausweichen zu müssen, wäre es doch vielleicht sinnvoller, die Wahl zu haben zwischen mit und ohne Blei.

SPIELZEUG IN GEFAHR

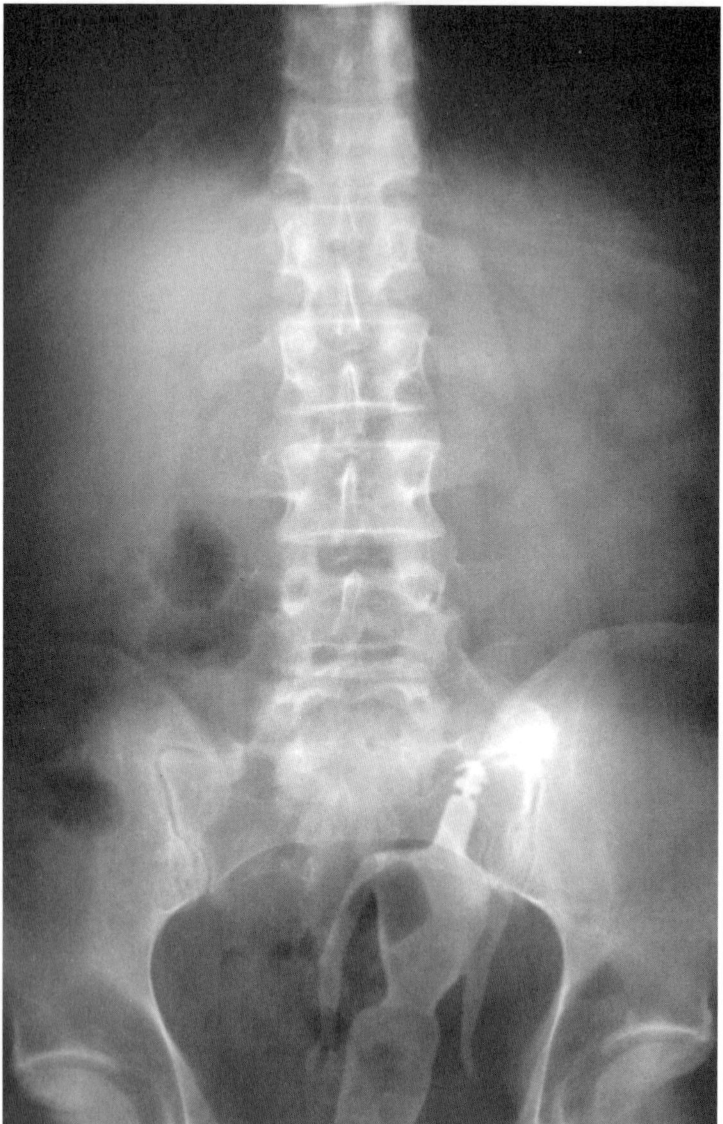

I'm a Barbie Girl in a – wo jetzt?

»Und dafür hast du mich aus meinem Malibu-Traumhaus weggeholt?« Arme Barbie. Wir empfinden tiefes Mitleid. Wo war Ken, als Barbie solch eine Demütigung widerfuhr, oder möchten wir das lieber nicht wissen? Fiel diese Tat vielleicht in die Zeit, als Barbie Ken für einige Zeit verlassen hatte (von 2004 bis 2011 war Barbie tatsächlich mit einem Surfer namens Blaine zusammen)? Man fragt sich allerdings schon, ob die Designer der Barbiepuppe das nicht hätten ahnen können.

In einem Bericht der *BBC News* hat man Barbies Maße auf die einer echten Frau von 1,71 Metern Körpergröße und 71 Zentimetern Taillenumfang übertragen. Um auf Barbies Proportionen zu kommen, wenn man die Körpergröße der Frau beibehält, müsste diese über die Maße 69–51–74 (Brust–Taille–Hüfte) verfügen. Solch einen Körpertyp weisen am ehesten noch die Damen der TV-Serie *The Real Housewives of Orange County* vor, wenngleich die meisten Menschen, die wir kennen, wissen, dass solche Formen nicht in der Natur vorkommen. Barbies Maßen wird deshalb unterstellt, dass sie Frauen völlig unrealistische Schönheitsvorstellungen in den Kopf setzt und damit zu riskanten Schönheitsoperationen ermutigt.

Die lange, schmale Form der Puppe ermutigt noch zu ganz anderen Verwendungen. In aller Deutlichkeit: Gäbe man der Barbiepuppe Proportionen, die den Körpermaßen echter Frauen ähneln, wäre es nie so weit gekommen!

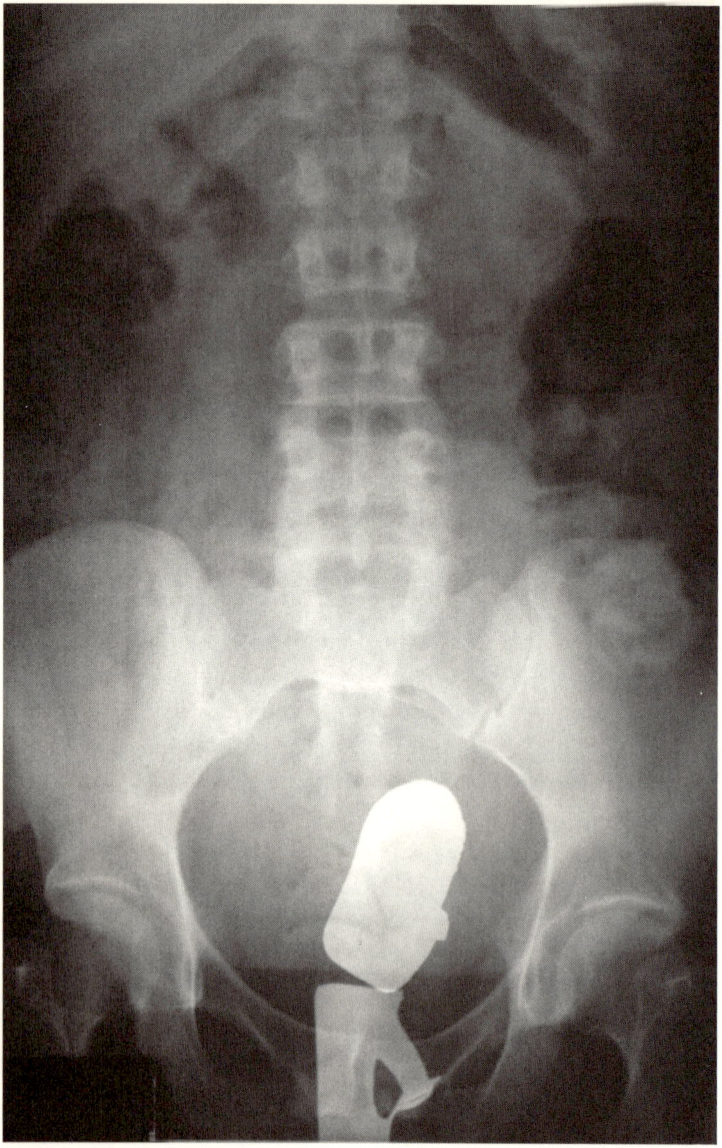

Schuster, bleib bei deinen Leisten

Eltern bemühen sich auf vielerlei Weise, die flüchtigen Momente der Jugend einzufangen. Sie machen Video- und Audioaufnahmen, Handabdrücke, bewahren Babykleidung auf und formen Babyschuhe in Bronze ab, nur um ein paar Andenken an diese wundervolle, kostbare Zeit zu haben. Für manche ist es gar unerträglich anzusehen, wie ihr Nachwuchs Autofahren lernt, zum Schulabschlussball und schließlich auf die Uni geht. Ja, manche Eltern können einfach nicht loslassen ... Dieser Patient war einer von ihnen. Er hätte leichter loslassen können, wäre sein Hinterteil nicht ganz so verkniffen gewesen.

Jene Symbole der Unschuld – die hier einem weniger unschuldigen Zwecke dienten – werden normalerweise benötigt, wenn das Kind beginnt zu laufen. Die Kinderärzte sagen den Eltern oft, dass ihr Kind ungefähr ab zwölf Monaten anfängt zu laufen, auch wenn das übliche Alter in Wahrheit zwischen neun und 18 Monaten liegt. Viele Eltern meinen, wenn ihr Kind bereits in solch zartem Alter den anderen voraus ist, wird das für den Rest des Lebens der Fall sein, doch diese These ist wissenschaftlich nicht belegt. Man erzählt sich, dass einer der Autoren dieses Buchs kein Wort herausgebracht hat, bis er vier Jahre alt war, und nun kann er den Mund nicht halten.

Mögen Schuhe also ein liebevolles Andenken und nicht ein Mahnmal strenger Erziehung oder analfixierter Eltern sein. Und Sie dachten immer, nur Ihre eigenen Schuhe stinken zum Himmel.

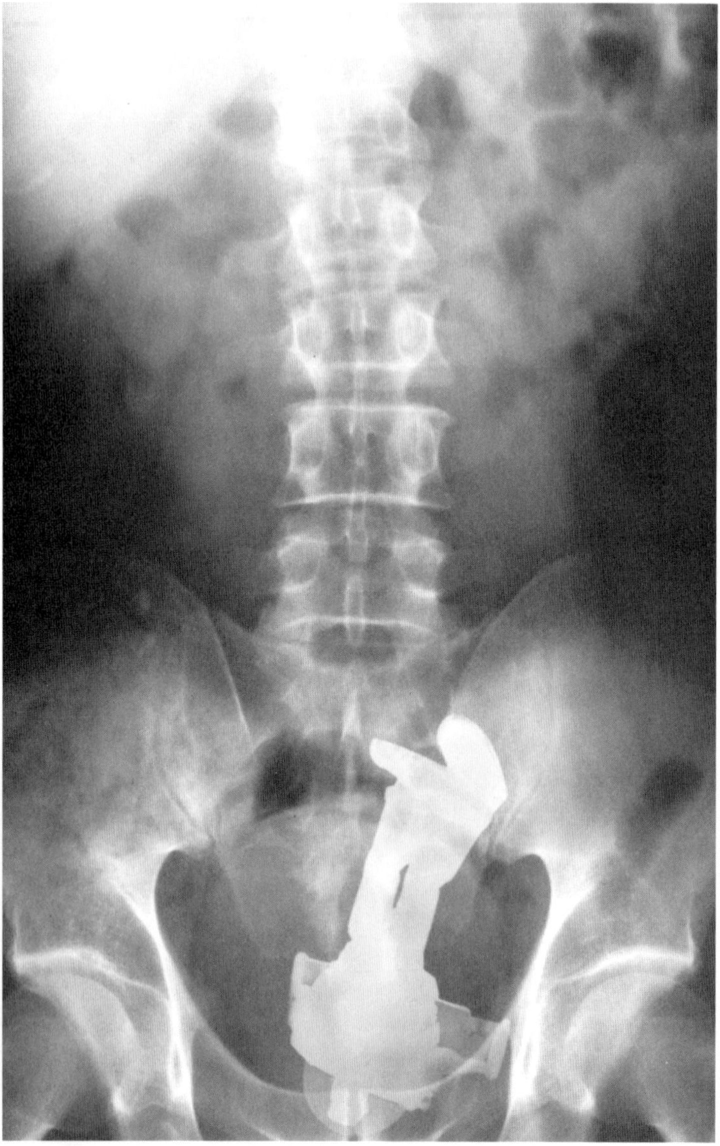

Space Odyssey

Captain Buzz Lightyear taucht für gewöhnlich nirgends ohne seinen Kumpel Woody auf, in diesem Fall jedoch sind wir froh, dass er nicht mit von der Partie war.

Die wilden Abenteuer von Woody und Buzz führten die beiden in den entsetzlichen Rachen einer gigantischen Spielzeugklaue, in die Hände des schändlichen Spielzeugtyrannen Sid Phillips, in die Fänge des soziopathischen Teddys Lotso und in einige Streitigkeiten mit Hunden. Keiner ihrer Feinde aber schien Buzz hierhin zu folgen, in das mit Abstand grauenvollste Abenteuer von allen.

Von 1995 bis 1999 stellte die chinesische Firma Thinkway Toys eine Buzz-Lightyear-Puppe her, die mit der echten Stimme des Filmhelden sprechen konnte. Der arme Buzz hat sicher laut um Hilfe geschrien, doch genau wie im Weltraum wird auch aus diesem Raum nie ein Schrei zu hören sein.

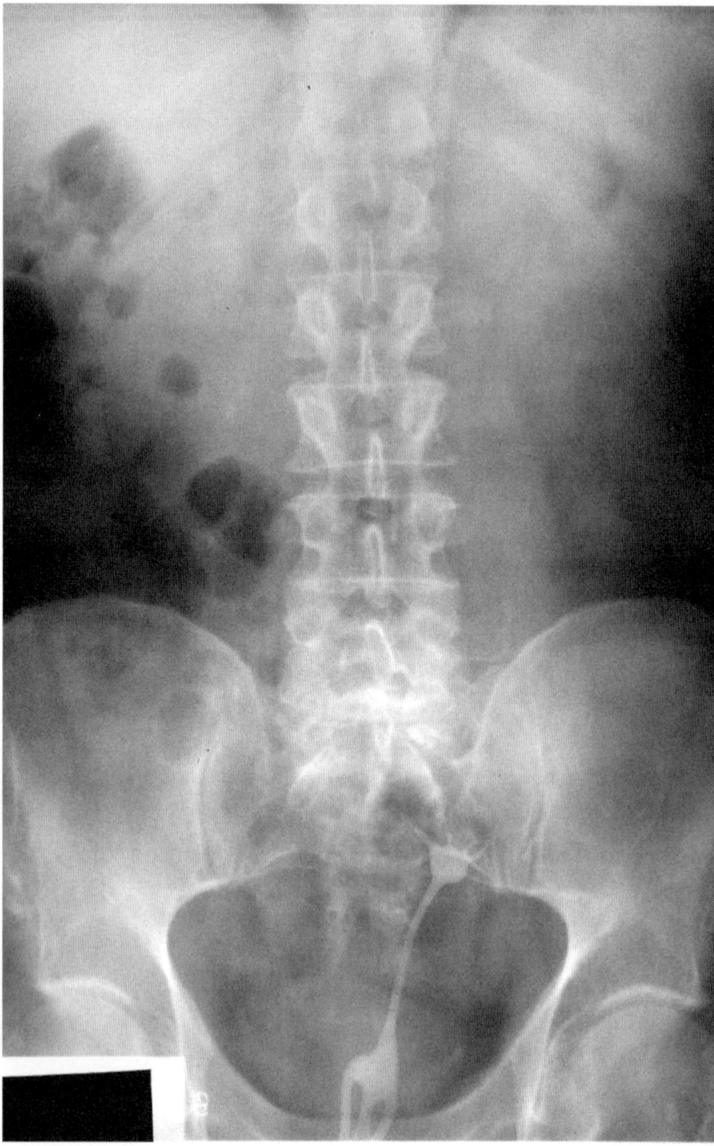

Bis zum Hals in Schwierigkeiten

Die Giraffe ist ein prachtvolles Tier. Sie ist nicht nur das größte Landtier, sondern auch der größte Wiederkäuer, ein Tier also, das sein Essen noch einmal kaut, nachdem es bereits im Magen gewesen ist (einer von uns hat eine kleine Nichte, die als Baby eine erschreckend ähnliche Angewohnheit hatte). Zum Glück stellt die Giraffe nicht das Gleiche mit dem Essen an, das den unteren Ausgang genommen hat. Das prägnanteste Merkmal ihrer Spezies ist natürlich der lange Hals, der nicht nur beim Essen und Kämpfen zum Einsatz kommt, sondern auch, zumindest was Spielzeuggiraffen anbelangt, bei anderen eher »ungewöhnlichen« Praktiken, die die gesamte Toys-R-Us-Giraffensippe zum Erröten brächten. Mag die Spielzeuggiraffe daher ihre braunen Flecken haben?

Insbesondere die älteren männlichen Giraffen tragen einen erstaunlichen Gestank an sich, da ihr Fell verschiedene Antibiotika und Abwehrsubstanzen enthält, die das Wachstum von Pilzen und Bakterien eindämmen und blutsaugende Parasiten abwehren. Höchstwahrscheinlich stinken auch die vielen Spielzeuggiraffen bis zum Himmel, die das Pech hatten, in einem menschlichen Gaskanal zu landen. Wir hoffen, sie sind vorsichtig, denn das da drinnen ist ein Dschungel!

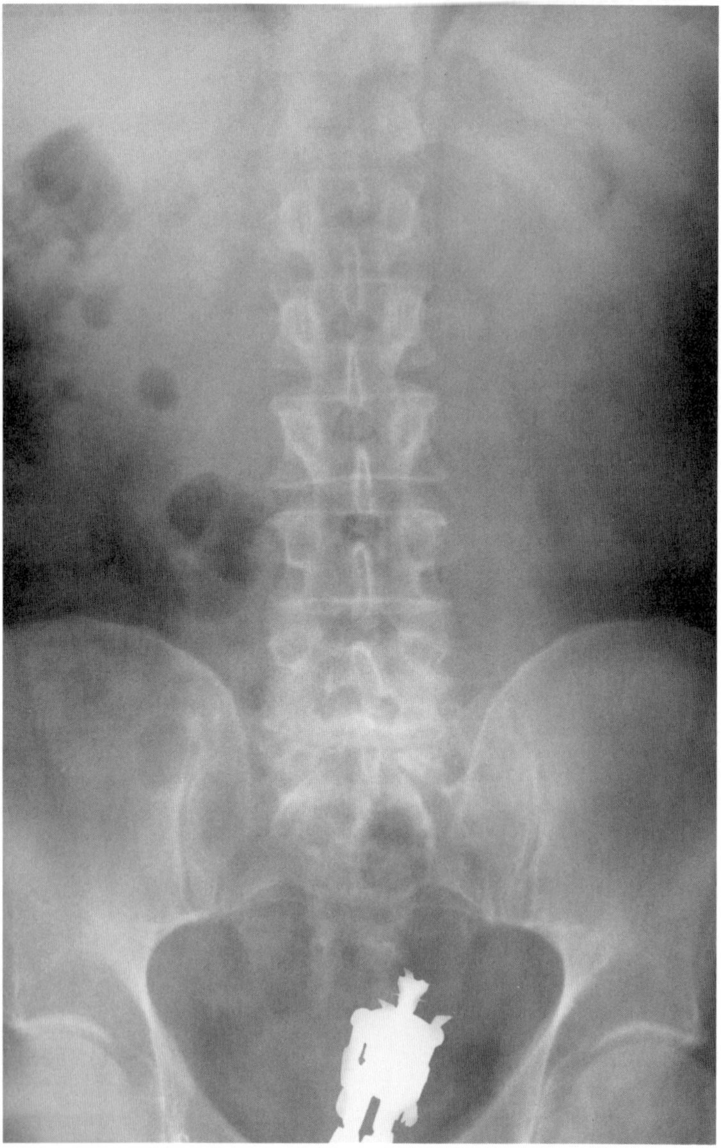

In was genau, glaubte der Patient, würde sich das hier verwandeln? Wir wissen es nicht, aber ganz ähnlich wie vielleicht unter Obama fand hier nicht die Verwandlung statt, die sich der Patient erhofft hatte.

Interessanterweise hatten die Transformers einen weniger erfolgreichen Vorgänger, die GoBots. Auch sie ließen sich mit einigen Handgriffen in Fahr- oder Flugzeuge, Alltagsgegenstände oder Tiere verwandeln, besaßen jedoch nicht ganz so flexible Gliedmaßen wie die heutigen Transformers. Das mag außerdem der Grund sein, warum Transformers auch für diese Art von Aktivität beliebter sind.

Die starren und geraden Gliedmaßen der GoBots finden sich übrigens in einer reellen Erkrankung des Menschen wieder, die nach einer Schädigung des Gehirns eintreten kann. Hierbei werden die seitlichen Gliedmaßen nicht nur sehr starr, sondern auch überlang – ein unheilvolles Zeichen, das auch das tragische Ende der GoBots widerspiegelt. Zumindest mussten sie nicht das Martyrium der Transformers erleiden, welches der Redewendung Glaubwürdigkeit verleiht, dass manche Schicksale gar schlimmer als der Tod sind. Ihre einzige Möglichkeit, jemals zurück nach Cybertron zu gelangen, ist eine gigantische Portion Ballaststoffe.

INTIMPFLEGE EXTREM

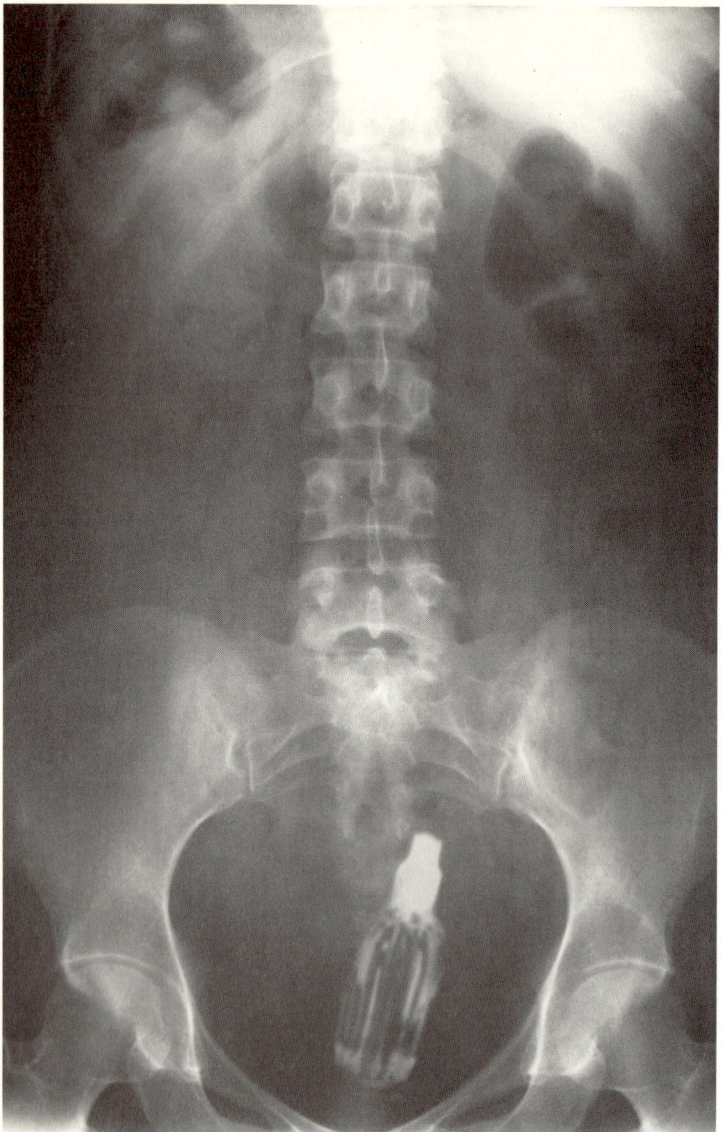

Der Duft, der Frauen provoziert?

Die Werbung für Deodorants suggeriert oftmals, dass Männer für Frauen unwiderstehlich sind, wenn sie es benutzen. In den TV-Spots sieht man häufig Frauen, die dem aromatischen Duft der männlichen Körper hoffnungslos verfallen sind und ihre Hände nicht von ihnen lassen können. Aus irgendeinem Grund gehen wir nicht davon aus, dass die hier gezeigte Anwendung von Körperspray die gleiche Wirkung erzielen würde.

Gut möglich, dass dieser Patient sich im uralten Ritual des Furzanzündens übte und etwas mehr Pep in die Sache bringen wollte. Studien, die die Entzündlichkeit von Flatulenzen untersuchen, sind uns nicht bekannt. Wir wissen jedoch, dass die betreffenden Gase des Magen-Darm-Trakts tatsächlich entflammbar sind, da sie Methan, Kohlenstoffdioxid, Wasserstoff und Hydrogensulfit enthalten. Ein wenig Deospray mit Alkohol, so könnte der Patient gedacht haben, würde hier vielleicht ein wahres Feuerwerk entfachen.

Die Chirurgen, die die Dose entfernt haben, waren voller Ehrfurcht. Allerdings nicht angesichts der leuchtenden Blähungen, sondern aufgrund der trüben Schwachsinnigkeit ihres Patienten.

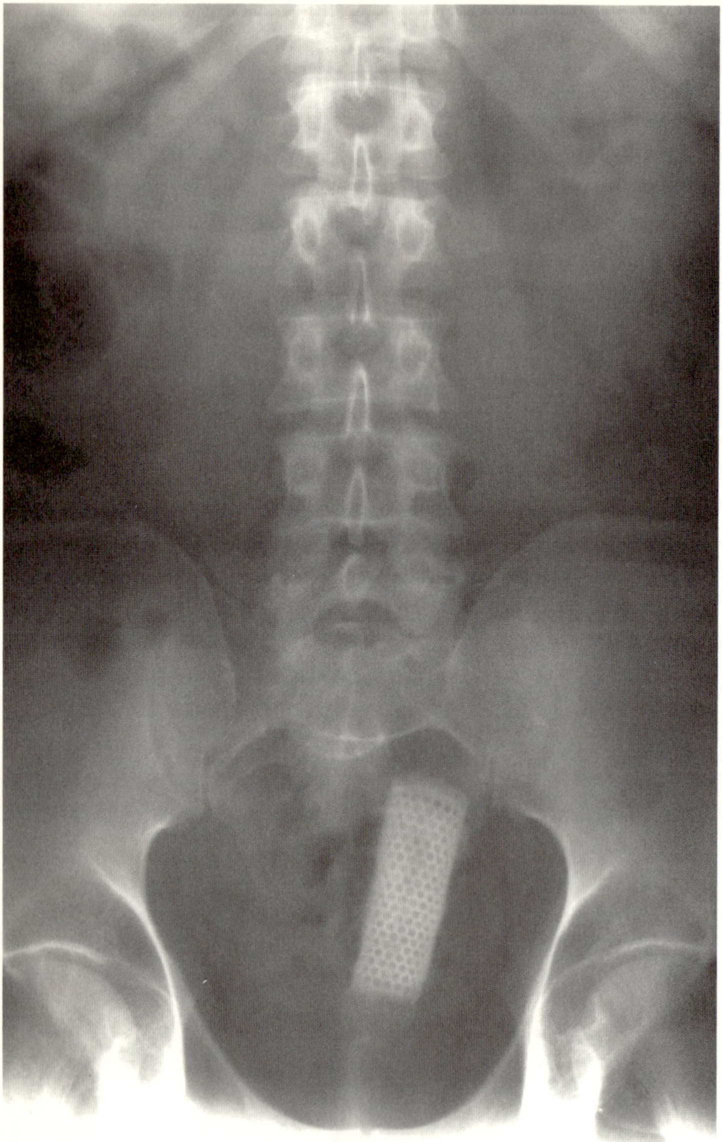

Schüttel dein Haar für mich

Anfangs waren wir sehr überrascht, ein Haarprodukt in einer Gegend ohne Haare, beziehungsweise dort, wo Haare nur im Außenbereich wachsen, vorzufinden. Die Konstruktion der Bürste erklärte schließlich aber doch die neuartige Anwendung. (Wie Sie vielleicht merken, verwenden wir hier das Wort »erklären«, nicht »rechtfertigen«.)

Die Rundbürste mit ihren Zacken ringsherum ist ideal, um an der angewandten Stelle für maximale Anregung zu sorgen. Auch passt sich ihre Form den äußeren Gegebenheiten sehr gut an. Tierpflegestudios betonen stets, dass durch das Bürsten nicht nur das Fell in Ordnung kommt, sondern gleichzeitig für eine »wohlige Massage« gesorgt wird. Die zahlreichen Kontakte erzielen nämlich nicht nur die maximale Aufnahme von Haaren, sondern steigern auch die Berührungsempfindung. Die hier abgebildete Anwendung hingegen befürworten wir keineswegs, weder für Sie noch für Ihren kleinen Liebling.

Beschränken Sie das Bürsten bitte auf Ihre Kopfregion. Ist die Versuchung gar zu groß, rasieren Sie sich bitte einfach eine Glatze.

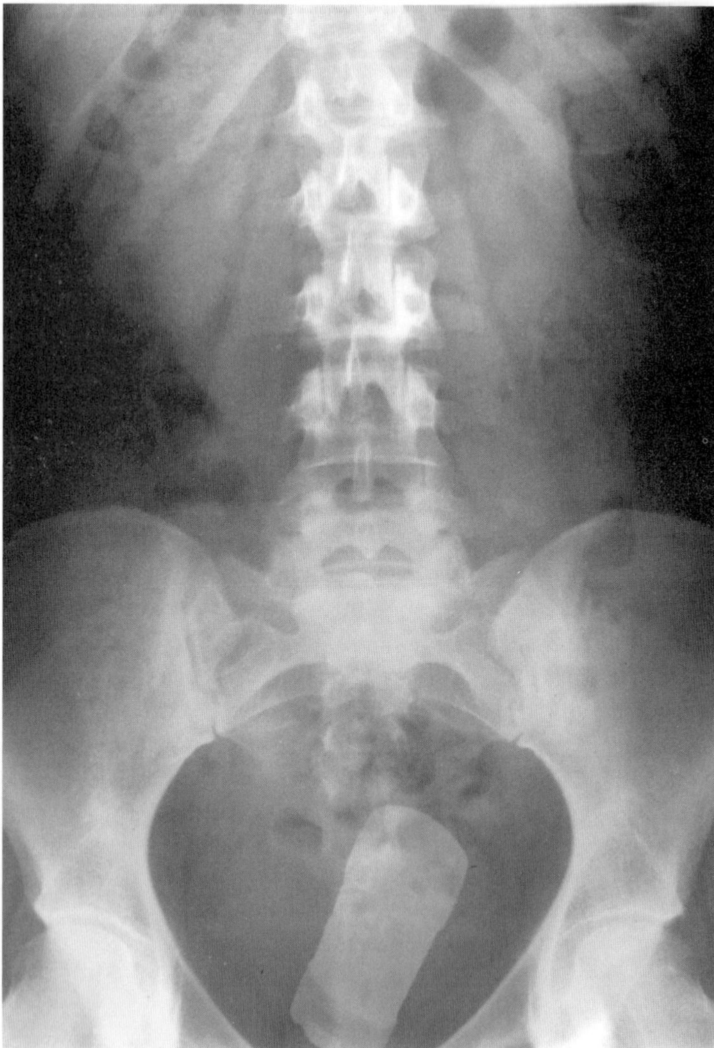

In einem ähnlichen Fall drehten die Ärzte ein Video davon, wie sie ein Deospray aus dem Rektum eines Patienten entfernten, während Schwestern und Ärzte ihre Witzchen dabei rissen. Das Video tauchte im Internet auf, verärgerte den betroffenen Patienten und sorgte für die Verurteilung einiger Beteiligten aufgrund ihres Fehlverhaltens. Deshalb entschieden wir uns gegen eine TV-Show und machten nur ein Buch.

In einem anderen Fall verfing sich die Haut des Patienten in der Deodose, die er in sein Rektum eingeschoben hatte, sodass operiert werden musste. Die Chirurgen wussten die Wahl des Gegenstands durchaus zu schätzen. Nicht alle Fürze duften schließlich nach Rosen.

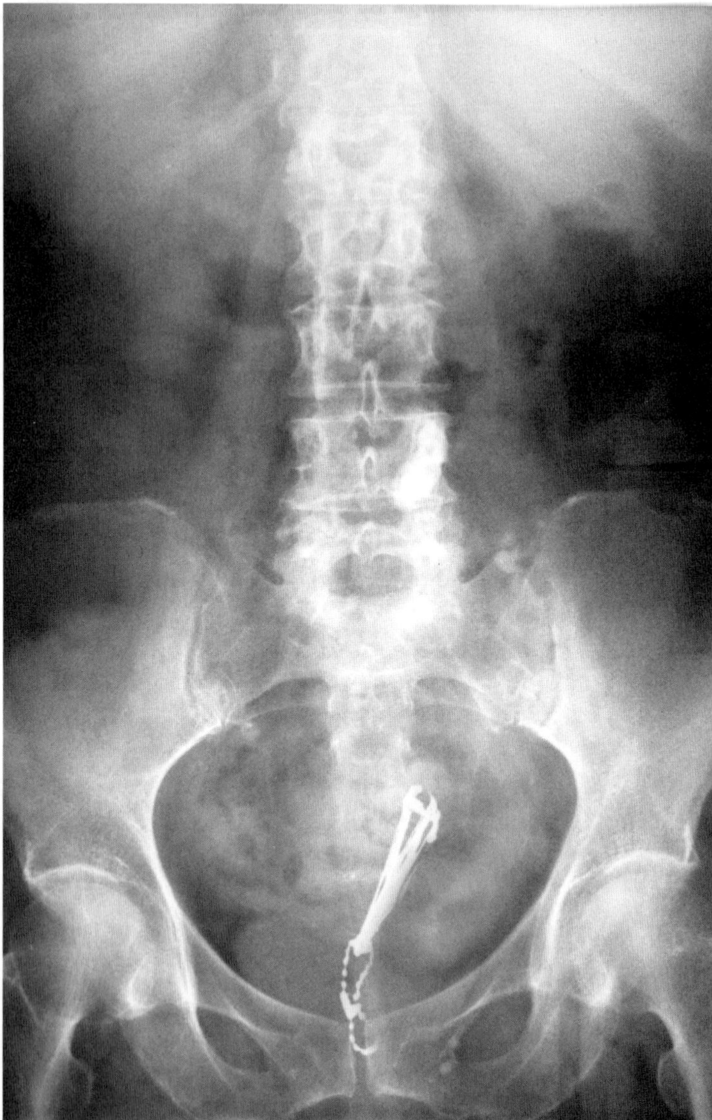

Nigelnagelpfui

Es gibt sehr unterschiedliche Arten von Nagelknipsern. Die meisten Menschen scheinen allerdings mit den hier abgebildeten vertraut zu sein – zu vertraut vielleicht. Dieser Patient hier sagte, da er schließlich keinen Nagelknipser mehr hatte, habe er einfach beschlossen abzuwarten, bis die Nägel lang genug wären, um ihn damit wieder herauszuholen. Die längsten Nägel der Welt waren übrigens gute 91 Zentimeter lang. Wie viele Dinge man doch damit greifen kann, wenn man keine Freddy-Krüger-Finger hat!

Neben der Vergrößerung der Reichweite dienen Nägel auch als Anhaltspunkt für den Arzt. Viele Erkrankungen führen zu einer Veränderung der Nägel und helfen somit bei der Diagnose. Bei einer Arsenvergiftung tauchen beispielsweise horizontale, meistens weiße Linien auf den Zeh- und Fingernägeln auf, die sogenannten Mees-Nagelstreifen. Brüchige Nägel können zudem auf die Fehlfunktion bestimmter Organe hinweisen, wie etwa Leber, Niere oder Schilddrüse. Weisen Nägel Veränderungen ihrer Farbe, Form oder Struktur auf, können Pilze oder Bakterien schuld daran sein.

In diesem Fall hier wird das Nägelschneiden mit dem zurückgeholten Knipser zweifelsohne eine Veränderung des Aussehens als auch des Geruchs der Nägel nach sich ziehen.

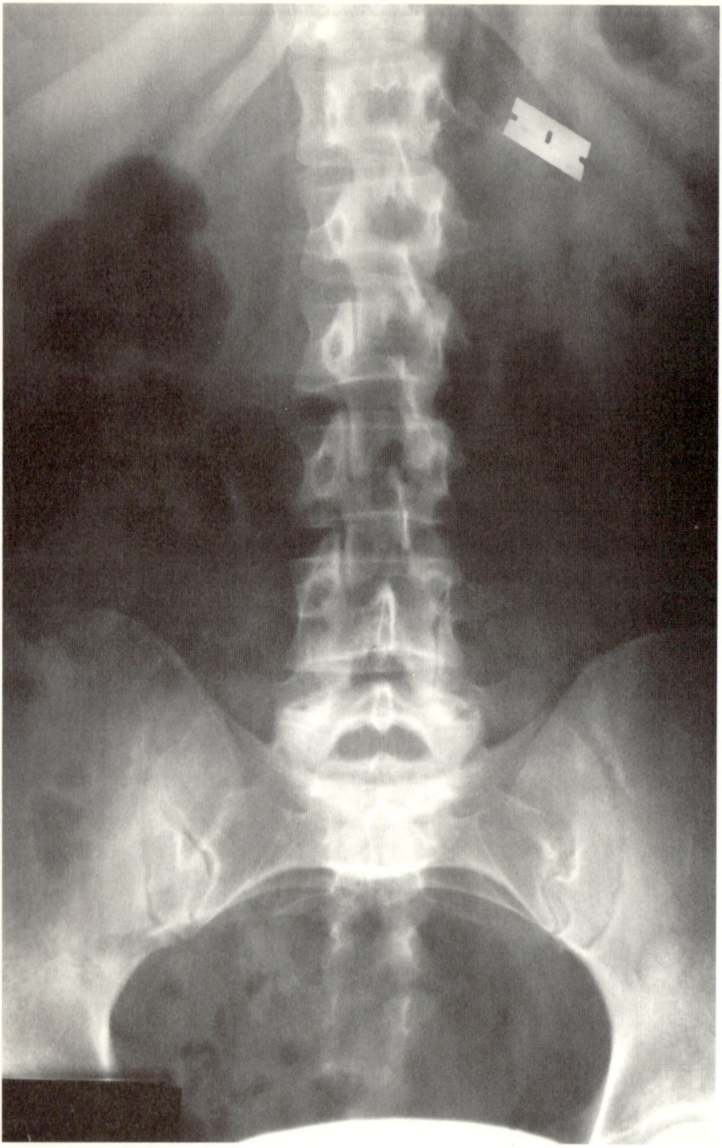

Für das Beste im Mann

Manche sollten meinen, eine Rasierklinge sei das absolut Letzte, was irgendjemand schlucken möchte. Basierend auf unseren Erfahrungen müssen wir allerdings feststellen, dass man in solchen Fällen besser keine Meinung hat, denn die Menschen schlucken einfach alles.

Eine Studie untersuchte 101 Fälle von geschluckten Fremdkörpern, bei acht davon waren Rasierklingen involviert. Überraschenderweise wurde in dieser Studie keine einzige der zahlreichen Perforationen von den Rasierklingen verursacht, sondern vielmehr von Zahnstochern und Tierknochen.

Eine andere Fallstudie berichtete von einem 31-jährigen Mann mit diversen psychiatrischen Erkrankungen, den man dabei beobachtet hat, wie er Rasierklingen schluckte. Der Patient gab an, dies vierzig Mal getan zu haben, weil es ihm dabei helfe, mit Stress umzugehen. Unsereins treibt stattdessen Sport oder gönnt sich ein Eis ...

Mittlerweile gibt es die unterschiedlichsten Arten von Sicherheitsklingen, die modernsten unter ihnen verfügen über ganze fünf Klingen in einem Einweggehäuse. Da sich ihre jährlichen Kosten allerdings auf ungefähr die Summe belaufen, die ein massiver Goldrasierer kosten würde, verwenden viele Männer lieber weiterhin die alten, günstigen Rasierer mit der Doppelklinge. Diese Klingen bergen weniger Risiko, verschluckt zu werden – wobei die Fünferklinge natürlich besser »hinabgleiten« würde.

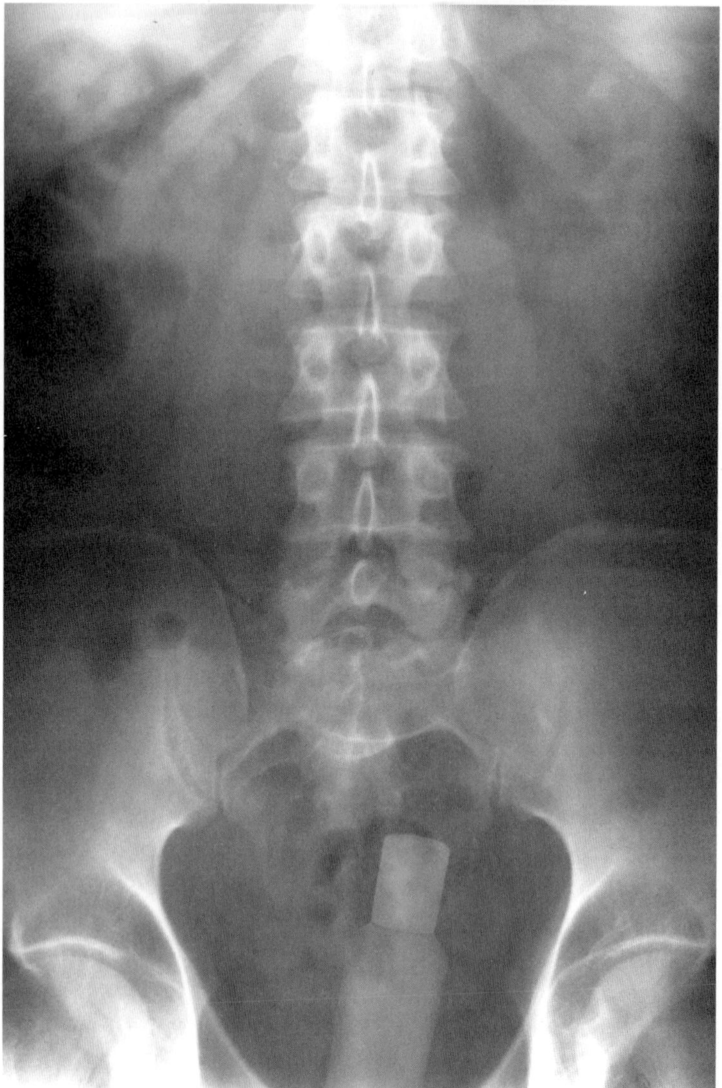

Shampo(o)-Freuden

Man könnte eigentlich davon ausgehen, dass ein Produkt, das für den Kopf bestimmt ist, nicht unbedingt aus Versehen in dem anderen Körperende landet, sind die beiden doch relativ weit voneinander entfernt. Wie auf dem Röntgenbild zu erkennen ist, gibt es solche Fälle aber wirklich. Gewiss, der Bauch hat jede Menge Falten und ist nicht leicht sauber zu halten, trotzdem bewahrt man sich das Shampoo besser für die Haare auf.

Die große Sorge, wenn man Shampoo in seinen Gedärmen hat, ist – neben dem unmöglichen Gang – eine mögliche Vergiftung, falls die Flasche ausläuft. Ein medizinisches Fachblatt veröffentlichte eine Studie, der zufolge man toxische Substanzen in Kleinkindern nachweisen konnte, weil man ihre Haare mit Shampoo gewaschen hatte. Einige dieser Substanzen können die männliche Entwicklung beeinträchtigen und andere, bislang unbekannte Schäden verursachen. Bestimmte Shampoosubstanzen sollte man deshalb nicht an seine Haare bringen, und schon gar nicht an seine Genitalien.

Mittlerweile boykottieren viele Menschen Shampooprodukte, schließen sich in der »No-Poo«-Bewegung zusammen oder verwenden ausschließlich solche Shampoos, die aus natürlichen Inhaltsstoffen wie Essig, Olivenöl etc. bestehen. Ironischerweise hatte dieser Patient zwar eine Shampooflasche in seinem Körper, gleichzeitig jedoch gerade deswegen kein Poo.

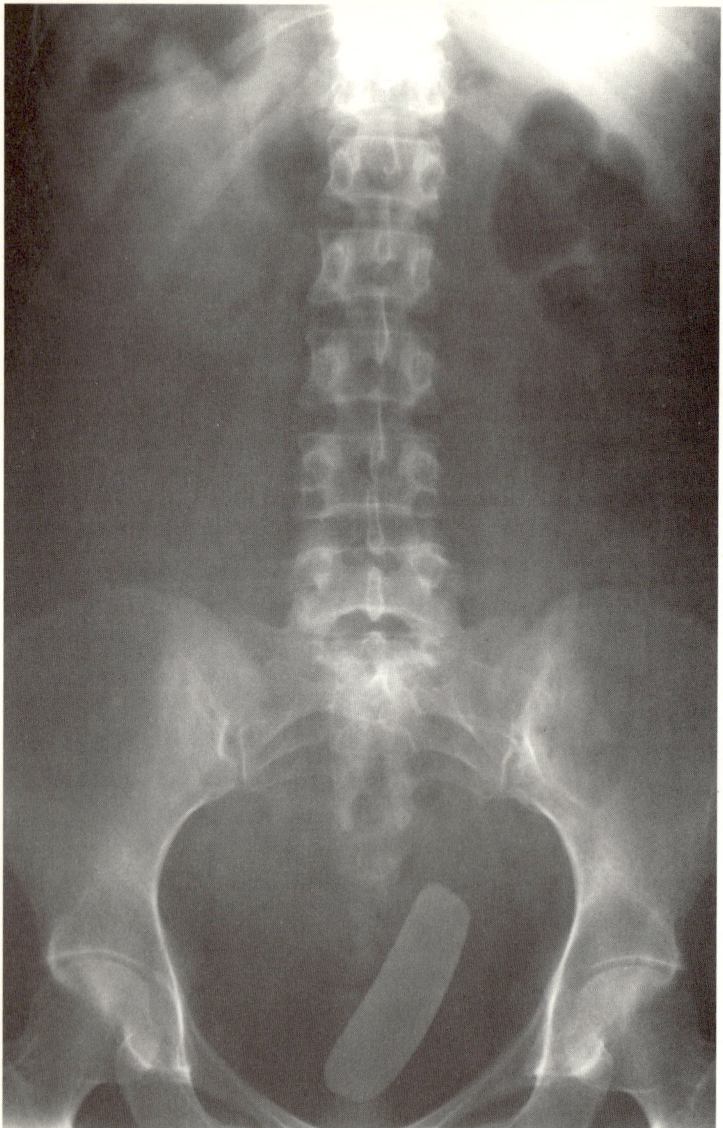

Warum man sich beim Duschen nicht bücken sollte

Seife verfügt über zahlreiche wunderbare Eigenschaften für die unterschiedlichsten (und unorthodoxesten, siehe Foto) Anwendungen. Ein Seifenstück kann so geformt werden, dass es in jeden Winkel passt. Und Seife ist selbstreinigend; egal, wo man sie hinsteckt, sie ist jederzeit wieder bereit für einen neuen Einsatz. Wird sie indes an dem abgebildeten Ort gefunden, sollte man sie wenigstens kurz unters Wasser halten.

Es stellte sich heraus, dass der Patient sich lediglich gründlich reinigen wollte, so sagte er zumindest. Als die Seife immer kleiner wurde, flutschte sie eines Tages plötzlich in ihn hinein, als er gerade sein Hinterteil wusch.

Seife ist aufgrund ihrer chemischen Eigenschaften sehr glitschig. Sie besteht aus einer langen, wasserabweisenden Kohlenwasserstoffkette und einem wasseranziehenden Teil, der sogenannten Carboxylatgruppe. Da Fette und Wasser sich nicht vermischen, löst sich beim Seifengebrauch das Fett auf der Haut, wodurch die reinigende Wirkung erzielt wird. Kombiniert man die Glitschigkeit von Fett und Wasser mittels eines nassen Stücks Seife, hat man ein so glitschiges Objekt, dass sogar Bon Jovi ein Album danach benannte: *Slippery When Wet*. Wir nehmen zumindest an, dass es Seife war, auf die er sich bezog. Die Glitschigkeit ist es außerdem, die nasse Seife zu einem hervorragenden Gleitmittel macht, auch wenn wir nicht davon ausgehen, dass dies hier relevant gewesen wäre.

Letzten Endes hatte der Patient ein sehr schlechtes Gewissen wegen dieses Vorfalls. Wir denken, er hat sich schon genug damit gestraft, dass er sein Innerstes mit Seife ausgewaschen hat.

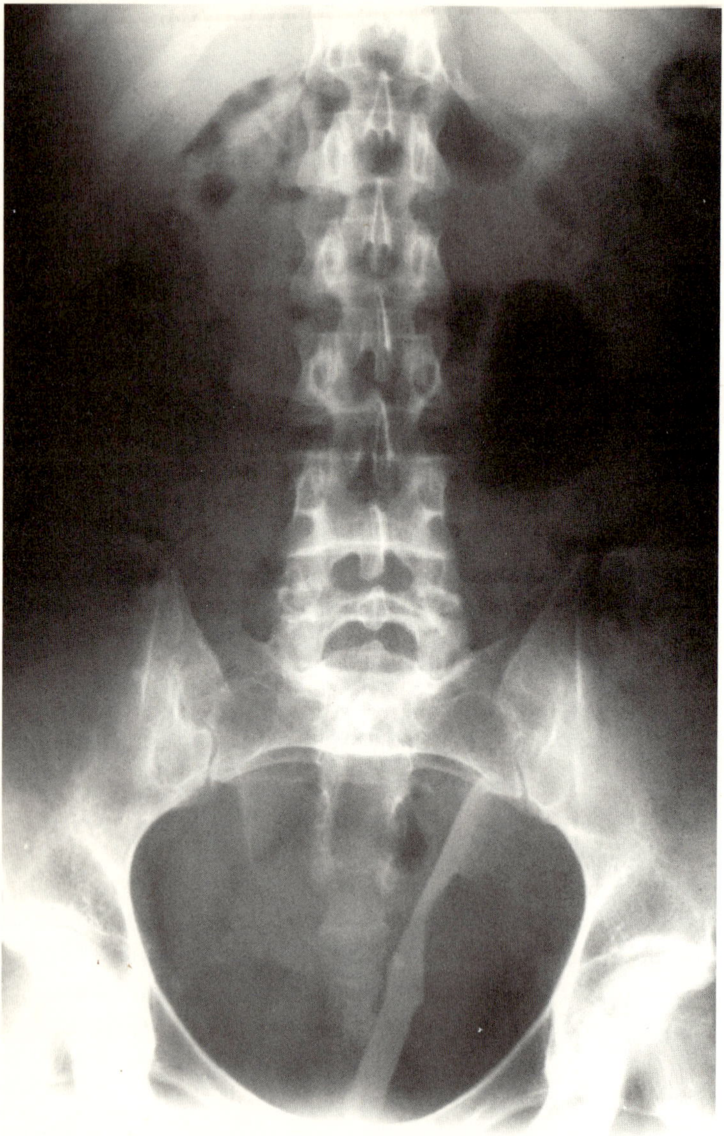

Die dunkelste aller Karieshöhlen

Man möchte meinen, dass allein das Wort »Zahnbürste« keine Zweifel aufkommen lässt, an welcher Stelle sie verwendet wird, nämlich in der Mundhöhle, um die Bildung von Karieshöhlen zu vermeiden. Aber wie Sie sehen, scheinen auch andere Höhlen zum Zielbereich zu zählen.

Diese Praktik lässt nicht nur jeden Zahnarzt und die meisten anderen Menschen erschaudern, sondern sorgt außerdem dafür, dass bestimmte Bakterien des Mundraums in das Rektum wandern. Dass Zahnbürsten Bakterien enthalten können, ist natürlich auch für diejenigen relevant, die sie nur für ihre Zähne in Gebrauch haben. Um bakterielle Rückstände zu vermeiden, wird deshalb empfohlen, die Zahnbürste nach jeder Anwendung gründlich auszuspülen und sie an der Luft trocknen zu lassen – wohlgemerkt nicht an dieser Art von Luft.

Glücklicherweise besteht die heutige Zahnbürste, die 1938 eingeführt (nein, nicht was Sie denken ... »eingeführt« im Sinne von »erfunden«) wurde, aus Nylonborsten, welche viel weniger Bakterien beherbergen als die früher verwendeten Tierborsten (und die, ehrlich gesagt, auch weniger eklig klingen als Wildschweinborsten). Nichtsdestotrotz gilt es, den Genitalbereich nicht mit Gerätschaften aufzusuchen, die dort nichts verloren haben. Behalten Sie die Zahnbürste doch bitte im Mund. Und wenn Sie zufällig auf eine Anusbürste stoßen und sie ausprobieren möchten, lassen Sie es uns bitte wissen, es könnte viele unserer Patienten interessieren.

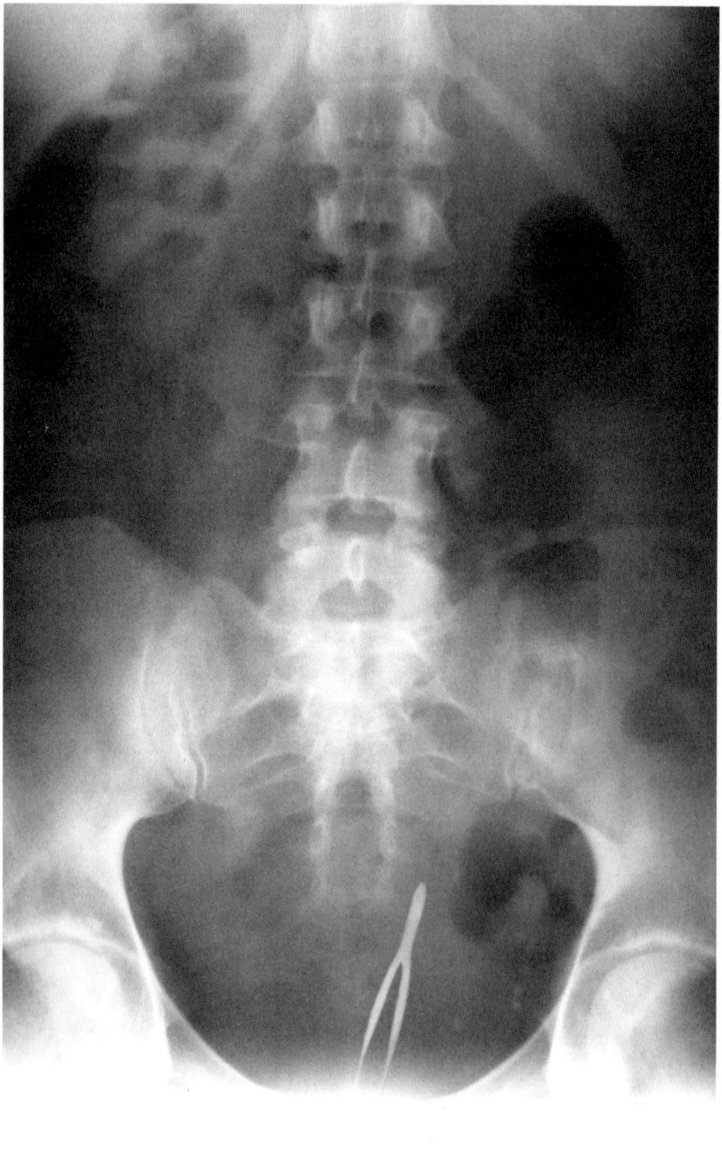

Was wollten Sie da zupfen?

Wen Sie auch fragen, womit Sie die kleinen Teilchen im Körper entfernen sollen, die entweder dort verwurzelt sind oder sich hineingepiekst haben – die Rede ist von unerwünschten Haaren, Dornen und Ähnlichem –, die Antwort wird meistens lauten: mit einer Pinzette. Was hingegen wollen Sie tun, wenn das Teilchen selbst eine Pinzette ist?

Unser Patient war ein 23-jähriger Mann, der in der Notaufnahme angab, am Abend zuvor »versehentlich« eine Pinzette verschluckt zu haben. Die Ärzte mussten ihm ein Endoskop durch Mund und Rachen einführen (ein Schlauch mit einer winzigen Kamera am Ende), um die Pinzette ausfindig zu machen und beseitigen zu können. Jetzt fragen wir uns, was wohl passiert wäre, wenn der Patient ein Endoskop verschluckt hätte.

Als Angestellte des öffentlichen Dienstes möchten wir unseren Lesern nicht vorenthalten, dass es laut *Urban Dictionary* im Angelsächsischen eine neue Bedeutung des Worts Pinzette (= tweezers) gibt. Glauben Sie uns, sollten Sie sich jemals eine Pinzette leihen müssen – überlegen Sie genau, wen und wie Sie fragen! Was also bedeutet der Slang-Ausdruck »tweezers«? Wir zitieren: »den Ellenbogen tief in den Anus eines anderen stecken«. Hmmm, das könnte interessant sein für Teil II des Buchs …

DANKSAGUNG

Die Autoren möchten zu allererst ihren besseren Hälften danken, die im Laufe dieses Projekts eine Menge mitgemacht haben. Jede hat auf ihre ganz spezielle Weise dazu beigetragen, wenngleich, nur damit wir uns verstehen, keine von ihnen die Inspiration für die hier abgebildeten Fotos war. Unseren Patienten schulden wir ein riesengroßes DANKE für das Privileg, mit ihnen arbeiten und jeden Tag aufs Neue von ihnen lernen zu dürfen. Ein herzliches Dankeschön auch an unseren Agenten, Neil, dem wir genügend Notfälle bescherten, der jedoch alles, was wir ihm an den Kopf warfen, mit viel Charme und Sachverstand zu meistern wusste. Tiefe Dankbarkeit empfinden wir ebenso für unsere Lektorin, Daniela, die uns half, die vielen Ideen in unseren Köpfen zu dem Buch zu machen, das Sie nun in Händen halten.

Unendlich dankbar sind wir unserer Grafikerin, Jennifer Hale, eine Heldin, die so gigantisch viel Arbeit in so knapper Zeit in dieses Projekt gesteckt hat. Ihr bemerkenswertes Talent und ihre Kreativität machten es möglich, dass wir unseren Lesern die Art Röntgenbilder zeigen können, wie sie Ärzte erst nach jahrelangem, teurem Studium zu Gesicht bekommen. (Genau genommen können Sie sich bei all dem Geld, das Sie durch uns gespart haben, ruhig ein paar weitere Exemplare dieses Buchs für Freunde und Familie leisten.) Eine Million Dankeschöns und ewigwährende Verbundenheit gelten den unsichtbaren Augen derer, die hinter den Kulissen von *Als ich mich nackt auf die Haarbürste setzte* mitgeholfen haben, inklusive des Pro-Pirate-Day-Radiologen (möge dich dein Augenlicht niemals verlassen) und des chirurgisch begabten Vierbeiners Sasha Wang (ein dicker Knochen ist schon unterwegs) sowie vielen anderen Menschen/Hunden.

Marty findet nicht genügend Worte, um sich bei seinen Eltern, seiner Schwester, seinem Schwager und seinen Nichten zu bedanken. Man sagt, man kann sich seine Familie nicht aussuchen – doch selbst wenn es möglich gewesen wäre, Marty hätte keine bessere finden können. Das Schicksal meinte es gut mit ihm, dass er bei solch wunderbaren Menschen gelandet ist, obwohl diese nach der Lektüre dieses Buchs nicht unbedingt dasselbe über ihn sagen würden (um sicherzugehen, wird er sie erst gar nicht darum bitten).

Murdoc möchte gerne seinen Eltern danken, die auf seine Buchankündigung hin *nicht* fragten: »Dafür bist du Arzt geworden?« Er möchte sich auch bei Big PJ und Little Andy und Alyssa bedanken – dafür, dass sie ihn von Zeit zu Zeit an diesem Buch haben arbeiten lassen. Ein Extra-Dankeschön geht an die Kleinen, weil sie ihn nicht gefragt haben, um was es darin geht. In ein paar Jahren wird er es ihnen erzählen.

Ein allerletztes Dankeschön geht an Richs Vater, der meinte: »Sohn, ich habe definitiv nie etwas in meinen Enddarm eingeführt.« Sicher, aber im Laufe der Jahre hat er so einige Statements von irgendwo da drinnen rausgeholt, soviel steht fest. (Und Rich weiß, dass seine Mom keinen Anteil daran hatte.) Danke für alles.

QUELLENVERZEICHNIS

Einleitung

Munter, D. W., »Rectal Foreign Bodies«, von: www.emedicine.medscape.com/article/776795-overview. Zuletzt aufgerufen am 25. 10. 2012.

Heiß auf Reis

Juan, S., »Call to abandon wooden chopsticks«, von: www.chinadaily.com.cn/china/2007-08/10/content_6020039.htm. Zuletzt aufgerufen am 25. 10. 2012.

Ein Gläschen zu viel

T. Lai und P. Aronowitz, »A Meal to Remember«, aus: *J Hosp Med* 4, Nr. 5, 2009: E1–2.

Wo der Pfeffer wächst

K. Srinivasan, »Black Pepper and Its Pungent Principle – Piperine: A Review of Diverse Physiological Effects«, aus: *Critical Reviews in Food Science and Nutrition* 47, Nr. 8, 2007: 735–748.

Der Cola-Test

S. A. Umpierre, J. A. Hill, D. J. Anderson, et al, »Effects of coke on sperm motility«, aus: The New England Journal of Medicine 313, Nr. 21, 1985: 1351.

Message from a Bottle

B. Wansink und C. S. Wansink, »The Largest Last Supper; Depiction of Food Portions and Plate Size Increase Over the Millennium«, aus: *International Journal of Obesity* 34, 2010: 943–944.

Zur Studie zur Gesundheit Erwachsener in Deutschland:

www.rki.de/DE/Content/Gesundheitsmonitoring/Studien/Degs/degs_node.html. Zuletzt aufgerufen am 25. 10. 2012.

Manchmal lieber den Löffel abgeben

Deeba, S., Purkayastha S., Jeyarajah S., et al., »Surgical removal of a tea spoon from the ascending colon, ten years after ingestion; a case report«, von: www.ncbi.nlm.nih.gov/pmc/articles/PMC2769359/.
Zuletzt aufgerufen am 25. 10. 2012.
Mail Foreign Service, »Pictured: The woman who had to go under the knife – after swallowing an entire canteen of cutlery«.
Song Y., Guo H., Wu J-Y., »Travel of a mis-swallowed long spoon to the jejunum«, aus: *World Journal of Gastroenterology* 15, Nr. 39, 2009: 4984–4985.
www.dailymail.co.uk/news/worldnews/article-1223563/The-womanknife-swallowing-entire-canteen-cutlery.html. Zuletzt aufgerufen am 25. 10. 2012.

Und wir dachten immer, Fisch sei gesund
B. Abraham und A. Alan, »An Unusual Foreign body Ingestion in a Schizophrenic Patient: Case Report«, aus: *The International Journal of Psychiatry in Medicine* 35, Nr. 3, 2005: 313–318.

Nemos Rache
B. K. P. Goh, Y.-M. Tan, S.-E. Lin, et al., »CT in the Preoperative Diagnosis of Fish Bone Perforation of the Gastrointestinal Tract«, aus: *American Journal of Radiology* 187, 2006: 710–714.

Dieser Fehler lässt sich nicht so leicht korrigieren
C. S. King, J. E. Smialek, W. A. Troutman, »Sudden Death in Adolescence Resulting from the Inhalation of Typewriter Correction Fluid«, aus: *Journal of the American Medical Association* 253, 1985: 1604–1606.

Büro, Büro
J. E. Losanoff und K. T. Kjossev, »Gastrointestinal ›Crosses‹: A New Shade From an Old Palette«, aus: *Archives of Surgery* 131, 1996:166–169.

Nicht besonders helle
Unbekannter Autor, »Information on Compact Fluorescent Lightbulbs (CFLs) and Mercury July 2008«, von: www.cflknowhoworg./cfl-mercury-information.html. Zuletzt aufgerufen am 25. 10. 2012.

Hast du vielleicht ein Schräubchen locker?
A.-H. James und T. J. Allen-Mersh, »Recognition and Management of Patients Who Repeatedly Swallow Foreign Bodies«, aus: *Journal of the Royal Society of Medicine* 75, 1982: 107–110.

Ein guter Haushalt verliert nichts
N. E. Tsemeli, C. G. Savopoulos, A. I. Hatzitolios, et al., »Public Health and Potential Complications of Novel Fashion Accessories: An Unusual Foreign Body in the Upper Gastrointestinal Tract of an Adolescent«, aus: *Central European Journal of Public Health* 15, Nr. 4, 2007: 172–174.

Rund um die Uhr
E. B. Duboys, »Watch in the Stomach«, aus: *Journal of the American Medical Association* 245, Nr. 17, 1981:1731.
M. Bisharat, M. E. O'Donnell, N. Gibson, et al., »Foreign Body Ingestion in Prisoners – The Belfast Experience«, aus: *The Ulster Medical Journal* 77, Nr. 2, 2008: 110114.

Volltreffer!
K. De Jongh, D. Dohmen, R. Salgado, et al., »›William Tell‹ Injury: MDCT of an Arrow Through the Head«, aus: *American Journal of Roentgenology* 182, 2004: 1551–1553.

Was für 'ne Pfeife
J. Young, D. Beech und R. Offodile, »Foreign Body Ingestion and Management: ›I Swallowed a Crack Pipe‹«, aus: *The American Surgeon* 11, 2007: 1144–1146.

Nichts sehen, nichts sagen, nichts hören
D. Dalgorf, K. Trimble und B. Papsin, »Radiological Features of Ingested Metallic Mesh Earphone Pieces«, aus: *Pediatric Radiology* 38, 2008: 1342–1344.

Nicht die hellste Kerze im Leuchter
http://www.eca-candles.eu/index.php?newsid=115&sprach_id=de&rubrik=19&topnav=8&sprach_id=de, zuletzt aufgerufen am 25.10.2012

Das war keiner von uns
A. H. James und T. J. Allen-Marsh, »Recognition and Management of Patients Who Repeatedly Swallow Foreign Bodies«, aus: *Journal of the Royal Society of Medicine* 75, 1982: 107–1010.

Kruzifix!
D. W. Williams, »Foreign Body in Pharynx«, aus: BMJ 1, Nr. 4649, 1950: 353.
S. T. O'Sullivan, C. M. Reardon, G. T. McGreal, et al., »Deliberate Ingestion of Foreign Bodies by Institutionalized Psychiatric Hospital Patients and Prison Inmates«, aus: *Irish Journal of Medical Science* 165, Nr. 4, 1996: 294–296.

Anglerglück
C.-C. Pan, C.-P. Wang, J.-J. Huang, et al., »Intestinal Perforation After the Incidental Ingestion of a Fishhook«, aus: *The Journal of Emergency Medicine* 38, Nr. 5, 2010: E45–48.

Was rumpelt und pumpelt in meinem Bauch herum?
L. B. Lopez, C. R. Ortega Soler, M. L. de Portela, »Pica during pregnancy: a frequent underestimated problem«, aus: *Archivos latinoamericanos de nutrición* 54, Nr. 1, 2004: 17–24.

Stockbetrunken, stockblind oder einfach nur stockdumm?
I. K. Nevins, I. F. Schiek und A. G. Johnson, »Foreign-body Penetration of the Rectum«, aus: *New England Journal of Medicine* 264, 1961: 1127–1130.

Immer diese Angler
E. Mowed, I. Haddad und D. J. Gemmel, »Management of Lead Poisoning from Ingested Fishing Sinkers«, aus: *Archives of Pediatrics & Adolescent Medicine* 152, 1998: 485–488.

Wer den Schaden hat ...
M. Yaman, M. Diefel, C. J. Burul, et al., »Foreign Bodies in the Rectum«, aus: *Canadian Journal of Surgery* 36, Nr. 2, 1993: 173–177.

Für das Beste im Mann
D. F. Gitlin, J. P. Kaplan, M. P. Rogers, et al., »Foreign-body Ingestion in Patients with Personality Disorders«, aus: *Psychosomatics* 28, Nr. 2, 2007: 162–166.
V. Selivanov, G. F. Shedlon, und J. P. Cello, »Management of Foreign Body Ingestion, aus: *Annals of Surgery* 199, Nr. 2, 1984: 187–191.

Shampo(o)-Freuden
S. Sathyanarayana, C. J. Karr, P. Lozano, et al., »Baby Care Products: Possible Sources of Infant Phtalate Exposure«, aus: *Pediatrics* 121, Nr. 2, 2008: E260–268.

Die dunkelste aller Höhlen
Unbekannter Autor, »Statement on Toothbrush Care: Cleaning, Storage and Replacement«, von: www.ada.org/1887.aspx. Zuletzt aufgerufen am 25. 10. 2012.

Was wollten Sie da zupfen?
C. P. Kazak, M. Win und A. Goodman, »Ingestion and Endoscopic Retrieval of Tweezers in a 23-Year-Old Patient«, aus: *Southern Medical Journal* 102, Nr. 3, 2009: 338.

Irgendwann erwischt es uns alle – nur wie ist die Frage

Cynthia Ceilan
DUMM GELAUFEN
600 Missgeschicke
mit Todesfolge
Aus dem amerikanischen
Englisch von
Petra Trinkaus
304 Seiten
ISBN 978-3-404-60279-7

Stellen Sie sich vor, Sie haben gerade den besten Sex Ihres Lebens. Sie sterben. Weil Sie sich an der essbaren Unterhose Ihres Partners verschluckt haben.
Stellen Sie sich vor, Sie sind Flugbegleiter und es bricht Feuer aus. Sie und Ihre Kollegen greifen sich die Feuerlöscher und sprühen, was das Zeug hält. Das Feuer stirbt. Die beiden Piloten auch – an Kohlendioxid-Vergiftung

Gibt's nicht? Gibt's doch. Und wir versichern Ihnen: Sterben kann so komisch sein!

Bastei Lübbe Taschenbuch